स्टोरीमिरर प्रस्तुति

कहानियों का संसार

STORYMIRROR
Stories that reflect you

प्रथम संस्करण: अप्रैल 2023
भारत में मुद्रित

टाइप : कोकिला

ISBN: 978-81-959181-3-3

आवरण रचना: कोमल लालवानी

STORYMIRROR
Stories that reflect you

प्रकाशक : स्टोरीमिरर इंफोटेक प्राईवेट लिमिटेड,
7वीं मंजिल, एल तारा बिल्डिंग,
डेल्फी बिल्डिंग के पीछे, हीरानंदानी गार्डन,
पवई, मुंबई, महाराष्ट्र-400076, भारत

Web: *storymirror.com*
Facebook: *@storymirror*
Instagram: *@storymirror*
Twitter: *@story_mirror*
Contact Us: *marketing@storymirror.com*

Contents

लेखक के बारे में

प्रबोध कुमार गोविल हिंदी के एक प्रतिष्ठित रचनाकार हैं जिन्होंने कहानी, उपन्यास, लघुकथा, नाटक, कविता, बाल-साहित्य, संस्मरण तथा आत्मकथा पर बहुत काम किया है। उनके चर्चित उपन्यासों "जल तू जलाल तू", "अकाब", "देहाश्रम का मनजोगी" आदि के कई भाषाओं में अनुवाद भी प्रकाशित हुए हैं। "इज्तिरार", "लेडी ऑन द मून" तथा "तेरे शहर के मेरे लोग" शीर्षक से उनकी आत्मकथा विशेष चर्चित रही है। उनके उपन्यास "मनजोगी" पर केंद्रीय साहित्य अकादमी का सिंधी अनुवाद पुरस्कार और "उगते नहीं उजाले" पर उत्तर प्रदेश हिंदी संस्थान का सूर पुरस्कार दिया गया है। गोविल हिंदी साहित्य के लिए प्रतिवर्ष घोषित की जाने वाली "राही रैंकिंग" परियोजना से भी संबद्ध हैं। जीवनी साहित्य के रूप में उनकी किताबें-"ज़बाने यार मनतुर्की", "झंझावात में चिड़िया" तथा "साहेब सायराना" बेहद लोकप्रिय हुई हैं। वर्तमान में प्रबोध जी समलैंगिक संबंधों पर न्यायिक व्याख्या (भारत के संदर्भ में धारा 377) और इसके ग्लोबल समाज पर पड़ने वाले प्रभाव को लेकर अपना नया उपन्यास "तलाता सबा-सबा" लिख रहे हैं।

पॉप म्यूज़िक

-प्रबोध कुमार गोविल

रसोई में जाकर सभी डिब्बे एक बार पलट कर देखे और फ़िर लहसुन का एक पापड़ निकाल कर माइक्रोवेव में लगा दिया। पलक झपकते ही पापड़ भुन गया। वे उसे प्लेट में लेकर ड्राइंग रूम में आ गईं। उन्होंने टीवी और एसी एकसाथ ऑन कर लिए।

थोड़ी देर बाद वे सोफे पर बैठी रो रही थीं। केवल आंसू बहाकर नहीं, हिचकियों-सिसकियों से लगातार। पापड़ प्लेट में वैसे का वैसा ही पड़ा था। एक ओर से छोटा सा टुकड़ा तोड़ा ज़रूर गया था पर वो वैसे ही पड़ा था, उसे खाया नहीं गया था।

आभा जी की उम्र सत्तर वर्ष से अधिक ही थी, पर वे इतनी उम्रदराज लगती नहीं थीं। शायद इसका कारण यह था कि वह घर में बिल्कुल अकेली रहती थीं, इससे उन्हें सभी अपने छोटे-मोटे काम खुद ही करने पड़ते थे। ऐसे में इंसान को जीने का समय कहां मिल पाता है। और जिए नहीं तो उम्र खर्च काहे में हो? शरीर तो ज़िंदगी से ही झरता है।

आभा जी के रोने का कारण पता नहीं चला। कैसे चलता? कौन पूछता उनसे? आख़िर क्या कारण हो सकता है... क्या टीवी पर जो कार्यक्रम आ रहा था उसकी संवेदना उन्हें रुला रही थी? नहीं-नहीं, ऐसे कार्यक्रम आजकल आते ही कहां हैं जिन्हें देख कर आंसू आएं। आजकल तो इस बात पर भले ही रोना आ सकता है कि टीवी के सामने बैठे ही क्यों! फिर क्या बात हुई, क्या पापड़ अच्छा नहीं है? पर लहसुन का पापड़ तो उन्हें पसंद रहा है।

आभा जी इस घर में हमेशा से अकेली नहीं रहीं। कोई हमेशा अकेला होता भी कहां है? दुनिया का मेला किसी को भी हमेशा अकेला नहीं छोड़ता। आज से तीस-चालीस वर्ष पहले आभा जी का भी भरा-पूरा घर था। यही घर।

यहां जब वे नई बहू बन कर आई थीं तब घर में सास ससुर थे। देवर ननद थे। और उनके पति थे। चार-छह साल गुजरे तो देवर-ननद अपने अपने ठीहे-ठिकाने चले गए। पर उनकी जगह लेने आ गई आभा जी की दो प्यारी-प्यारी छोटी सी बेटियां।

उनकी सास घरेलू पर दबंग महिला थीं। घर बाहर सब जगह दबदबा रखने वाली।

शुरू के कुछ साल तो उनके इस लिहाज़ में बीते कि बहू कीनिया से आई है और उसके पीहर वाले बड़े मालदार व्यापारी लोग हैं। लेकिन धीरे-धीरे सौ बातों की जगह एक बात ने ले ली कि वो सास हैं और आभा जी बहू।

बहू को अपने सब रंग-ढंग वैसे ही बदलने पड़े जैसे सास ने चाहे। सास को इस बात से कोई मतलब नहीं था कि बहू विदेश में पढ़ कर आई है, वह अपने माता पिता की इकलौती संतान है, अब उसके पिता ने भी भारत में लौट कर अपना लंबा-चौड़ा कारोबार जमा लिया है... उन्हें तो केवल एक बात मालूम थी कि वह शादी कर के हमारे घर आ गई है तो अब हमारी बहू है, और वैसे ही रहेगी जैसे हम चाहेंगे।

वैसे आभा जी को कभी किसी बात की कमी रही भी नहीं, क्योंकि दिल्ली के बेहद संभ्रांत इलाके में इस लंबे चौड़े घर में किसी बात की कोई कमी थी भी नहीं। आभा जी ने कभी नौकरी नहीं की। पति और ससुर दोनों ही अच्छा कमाते थे। बेटियां भी अच्छे स्कूल में पढ़ रही थीं। देवर और ननद भी अपना अपना करियर बनाने में व्यस्त थे।

आभा जी की सास पापड़ की बड़ी शौकीन थीं। उन्हें उस ज़माने में भी बीसियों तरह के पापड़ सहेज कर रखने का शौक़ था। वह ख़ुद घर में तरह-तरह के पापड़ बनवाती थीं। जब बाज़ार जाती थीं तो शहर के किसी भी कोने के किसी भी पंसारी से पापड़ों के बाबत पूछना न भूलती थीं और उन्हें जो भी नए-नए पापड़ मिलते उन्हें खरीदती थीं। आलू प्याज़ मूंग उड़द मोठ से लेकर अदरक और लहसुन तक के पापड़ हमेशा उनकी रसोई में उपलब्ध रहते। इतना ही नहीं, वे स्वयं नए-नए प्रयोग करके सब्जियों और मसालों के पापड़ तैयार करने में लगी रहती थीं। वे पापड़ खाने की जितनी शौकीन थीं उससे कहीं ज़्यादा उन्हें खिलाने का शौक़ था। उनके यहां खाना खाने के लिए आमंत्रित अतिथियों को अपनी खाने की पसंद बताते समय पापड़ की भी पसंद बताना अनिवार्य था। और जब खाना परोसा जाता, तब सभी तरह के पापड़ परोसे जाते। खाने वाले को अपनी पसंद का पापड़ विभिन्न किस्मों और स्वाद के पापड़ों में से चुनना पड़ता था।

पूरी कॉलोनी की उनकी परिचित महिलाओं का साल में लगभग दो-तीन बार पापड़-कार्निवाल आयोजित होता था, जिसमें महिलाएं इकट्ठी होकर तरह-तरह के पापड़ बनातीं। सर्दी हो तो उनकी कोठी की छत पर, गर्मी हो तो भीतरी बरामदे में महिलाओं का हुजूम जमा होता और फिर किसी त्यौहार की सी चहल-पहल के बीच पापड़ बनाए जाते।

वे न जाने कहां-कहां से पापड़ बनाने की तकनीकें सीख कर आतीं, फिर तमाम

औरतों का जमावड़ा उन तकनीकों को फलीभूत करने के लिए कमर कसकर जुट जाता। सासों और बहुओं की एक साथ शिरकत होती।

तब आभा जी और घर की दोनों महरियां उन महिलाओं के लिए दोपहर की चाय के साथ परोसे जाने वाले व्यंजन बनाने में जुटी रहतीं।

डाइनिंग टेबल पर बैठे आभा जी के पति और ससुर इस बात को लेकर परिहास करते कि मूंग के पापड़ बनाने वालों के लिए मूंग की दाल का हलवा बनाया जा रहा है। रसोई में तरह-तरह की क्रॉकरी में सजकर नाश्ता और चाय उन महिलाओं के लिए जाता रहता जो पूरी दोपहर पापड़ बेलने में लगी रहती थीं। दिन भर घर ही नहीं बल्कि पूरा मोहल्ला गुलज़ार रहता इस चहल-पहल से।

ये पापड़ जिस धूमधाम से बनाए जाते उतनी ही शानो-शौकत से खाए भी जाते। पहले तो सुंदर सी पैकिंग में इन्हें थोड़ा-थोड़ा उन सभी घरों में भिजवाया जाता जिनकी गृहलक्ष्मियां पापड़ बनवाने के लिए यहां एकत्रित होती थीं। फिर इन्हें सुंदर-सुंदर नाम लिखे डिब्बों में सहेज कर रखा जाता। कई महीनों तक ये खाए जाते।

आभा जी की सास खिलाने की बेहद शौक़ीन थीं। डाइनिंग टेबल के इर्द-गिर्द वो किसी शिक्षिका की तरह घूमतीं और ध्यान से देखती थीं कि किसे कौन सी चीज़ें खाने में भा रही हैं। वह चीज़ फिर मुस्तैदी और आत्मीयता से परोसती थीं। किसको सलाद में गाजर चाहिए, कौन मूली पसंद कर रहा है, किसने नीबू छुआ तक नहीं, कौन पनीर और मक्खन का मुरीद है, किसे मीठा कम पसंद है, तो किसे तेज़ मसालों के बिना मज़ा नहीं आता, सब उनकी निगाह में आते और वे साक्षात अन्नपूर्णा सी सबको उसी अंदाज़ में परोस कर तृप्त होती थीं।

जिस तरह कोई टीचर परीक्षा में बच्चों के लिए प्रश्न-पत्र बनाता है और उसमें बच्चों को पसंद के सवाल देकर एक प्रश्न अनिवार्य करता है, ठीक उसी तरह उनके अतिथियों के लिए भी कंपलसरी प्रश्न की तरह पापड़ रहता। इसे खाना भी सभी के लिए अनिवार्य रहता। इसमें केवल इतनी ही चॉइस रहती थी कि पापड़ जिस वस्तु का भी चाहे मिल जायेगा किंतु इसे खाना अनिवार्य ही रहता। उनका पापड़ खाने वाला कभी खाने में फेल नहीं होता।

वे पापड़ परोसते समय पापड़ के गुणों का बखान करना भी नहीं भूलती थीं। वे बताती थीं कि किस तरह धनिया, पुदीना, हींग या अनारदाना पापड़ के रूप में शरीर को

फ़ायदा पहुंचाते हैं, किस तरह पापड़ भोजन को पचाने में सहायक होता है और इसके द्वारा खाने को फिनिशिंग टच किस तरह मिलता है। उनकी बातों के बाद पापड़ न खाने का कोई ऑप्शन किसी के पास न होता।

उनका पापड़ प्रेम घर भर के लिए कभी-कभी तो एक आतंक की तरह छा जाता। किसी के द्वारा थाली में पापड़ जूठा छोड़ने पर वे बेहद मायूस होतीं। कभी बेमन से जूठे पापड़ को समेट कर फेंकने की जगह स्वयं खाती हुई देखी जाती थीं तो कभी महरी को ये हिदायत देती थीं कि पापड़ अच्छा है, इसे फेंके नहीं और बाद में खाने के लिए रख ले। महरी ये समझ नहीं पाती थी कि यदि पापड़ अच्छा था तो इसे मेहमान ने क्यों नहीं खाया, और जूठे बर्तन में से उठाया जा रहा है तो अच्छा कैसे है? लेकिन वह कुछ न बोलती और चुपचाप बर्तन धोने में लगी रहती रहती। पापड़ पर कोई भी टिप्पणी करना उसे ऐसा ही लगता जैसे कोई ठाकुर जी की आरती में तन-मन से शामिल होने के बाद ठाकुर जी का प्रसाद जूठा छोड़ दे।

आभा जी को याद आया कि इस दोमंजिले घर में पड़ोसी तक किस तरह पापड़-पुराण से परिचित होते थे। आभा जी की सास जब नीचे की मंज़िल पर होती थीं तो ऊपर की मंज़िल पर काम में लगी आभा जी से ऊंची आवाज़ में बात करती थीं।

एक दिन वे नीचे के कमरे में खड़ी पूजा की तैयारी कर रही थीं कि आभा जी नहा कर बालकनी में आईं। सास ने नीचे से ही चिल्ला कर बहू को आवाज़ दी और समझाने लगीं-आभा, देखो मैं रसोई की मेज पर पापड़ निकाल कर रख आई हूं...

आभा जी के 'जी' बोलते ही वे बोलीं-तुम ऐसा करना कि अपने डैडी को तो तलकर रख देना, बच्चों को भून दो, मैं नहाकर आ रही हूं... आकर खा लूंगी।

उनका तात्पर्य था कि अपने ससुर के लिए पापड़ तल कर रख दो, और बच्चों के लिए भून कर रख दो, मेरे लिए भी भून देना, मैं नहाने के बाद आकर खा लूंगी... लेकिन उनकी बात सुनते ही आभा जी के देवर ने मज़ाक के स्वर में कहा-मम्मी डैडी को तलवा क्यों रही हो।वह कह कर हंसने लगा।

उसका आशय समझते ही वो झेंप कर खूब ज़ोर से हंसीं और बनावटी गुस्से से उसे डांटने लगीं-चुप बदतमीज! उस दिन के बाद से ये परिहास घर भर में लोकप्रिय होकर प्रचलित हो गया। आभा जी का देवर हर किसी से पूछता-आपको तलें या भूनें? उसका तात्पर्य पापड़ से होता।

आभा जी की सास पापड़ निकालते-निकालते भी शरमा जाती थीं।

उस समय कौन जानता था कि ये बातें एक दिन इतिहास बन जाने वाली हैं। जब सास की सब सहेलियां पापड़ बनाने के लिए इकट्ठा हुआ करती थीं तो उनके शोर-शराबे को आभा जी का देवर "पॉप म्यूज़िक" ही कहा करता था। घर भर के सदस्य उसका यह परिहास समझ गए थे कि पापड़ बनाने, बेलने के दौरान महिलाओं की चिल्ल-पौं और शोर-शराबे को पॉप म्यूज़िक कहा जा रहा है। वो अपनी मां से पूछता-मम्मी आपका अगला पॉप म्यूज़िक शो कब होगा? कहें तो इन्विटेशन कार्ड्स छपवा दूं?

सच ही तो है, माइकल जैक्सन,मैडोना, लेडी गागा या मोहम्मद रफी एक दिन अपनी आवाज़ों में ही तो रह जाते हैं। आभा जी ने जिंदगी की यह तल्ख असलियत अब खूब समझ ली थी। सास ससुर तो दोनों ही कई बरस पहले दिवंगत हो गए थे, फिर एक दिन हार्ट अटैक के हल्के झटके के बाद पति भी चले गए। बेटियां शादी करके अपने-अपने ससुराल जा चुकी थीं जिनका आना-जाना अब मेहमानों की तरह ही था। इस घर में अब आभा जी का बसेरा ही था। उन्हें रुपए पैसे की तंगी कभी नहीं रही। ससुर और पति दोनों ही भरपूर पैसा छोड़ गए थे। कमी थी तो बस दो बोल बोलने वाले की।

संयोग से बेटियों की शादी भी ऐसे घरों में हुई जहां उन्हें बहुत कुछ अपने पीहर से नहीं ले जाना पड़ा। शायद अकेली महिला पर तरस खाकर बच्चियों के ससुराल वालों ने कोई लंबी-चौड़ी मांगें शादी के समय नहीं रखीं। उन्हें इतनी शायद जानकारी भी नहीं थी कि आभा जी अतिसंपन्न महिला हैं। वैसे भी सब जानते थे कि आभा जी के न रहने के बाद यहां की सब धन-दौलत बेटियों को ही तो जाने वाली थी। और था ही कौन जो आभा जी के पैसे का वहां वारिस बनता। दिल्ली जैसे शहर में इतना बड़ा मकान अपने आप में एक अकूत मिल्कियत था, करोड़ों रुपए की कीमत थी उसकी।

बच्चियां बहुत कहती थीं आभा जी से, कि वो अब अकेले रहने की जगह बच्चों के साथ ही आकर रहें। कई बार उनका मकान खरीद लेने के भी अच्छे-अच्छे प्रस्ताव आए। पर आभा जी हर बार यही सोच कर टाल गईं कि वो अकेली सही, हैं तो अपने घर में, अपने पति और सास ससुर की यादों के बीच। यदि वो उस मकान को बेच कर लड़कियों के पास चली भी जातीं तो वो अकेली ही तो जा पातीं। वो उन यादों को अपने साथ भला कैसे ले जा पातीं? पिछली यादें हवा में तैरती खुशबू की तरह उस घर की फ़िज़ाओं में घूमती थीं। इसी से वो घर आभा जी को अपना लगता था। वह कल्पना भी नहीं कर

पातीं कि किस तरह इस घर को किसी और को बेचकर वे अपने अतीत के सरमाये को छिन्न-भिन्न कर दें!

शहर में जब कोई सेल या बाज़ार लगता वे मन-बहलाव के लिए वहां चली जाती थीं। अकेले व्यक्ति के घर में आवश्यकताएं होती ही कितनी सी हैं। लेकिन उन्हें वे दिन याद थे जब छुट्टी के दिन उनके ससुर और पति सबको अपनी बड़ी सी कार में शॉपिंग के लिए ले जाते थे। आभा जी को लगता कि यदि अब वो उसी तरह शॉपिंग के लिए नहीं जाएंगी तो शायद उनके घर में बसी पति और सास ससुर की स्मृतियां बुरा मान जाएंगी। उन यादों को खुश रखने के लिए वो तैयार होती और घर से निकलती थीं।

ऐसे ही एक बाज़ार में जब उन्होंने बड़े से मेले में पापड़ों की वो विशाल दुकान देखी तो वो अपने को रोक नहीं पाई। वे उस बड़े से शामियाने में दाखिल हो गई। उन्होंने तरह-तरह के पापड़ों को काउंटर पर सजे देखा तो एक सेल्समैन को अपने पास बुला कर उसे सब में से थोड़े-थोड़े निकाल कर पैक करने का आदेश दे डाला। पचासों तरह के पापड़ थे। सेल्समैन लड़के को यह आभास हो गया कि यह वृद्ध महिला बड़ी सी कार में आई है और इसे ढेर सारे पापड़ खरीद कर ले जाने हैं तो अपना संभावित बड़ा ग्राहक जान कर वह सब कार्य छोड़ कर मुस्तैदी से उनके साथ लग गया, पापड़ पैक करने में।

उसने पॉलिथिन का एक पैकेट उठाया और सभी किस्मों व ज़ायकों के पापड़ चुन-चुन कर उनमें डालने लगा। उसके लिए यह अनुमान लगाना आसान न था कि यह महिला किसी शादी-ब्याह की तैयारी में इतने पापड़ खरीद रही है या फिर वो स्वयं किसी स्थान की पापड़ की कारोबारी ही है जो बिक्री के लिए इतना माल खरीद कर ले जा रही है। वह तन्मयता से अपना काम करता रहा। आभा जी उसके पीछे-पीछे मंथर गति से चलती हुई उसे पापड़ पैक करते हुए देखती रहीं। प्रगति मैदान में लगी उस व्यावसायिक प्रदर्शनी में गज़ब की भीड़ थी। लंबी कतार में पापड़ इकट्ठे करते हुए जब वह लड़का आभा जी को काउंटर पर ले गया तब तक उनका पैकेट भी बहुत बड़ा बन चुका था और बिल भी।

लड़के ने उनसे इशारे से पूछना चाहा कि इतना बड़ा व भारी पैकेट वह ख़ुद उठा कर कैसे ले जाएंगी क्योंकि उनके साथ कोई और नहीं दिख रहा था। गाड़ी भी बाहर पार्किंग में थी जो वहां से काफ़ी दूर थी। आभा जी ने काउंटर पर पैसे चुकाने के बाद दुकान के मालिक से अनुनय की कि वह उनका सामान उनकी कार में रखवा देने की व्यवस्था

करवा दे। उनके इस प्रस्ताव पर दुकानदार पहले तो थोड़ा सकपकाया लेकिन फिर और कोई चारा न देख कर उसने सेल्समैन लड़के से ही कहा कि वह उनके साथ जाकर पार्किंग में खड़ी उनकी गाड़ी में उनका सामान रखवा कर आ जाए।

लड़का तेज़ी से चल पड़ा। उसने अभी-अभी पैक किया पापड़ों का वह पैकेट कंधे पर रखा और बड़े-बड़े कदम रखने लगा। आभा जी उसके पीछे-पीछे चल पड़ीं।

कोलाहल से बाहर आते ही उन्हें लगा कि जैसे वो किसी "पॉप म्यूज़िक कंसर्ट" से निकल कर आ रही हों। कार में पैकेट रखवा कर उन्होंने सेल्समैन लड़के को पचास रुपए का एक नोट दिया। वह नमस्कार में सिर झुका कर वापस लौट गया। आभा जी घर चली आईं।

आज उस पापड़ के पैकेट से निकाले हुए पापड़ों में से एक लहसुन का पापड़ उन्होंने भूना था जो अब तक बिना खाया रखा था।

वे स्वयं भी नहीं समझ पा रही थीं कि वो रो क्यों रही हैं???

लेखक के बारे में

राज शेखर दीक्षित भारत सरकार के उपक्रम एनटीपीसी लिमिटेड में अपनी 37 वर्षों तक सेवाएँ देने के पश्चात 2021 में महाप्रबंधक के पद से सेवनिवृत हुए है और अब नॉएडा में रहते है। पेशे से इंजीनियर दीक्षितजी को बचपन से कहानियों को लिखने का शौक़ है और वो साहित्यिक कलाओं में रुचि रखते है। उन्हें नाटकों में हिस्सा लेने और स्टेज पर कहानी सुनाने में हमेशा दिलचस्पी रहती है। लम्बी दूरी तक कार से भ्रमण करना और प्रकृति के सौंदर्य का आनंद लेने में रुचि रखते है। सादगी, सच्चाई और ईमानदारी के साथ जीवन व्यतीत करते है। ख़ाली समय में अपने गाँव में खेती करते है। इनका एक बेटा है जो न्यूयॉर्क फ़िल्म अकैडमी से बैचलर ओफ़ आर्ट्स इन फ़िल्म मेकिंग का कोर्स कर रहा है और हॉलीवुड में फ़िल्म निर्देशन के क्षेत्र में कार्यरत है।

मेरी दादी आतंकवादी नहीं हैं

-राज शेखर दीक्षित

मेरी दादी माँ को बचपन से ही नियमित समाचार पत्र यानी अखबार पढ़ने की आदत है। उनकी उम्र 86 वर्ष है इसके बावजूद वो रोजाना सुबह चार बजे उठकर नहाती हैं, चाहे कैसा भी मौसम हो। यहाँ तक कि वो अपने कपडे भी स्वयं धोती हैं। सुबह नहाने के बाद वो पूजा पाठ और योग करने में करीब दो घंटे का समय लेती हैं। फिर चाय भी खुद बनाती हैं। इस उम्र में भी वे हमेशा उर्जावान बनी रहती हैं और हमेशा मुस्कुराती रहती हैं। पर वो चाय की चुस्कियाँ तब तक नहीं लेतीं जब तक उनके पास सुबह सुबह अखबार सामने न हो। बगैर अखबार के वो अपने आप को बहुत असहज महसूस करती हैं। मेरी दादी माँ की माँ याने मेरी परदादी ने एक बार मुझे बचपन में बताया था कि दादी ने समाचार पढने को अपनी दिनचर्या का हिस्सा तब से बना रखा हैं जब वो 5वीं कक्षा में पढ़ती थी। तब उनकी उम्र महज दस वर्ष की थी। उन दिनों हमारा देश आज़ाद नहीं हुआ था। वो सदा से स्त्री अधिकारवाद की वकालत करती आई हैं। वो उन गिनी-चुनी महिलाओं में से एक हैं जिन्होंने स्त्री होते हुए एक दकियानूसी माहौल में रहकर वर्ष 1955 में समाज शास्त्र से पोस्ट ग्रेजुएशन किया था। पर शादी के बाद परिस्थियोँवश वो अपनी पी.एच. डी. पूरी न कर सकीं।

हम हिन्दुस्तानियों में एक ख़ास गुण होता है, वो अखबार को पूरा पढ़ने के बाद उसे दूसरे कामों में इस्तेमाल करते हैं। पेपर के लिफ़ाफ़े बनाकर पैकिंग मटेरियल के तौर पर इस्तेमाल करना, या फिर खिडकियों के शीशे पर चढ़ाकर बाहर से आ रही तेज धूप को रोकना अथवा उसे टेबल-कुर्सी, बर्तन या अन्य सामानों को पोंछना, कभी पेपर प्लेट के तौर पर इस्तेमाल करके उसमे नाश्ता देना या पूजा का परशाद वितरित करना। गाँव के मिट्टीवाले चूल्हे में लकड़ी सुलगाने में या धोबी की कोयलेवाली इस्त्री में आग सुलगाने में भी इसका उपयोग होता है। स्कूली बच्चे इसका पेपर किताब कापियों में जिल्द चढाने में इस्तेमाल करते हैं। छोटे बच्चे उस पेपर का हवाई जहाज बनाकर उड़ाते हैं या फिर कागज की नाव बनाकर पानी में चलाते हैं। कई लोग अखबार में छपी फुल साइज़ हीरो या हेरोइन की फोटो को अपने कमरे में पोस्टर के तौर पर दीवारों पर चिपका देते हैं। ऐसे अनगिनत उपयोग हम अखबारों का करते हैं। और जो उनका अन्यत्र उपयोग करना नहीं

जानते वे उसे रद्दी भाव में बेचकर कुछ पैसे कमा लेते हैं।

जब मुझे अपनी कंपनी की ओर से तीन साल के लिए अमेरिका के लॉस एंजेलिस ऑफिस में भेजा गया था, तब मैंने अपने मम्मी पापा और दादी माँ को भी वहाँ गरमी के मौसम में घूमने के लिए बुलाया था। मेरे मम्मी पापा ग्रामीण पृष्ठभूमि वाले हैं तो वो अमेरिका जाने में थोड़ा झिझक रहे थे। उन्हें डर लग रहा था कि वे किस तरह अजनबियों से बातें करेंगे या अनजानी जगह बगैर सहायता के भटक जायेंगे। पर जब मैंने उनको आश्वस्त किया कि एयरलाइन का स्टाफ और सहयात्री सफ़र के दौरान उनकी मदद कर देंगे तो वो तैयार हो गए। ये उन सबकी पहली हवाई यात्रा थी वो भी सीधा विदेश के लिए। दादी ने अपने कपडे, धार्मिक किताबे, मंजीरा व खाने-पीने का सामान रखा था ताकि उन्हें विदेश में कोई दिक्कत न हो। दादी उस समय बहुत प्रसन्नचित हो गयी जब उन्होंने अमेरिका की धरती पर अपने कदम रखें। उन्हें विश्वास नहीं हो रहा था कि वे इस जन्म में जीते जी कभी अमेरिका घूम पाएंगी। उनके यहाँ पर पहुँचने के बाद करीब पंद्रह दिनों तक उन्हें अमेरिका के विभिन्न हिस्सों की सैर कराई। इन यात्राओं के दौरान दादी माँ के रोजाना के कार्य जैसे पूजा, योग और समाचारपत्र पढ़ना बाधित रहे। इसीलिए जब पंद्रह दिनों की सैर के बाद हम जब लॉस एंजेलिस वापस पहुंचे तब उन्होंने सबेरे सबेरे हिंदी का समाचारपत्र पढने की इच्छा जाहिर की। मैंने उन्हें बताया कि उनको हिंदी का अखबार तो नहीं मिलेगा पर अंग्रेजी का न्यूज़पेपर मिल जाएगा। दादी को अंग्रेजी पढ़ना लिखना तो आता हैं, हालांकि वो अंग्रेजी बोलचाल में कमज़ोर है। मसलन मैंने सुबह सुबह उनके लिए अंग्रेजी न्यूज़पेपर की व्यवस्था करा दी।

अगले दिन मैंने देखा कि दादी माँ ने अपनी दिनचर्या के अनुसार सुबह नहाने के बाद अपनी साड़ी और पेटीकोट को धोकर बालकनी में सुखाने डाल दिया। मैंने उन्हें ऐसा करने से तुरंत रोका और बताया कि अमेरिकन नियमों के हिसाब से इस तरह कपडे सुखाने की अनुमति नहीं हैं। ये जानकार दादी माँ बहुत दुखी हुई। उन्होंने जब घर के आँगन में मंजीरा बजाते हुए राग के साथ भजन गाना चाहा तब भी मैंने उन्हें यहाँ की सामाजिक व्यवस्थाओं का हवाला देकर रोक दिया। इस प्रकार के सामाजिक बन्धनों से वो बहुत असहज महसूस करने लगी। उन्हें अपने घर की याद सताने लगी क्योंकि वो तो भारत में अपने घर में जोर जोर से भजन गाती रहती थीं और मजे से बालकनी में कपड़े सुखाती थीं। चूँकि वे लोग एक महीने की लिए अमेरिका आये थे तो मैंने उन्हें समझाते हुए कहा कि वे लोग बाकी दो हफ्ते किसी तरह से अमरीकी तौर तरीकों के अनुशासित

वातावरण में रह ले। मुझे स्वयं इस तरह की सामाजिक गुलामी परेशान कर रही थी।

अंततः वो दिन आ गया जब दादी माँ और मम्मी-पापा को भारत वापस जाना था। हमेशा की तरह दादी माँ ने उस दिन भी सुबह उठकर नहाया, कमरे के अन्दर ही योग और पूजा की और उसके बाद अपने सारे कपड़ों को अपने सूटकेस में पैक करके रख दिया। उस दिन दादी माँ ने क्रीम रंग की साड़ी पहन राखी थी। वो उसमें बहुत सुन्दर और भव्य लग रहीं थीं। सुबह आठ बजे हम सब टेक्सी में सवार होकर एअरपोर्ट की ओर रवाना हो गए। दादी माँ की आँखों में आंसू थे। वे बार बार मुझे प्यार करते हुए मेरे माथे को चूम रही थीं। साढ़े नौ बजे उन्हें एअरपोर्ट पर अन्दर भेजकर बिदा करा दिया। उन्हें अन्दर भेजने से पहले पूरी तरह से समझा दिया कि किस तरह से उन्हें बोर्डिंग पास लेना हैं, लगेज को स्कैन करवाना हैं और इमीग्रेशन में उत्तर देना हैं। उनकी फ्लाइट को साढ़े बारह बजे रवाना होना था। उन्हें बिदा करने के बाद मेरा मन भी बहुत दुखी था। दुखी मन के ही साथ मैं टेक्सी लेकर वापस अपने घर की ओर जाने लगा। करीब आधे घंटे बाद मेरे मोबाइल पर एक फ़ोन आया जिसे सुनकर मैं अचंभित हो गया और टेक्सीवाले से कहा कि वापस एअरपोर्ट ले चलो। वो फ़ोन एअरपोर्ट के पुलिस विभाग से था जहाँ दूसरी तरफ से एक लेडी ऑफिसर ने मुझे तुरंत बुलाया था। उसने मुझे जो बातें बतायी मुझे उन पर विश्वास नहीं हो रहा था। मुझे उन बातों को सुनकर बड़ा धक्का लगा था। मेरे मम्मी-पापा और दादी माँ को पुलिस ने एअरपोर्ट पर रोक रखा था। उन पर इलज़ाम था कि वो किसी गैर कानूनी गतिविधियों में संलिप्त हैं और पुलिस के किसी भी प्रश्न का सही सही जबाब नहीं दे पा रहे हैं।

मैं एअरपोर्ट के अन्दर दाखिल हुआ और सीधा पुलिस विभाग की ओर चला गया जहाँ पर उन्हें बैठा रखा था। वहाँ पर पाया कि मेरी दादी माँ जोर जोर से रो रही थीं। मुझे देखते ही वो मेरे पास आने लगी, पर दो महिला पुलिसों ने उन्हें दबोच लिया और मेरे पास आने नहीं दिया। मैंने वहाँ पर बैठी लेडी ऑफिसर से पूछा कि माजरा क्या है? इस पर उसका जबाब आया कि वो वृद्ध औरत यानी मेरी दादी माँ अपने साथ कोई ज्वलनशील पदार्थ छुपाकर ले जा रही हैं। उन्हें शक हैं कि वो एक आतंकवादी हैं। इतना सुनकर मैं झल्लाकर बोला-ऑफिसर प्लीज टॉक इन सेंस। माय ग्रैंडमा इस नाट अ टेररिस्ट। प्लीज रेस्पेक्ट हर ऐज (अधिकारी महोदया, कृपया होश में बातें करें। मेरी दादी माँ आतंकवादी नहीं हैं। कृपया उनकी उम्र का ख़याल करे।) अगर आपको इनके सामान पर कोई शक हैं तो सूटकेस को वापस बुलवा लीजिये और मैं आपको खोलकर सामान चेक करवा

देता हूँ। चूँकि मामला ज्वलनशील पदार्थ को सूटकेस में ले जाने सम्बन्धी था, लिहाजा पुलिस ने बम स्क्वाड टीम और फायर-फाइटिंग टीम को बुलाया और कहा कि सूटकेस को किसी खुली जगह ले जाकर चेक किया जाए। सूटकेस की चाबी दादी माँ के पास थी, उसे मैंने दादी माँ से माँग लिया और हम एक खुले मैदान में चले गए। बम स्क्वाड टीम ने आहिस्ता-आहिस्ता उसे खोला, फिर एक-एक सामान चेक किया। सामानों के नाम पर दादी माँ के अखबार में लिपटे गीले कपड़े, कुछ धार्मिक किताबें, पुराने नमकीन के पैकेट और मंजीरा पड़ा था। उस टीम ने कई बार सूटकेस के अन्दर-बाहर चेक किया, पर कुछ नहीं मिला। अब पुलिस को शर्मिन्दगी हुई कि उन्होनें बेवजह दादी माँ पर शक किया।

पुलिस की टेक्निकल टीम जांच में जुट गयी कि उनसे कहाँ गलती हो गयी। उन्होनें पाया कि जब दादी माँ का सामान लगेज स्कैनर से पास कर रहा था तब दादी माँ के गीले कपडे सूटकेस के अन्दर पुराने अखबार में लिपटे थे। जब अखबार पानी से गीला होता हैं तब उसकी स्याही पानी के साथ क्रिया करके बदबूदार गैस बनाती हैं।शायद सूटकेस के अन्दर से कोई बदबूदार गैस रिस रही थी जिसे स्कैनर के सेंसर ने ज्वलनशील पदार्थ समझकर हूटर बजा दिया। पुलिस चौकन्नी हो गयी और दादी माँ को घेरकर उनसे प्रश्न करने लगी। दादी माँ और मम्मी-पापा उनके अमेरिकन एक्सेंट को नहीं समझ पा रहे थे। वे बार बार दादी माँ से सूटकेस की चाबी भी मांग रहे थे। पर भाषा नहीं समझ पाने की वजह से और पुलिस के जोर जोर से पूछने पर मेरे दादी माँ घबरा गई और कुछ उत्तर न दे सकीं। इस पर पुलिस को शक हुआ कि कहीं कुछ गड़बड़ हैं।

फ्लाइट के छूटने में अब सिर्फ डेढ़ घंटा बाकी था। मैंने लेडी पुलिस ऑफिसर से कहा कि कृपया इनकी सामान वापस पैक करने में मदद करे। तुरंत एक फ्रेश पेपर का रोल बुलाया जिसमे दादी माँ के गीले कपड़े पैक करके वापस सूटकेस में रखा गया।पुलिस ने अपनी गलती को स्वीकारते हुए माफ़ी मांगी और अपने विभाग के एक कर्मचारी को बुलाया जो भारतीय मूल का था और टूटी फूटी हिंदी जानता था। उस कर्मचारी की मदद से मम्मी-पापा और दादी माँ का बोर्डिंग पास का काम और इमीग्रेशन सहजता के साथ हो गया। अंत में सबके चेहरे पर मुस्कान आ ही गयी।

ये थी मेरी दादी माँ की यादगार अमेरिकन यात्रा।

लेखक के बारे में

लेखक संचित श्रीवास्तव का जन्म लखीमपुर खीरी, उत्तर प्रदेश में हुआ। इन्होंने अपनी पढ़ाई लिखाई तो उत्तर प्रदेश से की परन्तु कमाई दिल्ली, हरियाणा गुजरात, महाराष्ट्र, पश्चिम बंगाल और चेन्नई जैसे राज्यों से की।

ये पेशे से इलेक्ट्रिकल इंजीनियर हैं और निजी क्षेत्र में कार्यरत होने की वजह से इन्हें घाट घाट का पानी पीने का अवसर प्राप्त हुआ।

इन्हें कहानी लिखने में रुचि इंजीनियरिंग में आने के बाद हुई क्योंकि इंजीनियरिंग करने गया आदमी बस इंजीनियर बनकर नहीं बाहर आता। वो अपने साथ एक डिग्री और दस बारह आदमी को जीता हुआ साथ लाता है और ये कहानियां भी उनमें से ही एक शख्स लिखता है।

ये कहानी इन्होंने अपनी नौकरी दौरान भिन्न 2 शहरों और राज्यों से और वँहा के लोगों से जो राब्ता किया उस बारे में लिखी है। क्योंकि देश की विविधता इतनी खूबसूरत है कि उसका पता आपको उसको महसूस करने के बाद ही होता है और ये भाषा, बोली, तौर तरीकों की विविधता भी एक दूसरे जगह से आये व्यक्ति के जीवन में नएपन का रस घोल देती है।

सही मायनों में तो लगता है ये राहुल सांकृत्यायन के "अथातो घुमकक्कड़ जिज्ञासा" को सार्थक कर रहे हैं।

ये कहानी लेखक की कलम से आपको दिल्ली, मुंबई, कलकत्ता हर जगह का दर्शन और उसकी खूबसूरती का एहसास कराएगी।

इसलिये अपना प्यार दीजियेगा इस कहानी को।

ये कहानी मैं समर्पित करता हूँ मेरे मित्र मोहित, नज़ीर, श्रीमान और गिल्लू को जिन्होंने हमेशा मेरा पहला ड्राफ्ट पढ़ा और लिखते रहने को प्रेरित किया।

क्योंकि हर शहर कुछ कहता है

-संचित श्रीवास्तव

एक दौर था जब सोचता था अपने ही शहर में रहकर पढ़ता, वहीं नौकरी करता, घर का खाना मिलता, स्कूल के दोस्त साथ रहते, जिंदगी गुलज़ार रहती। कुल मिलाकर तुम मिले, दिल खिले और जीने को क्या चाहिए एक आदमी को वाला मामला रहता।पर जो हम चाहें वो ही हो, ऐसा होता नहीं है न बाबू।

असलियत ख़्वाब और ख़्याल से इतर होती है, और किस्मत सांड़ हो तो बेहतर भी हो सकती है।यँहा हमारी सोंच जँहा कुएं का मेढंक बनकर टर्र2 करने की थी पर वँहा किस्मत को तो कुछ और ही मंजूर था, का की जै?

स्कूल अपने शहर से जो कि ईस्ट यूपी में आता है, इंजीनियरिंग दूसरे शहर जो कि वेस्ट यूपी में आता है (ईस्ट और वेस्ट यूपी में भाषा और व्यवहार में चीन जापान जैसा अन्तर है, दिखते एक जैसे हैं पर हैं अलग 2 टाइप के जंतु) और नौकरी एकदम से दूसरे स्टेट में की। पर उसके बाद बाबस्ता नौकरी और शहर बदलने का जैसे एक सिलसिला ही शुरू हो गया।

अपने घर में फैलकर सोने की तमन्ना दिल की बात की तरह दिल में ही रह गयी क्योंकि कुंडली में एक बिनबुलाई बंजारे की जिंदगी का आगमन हो चुका था।

अब तक जबान ने समोसा जलेबी और कबाब पराठा का ही स्वाद चखा था, मुरादाबादी दाल का जायका लेना बाकी था। वो भी लिया चार साल बड़े चाव के साथ, पर उसके बाद नौकरी में आते ही जब तक मोमोस और छोला कुल्चा की आदत पड़ती की किसी दिन अचानक जिंदगी में जलेबी फाफड़ा ने एंट्री मारी, कुछ दिन में स्वाद आने ही वाला था कि अचानक मौका मिलता है माछ भात और झाल मूड़ी का स्वाद लेने का।

कुछ सालों तक यही जिंदगी में उतरती रही और जब ये अपना रंग का ढंग दिखाने वाली थी कि सफेद गेंद सी लहराती इडली नमकीन से सांभर के साथ जिंदगी के स्वाद को और नमकीन बनाने आ धमकती है। इससे पहले नमक का कर्ज चुका पाते, तब तक तवे पर बड़ा पाव गर्म हो चुका था।

हर बार ढलने के पहले स्वाद बदलता गया। कभी 2 तो सोंचा साला हर बार सब शुरू से शुरु करो, कौन पाले इतना झंझट।पर बाबू आज जब जिंदगी को पीछे मुड़कर देखा तो पाया इन शहरों, इन राज्यों की संस्कृति और लोगों ने व्यक्तिगत रूप से कितना प्रभावित और कितना उन्नत और परिपक्व किया है।

मूलरूप से मनुष्य का सामान्य आचरण है कि वो अपनी पारम्परिक चीजों से हटकर जब कुछ देखता है तो सबसे पहले उसको नकार देता है चाहें वो कोई नए तौर तरीके हों, खानपान या फिर संस्कृति। इंसान को अपने पुराने प्रचलित खान पान, पहनावे और तौर तरीके ही बेहतर नज़र आते हैं। अक्सर नए शहर में जाने वालों के मुंह से ये अनायास ही निकलता है कि "यार इस शहर में वो बात नहीं है"।

बात तो बाबू किसी भी शहर में नहीं होती बात तो लोगों में होती है, लोग ही शहर भी बनाते हैं और वो बात भी जो हमें शहर की खूबसूरती की तरफ खींचती है।

ये वास्कोडिगामा और कोलम्बस बनने का मौका हम छोटे शहर वालों को ये नौकरियां ही देती हैं। ये नौकरियां ही एक टूर पैकेज हैं (वो बात अलग है कि हमारे राज्य के नेता लपाटो की नीयत नहीं है कि ये पलायन रुके, पर हमें तो इसमें भी कुछ न कुछ फायदा ही देखना होगा, जनता जो ठहरे)

यूपी के एक छोटे से शहर से आने वाले के लिए क्या दिल्ली क्या मुंबई सब बराबर है सर्च जॉब में जो ये "ओपन टू ऑपरेशन " का ऑप्शन होता है वो जिंदगी को बहुत से आयाम और सोच को खुला आसमान देता है।

जहां नए अवसर और नए विचार परिपक्वता की ओर ले जाते हैं इन सब चीजों से इंसान जिंदगी में बहुत बेहतरीन भले बने न बने पर अपने ओल्ड वर्जन से बहुत बेहतर बनकर उभरता है, याद रखना।

पर बेटा एक बात जानो, बात हर शहर में होती है कुछ न कुछ। थोड़ा समय दो ख़ुद को और शहर को भी। वो बात सुनाई भी देगी और हसीन भी लगेगी।

सोंचता हूँ अगर अपने ही शहर में रह गया होता तो क्या कभी अपनी राज्य भाषा से आगे कुछ सीख पाता, दुनिया छोड़ो देश की विविधताओं से कभी मुख़ातिब होता।

न जॉन एलिया का दर्द समझता न अम्बेडकर का संघर्ष।

अनेक प्रकार के विचारों, व्यवहारों और कुछ बेहतरीन लोगों से शायद कभी न

मिल पाता।

हमेशा यही लगता साउथ मतलब मद्रास और बंगाल मतलब मूड़ी और मछली, मुम्बई मतलब गर्दी और बाकी भी कुछ ऐसा ही। पर इन सब शहरों में इन सब बातों से अलग भी बहुत कुछ है जो इन्हें अपने में अलग और आकर्षक बनाता है।

अब किसी शहर किसी राज्य और किसी व्यक्ति को लेकर जजमेंटल नहीं होता क्योंकि सब अपने में कुछ न कुछ खूबियां समेटे हुये हैं।बाकी भले तो हम ख़ुद नहीं है तो किसी में दोष क्या ढूंढे और कुछ भी परफेक्ट नहीं होता क्योंकि जो परफेक्ट होता है वो तो भईया होता ही नहीं है।

बाकी अभी बहुत सफ़र तय करना है क्योंकि चच्चा कह गये हैं

"सितारों के आगे जहाँ और भी हैं,
अभी इश्क़ के इम्तिहाँ और भी हैं।

तही ज़िन्दगी से नहीं ये फ़ज़ायें,
यहाँ सैकड़ों कारवाँ और भी हैं"

ख़ैर चलते चलते बस यही कहूँगा कि साहब हर शहर को मौका दीजिये, अपना सब्र औ वक़्त दीजिये फ़िर सुनिए क्योंकि

"हर शहर कुछ कहता है।"

लेखक के बारे में

दिवा शंकर सारस्वत भारत संचार निगम लिमिटेड में उपमंडल अभियंता हैं तथा वर्तमान में उत्तर प्रदेश के एटा जनपद में तैनात हैं। आपकी कई रचनाएं विभिन्न ओनलाइन मंचों पर पुरस्कृत हो चुकी हैं। स्टोरीमिरर पर आपकी कहानी "सम्मान" १४ नबंबर हिंदी दिवस प्रतियोगिता में तथा कहानी "दूध का दूध और पानी का पानी" बाल दिवस प्रतियोगिता में पुरस्कृत हो चुकी है। आपकी रुचि सामाजिक लेखन के साथ साथ आध्यात्मिक लेखन में भी है। पौराणिक पृष्ठभूमि पर आपने कई रचनाओं को लिखा है जो कि पौराणिक पृष्ठभूमि पर आधारित होने के बाद भी बहुत हद तक मौलिक हैं।

प्रेम का मूल्य

-दिवा शंकर सारस्वत

"शाम ढलने लगी थी।सूर्य देव अपनी रश्मियाँ समेटकर सोने की तैयारी कर चुके थे। पाकुड़, एक बहुत ही छोटा सा गाँव जिसके निवासी दीनू, बसिया, हरिया अपने पशुओं को चराकर वापस घर लौट रहे थे। बारह-पंद्रह साल के बच्चे....., पढ़ाई से कोई वास्ता नहीं।बस खाना, खेत और काम।सब अपनी धुन में आपस मे ग्रामीण अंदाज में हंसी मजक करते चले जा रहे थे।आगे आगे पशु और पीछे सारे बाल गोपाल।चलते चलते अंधेरा घिर आया था। जिससे उबड़ खाबड़ रास्तो पर चलना मुश्किल हो रहा था, सबकुछ धूमिल सा हो चुका था। गहराती सांझ अपने साथ सन्नाटे को लेकर आ रही थी।जिसे उनकी बातें ही तोड़ रही थीं।बातें करते करते हरिया अचानक से चीखने लगा.....

आ..... आ.....!"

हरिया को चीखता देख बाकी बच्चे रुक गये। डर की बजह से हरिया के मुंह से आवाज भी नहीं निकल रही थी। जानवर आगे बढ चुके थे।

वैसे दीनू और बसिया समझ गये कि कुछ तो परेशानी की बात है। गांवों में वैसे भी भूत प्रेतों की कहानियॉ ज्यादा सुनी जाती थीं। अफवाह थी कि रात के समय गांव के बाहर पांच पीपल के पेड़ों के नीचे भूतों की बारात निकलती है। उस समय जो भी वहॉ से गुजरता है, वह कभी वापस नहीं आता है।

पर वह तो रात की बात है। अभी रात तो नहीं आयी। भले ही अंधेरा छाने लगा हो। फिर पीपल के पेड़ भी अभी दूर थे।

ऐसा कोई जरूरी नहीं कि भूत और चुड़ैल रात होने का इंतजार देखें। ऐसी अनेकों कहानियाँ दोनों के जेहन में आ गयीं। डर के कारण हरिया के दांत कटकटा रहे थे। पर सत्य को देखे और जाने बिना भी दीनू और बसिया के दांतों में कंपन होने लगा।

वैसे अप्रत्याशित स्थिति में जल्दी भाग लेना मुसीबत से बचने का उपाय होता है। पर दौड़ने के लिये भी साहस की आवश्यकता होती है। दीनू और बसिया की हिम्मत तो

हरिया को देखकर ही जबाब दे गयी।

जल्द ही एक और चीख की आवाज आयी। अरे यह तो संतो काकी की भतीजी लक्ष्मी की चीख है। वास्तव में संकट भूत और प्रेत के संकट से भी गहरा था।

पाकुड़ एक पहाड़ की तलहटी में बसा छोटा सा गांव कभी जंगल काट कर बसाया गया था। आज भी घने जंगल में अपना इलाका बनाने में नाकामयाब रहे जंगली जानवर गांव के पास तक आ जाते हैं। वैसे भेड़िया या लक्कड़बघ्घा का गांव के पास दिखना बहुत आम बात थी। ये बच्चे भी उनसे नहीं डरते थे।

झाड़ी के पास का दृश्य स्पष्ट था। लक्ष्मी किसी बड़े जानबर के कब्जे में थी।

दीनू नहीं जानता था कि वह बड़ा सा जानवर कौन है। वैसे उसे बचकर भाग लेना चाहिये था। पर हुआ कुछ अलग। शायद मन में लक्ष्मी के लिये उभरते आये जज्बात यथार्थ का रूप ले चुके थे। जिन बातों को पंद्रह साल का युवक अपनी हम उम्र कन्या से बोल नहीं पाया, उन्हें अपने आचरणों से बोलने लगा। लक्ष्मी तो छूट गयी पर अब दीनू संकट में था। पर दीनू के चेहरे पर तकलीफ के कोई निशान न थे।

शायद अभी दीनू के भाग्य में जीवन था। गांव बालों की आवाज सुन तेंदुआ भाग गया। वह दूसरी बात है कि अब दीनू को अनेकों दिन चारपाई पर गुजारने पड़े।

लक्ष्मी की वापसी के दिन नजदीक आ रहे थे। दीनू अभी पूरी तरह ठीक नहीं हुआ था। लगता है कि लक्ष्मी के मन पर भी कुछ असर हो रहा है। फिर भी दोनों शांत थे। कुछ गांव का माहौल और कुछ दोनों के तौर तरीकों में अंतर स्पष्ट था। कुछ दिन अपनी बूआ के घर घूम लेना अलग बात है। शहर का माहौल अलग ही होता है। जहाँ पला बढा कभी भी गांव में जीवन बिताने की कल्पना भी नहीं कर सकता है।

निश्चित ही १५ वर्ष की आयु वह आयु है जबकि एक बालक अपने बचपन से आगे सोचने लगता है। बचपन जैसी निश्छलता अब दूरी बनाने लगती है। वायदे भी सोच विचार कर किये जाते हैं।

लक्ष्मी जहाँ एक होनहार छात्रा थी वहीं दीनू का पढाई लिखाई से मामूली सा संबंध था। ऐसी बेसिरपैर की प्रेम कहानियाँ केवल फिल्मों का विषय हो सकती हैं। जिंदगी के फैसले ज्यादातर सोच समझ कर ही लेते हैं।

अब यह प्रेम था या आकर्षण। दोनों के मन में कुछ तो था। जो उन्होंने कभी भी एक

दूसरे से नहीं कहा। शायद परिणाम का पता दोनों को था।

कई साल गुजर गये। बसिया और हरिया दोनों का विवाह हो चुका था। पर दीनू ने अपनी अलग ही राह तलाश ली। दिन हो या रात, वह दूसरों की सेवा में लगा रहता। किसी पड़ोसी गांव में एक बैद्य जी से कुछ जड़ी बूटियों की जानकारी कर ली। विद्यालय शिक्षा में हीन दीनू अनुभव से एक कुशल आयुर्वेदिक चिकित्सक बन चुका था। ऐसा चिकित्सक, जिसके ज्ञान पर गांव बाले विश्वास करते थे। निस्वार्थ सेवा का प्रभाव था कि उसकी दवाओं से सभी मरीज सही होते रहे।

लक्ष्मी एक प्रतिष्ठित कंपनी में नियुक्त थी। शहर और गांव में विवाह की आयु में कुछ अंतर तो होता है। लक्ष्मी को आज दीनू के विषय में कुछ याद न था। अथवा वह उसे भुला देने की कोशिश कर रही थी। पहला प्रेम कब भूलता है।

यदि विवाह बराबरी में करना चाहिये तो राजीव में किसी भी तरह की कोई कमी न थी। पढाई में अब्बल, एक प्रतिष्ठित परिवार का युवक उसी कंपनी में लक्ष्मी के साथ कार्यरत था। लक्ष्मी के मन से पुरानी बातें कुछ धुंधली हो चुकी थीं। उसने अपना जीवन साथी चुन लिया था। परिवार में किसी को भी इसमें आपत्ति न थी।

आखिर वह दिन आ गया जबकि लक्ष्मी विधिवत विवाह कर राजीव की अर्धांगिनी बन गयी। उसे उम्मीद भी न थी कि दीनू आज भी उसकी राह देख रहा हो। उम्मीद यह भी नहीं थी कि वह कभी भविष्य में दीनू से मिल भी पायेगी।

उम्मीद के प्रतिकूल वह दिन आ गया। दुर्घटनाग्रस्त राजीव को अनेकों अस्पतालों में लेकर लक्ष्मी भागती रही। सारी जमा पूंजी भी खर्च हो गयी। पर मन में उम्मीद न छूटी। जिसने जहाँ भी बताया, वह राजीव को वहां दिखाने ले गयी। लक्ष्मी एक सच्ची अर्धांगिनी सिद्ध हो रही थी।

यदि आरंभ में कोई कहे कि किसी गाँव में कोई आयुर्वेद के तरीके से असाध्य को भी साध्य कर देता है तो कोई भी विश्वास नहीं करता है। पर बड़े बड़े अस्पतालों से निराश वह सब कुछ करता है जिनका वह उपहास करता रहा है। भगवान के दर पर आराधना, पीरों पर चादर चढाने के साथ साथ इन देशी डाक्टरों को आजमाने में भला क्या दिक्कत है। फिर बूआ इतना तारीफ कर रही हैं। कुछ नहीं तो बूआ से मिलना ही हो जायेगा। दुख बांटने से कम होता है।

दीनू के उपचार से राजीव में सुधार आना शुरू हुआ। हालांकि महीनों लग गये।

राजीव धीरे धीरे खुद आत्मनिर्भर बनने लगा। यद्यपि इलाज तो वर्षों चलेगा। फिर भी इतना निश्चित है कि अब समस्या नहीं है। राजीव पूरी तरह सही हो जायेगा।

"दीनू! आपको क्या मूल्य दूं।"

"मूल्य। क्या हर बात का मूल्य दे पाना संभव है। कुछ बातें अमूल्य होती हैं। उनका मूल्य चुकाना भला कैसे संभव है।"

दीनू की बात सत्य थी। भला निस्वार्थ प्रेम का क्या मूल्य चुकाया जा सकता है। पूरे विश्व की दौलत भी प्रेम का मूल्य नहीं चुका सकती है।

पर क्या लक्ष्मी वह मूल्य अदा नहीं कर सकती। शायद कभी उसके मन में भी वही भाव उठे थे जो दीनू के मन में उठे थे।प्रेम का एक अंश भी कुछ भी बड़ा बदलाव कर सकता है।

"दीनू! जिंदगी आगे बढ जाये, उस समय भी किसी की प्रतीक्षा रहती है। जरूरी नहीं कि हमें क्या चाहिये। जरूरी यह भी है कि हम क्या कर सकते हैं। किसी के मन में प्रेम का सागर है पर वह उसका प्रयोग नहीं कर सकता। पर कोई है जो प्रेम के लिये तो छोड़िये, सम्मान के लिये भी तरस रहा हो। क्या किसी की चाह में जीवन रोक देना ही प्रेम है। प्रेम तो वह सरिता है जो लगातार प्रवाहित होती है। यदि प्रवाह रुक जाये तो कैसा प्रेम।"

दीनू को उसका मूल्य मिल गया। अब वह धन्नो ताई के घर जा रहा है। जिनकी पुत्रवधू विवाह के दूसरे दिन ही विधवा हो गयी। आज भी वह विभिन्न तानों को झेल रही है। चाहे कोई भी उसका विरोध करे। अब दीनू उसको सम्मान दिलाएगा। उसे अपनी अर्धांगिनी बनायेगा। खुद के मन में समाये प्रेम के धन धान्य को उसी पर लुटायेगा। खुद उसका जीवन बनेगा।

सत्य है कि प्रेम रुक नहीं सकता है। बहती हुई दरिया हमेशा अपना मार्ग बना लेती है।

लेखिका के बारे में

चन्द्र प्रभा जी ने एम.ए. संस्कृत में किया है और लॉ में एल-एल. बी. किया है। न्यायिक सेवा में टॉप कर प्रथम महिला न्यायिक पदाधिकारी होने का गौरव हासिल किया है। लेखन और पर्यटन में रुचि के कारण देश-विदेश घूमीं हैं। उच्च न्यायिक सेवा से सेवानिवृत्त होने के पश्चात् अपने रुचि व अनुभव के विषय में लेखन किया है। कुकरी पर 'भोगप्रसाद', 'षड् रस' 'बेसिक होम कुकिंग' आदि पॉच पुस्तकें प्रकाशित हुई हैं। सामाजिक विषय पर 'गृहदीप्ति' और लॉ पर 'जीवन में न्याय' पुस्तक प्रकाशित हुई हैं। एक उपन्यास 'आश्रिता' पर के। बी। हिन्दी सेवा न्यास(पंजी) द्वारा "हिन्दी भूषण श्री" सम्मान से सम्मानित। स्टोरीमिरर द्वारा "सरस कहानियॉं" पुस्तक प्रकाशित।

स्टोरीमिरर में प्रकाशित रचनाओं के लिये "लिटरेरी जनरल" सम्मान प्राप्त हुआ है। "फ्री इंडिया" कहानी प्रतियोगिता में प्रथम स्थान प्राप्त हुआ। इन्हें स्टोरीमिरर पर ऑथर ऑफ द वीक पुरस्कार दिया गया। इन्हें ऑथर ऑफ द ईयर २०२१ व २०२२ नामित किया गया। कई प्रशस्तिपत्र प्राप्त हुए। स्टोरीमिरर से एक बायोग्राफ़ी " बाऊजी ने कहा था" को प्रथम पुरस्कार मिला है। स्टोरीमिरर से ऑथर ऑफ द ईयर २०२२ के विजेता का प्रमाणपत्र दिया गया है।

निखिल पब्लिशर्स के आठ साझा संग्रहों में और नवमान पब्लिकेशन्स के तीन साझा संग्रहों में रचनायें प्रकाशित हुई हैं और सम्मान पत्र मिले हैं।

अपना देश विशाल

-चन्द्र प्रभा

अपना विशाल देश अपने में विराट् संस्कृति समेटे हुए है, जो ज्ञान के उषाकाल से वेदों से लेकर आज तक जन-जन में बहती आई है। हमारे वेद उपनिषद् ज्ञान के भंडार हैं जो आज तक हमें दिशा निर्देश देते आ रहे हैं और आज भी हमें ज्ञान प्रदान करने में सक्षम हैं।

देर सबेर यह बात समझ में आ जाती है कि हमारे यहाँ अतिथि-सत्कार,सहृदयता, एक दूसरे की देखभाल की, सहायता की, अच्छे संस्कारों की आज भी कोई कमी नहीं है।

मेरी बेटी विदेश गई थी सपरिवार अपनी दो छोटी बेटियों के साथ। पॉच साल के न्यूयार्क प्रवास में रहकर वहीं बच्चियॉ पलीं बढ़ी और स्कूल में शिक्षा पाने लगीं। स्कूल बहुत अच्छा था, स्कूल की लाईब्रेरी में सुन्दर-सुन्दर किताबें थीं। जब भारत वापिस आना हुआ तो बेटियॉ आना नहीं चाहतीं थीं, वहीं की पढ़ाई की अभ्यस्त हो गईं थीं, पर माता-पिता आये तो उन्हें भी बेमन से आना पड़ा। पर यहाँ स्कूल में आकर पढ़ाई करने में दिक़्क़त पड़ी। यहाँ का वातावरण एकदम फ़र्क़ था। अन्य कठिनाइयाँ भी आईं।

बेटियों कहतीं-"हमें इंडिया क्यों लाये? हम वहीं अच्छे से पढ़ रहे थे।"

उन्हें यहाँ के स्कूल की पढ़ाई करने में दिक़्क़त आ रही थी, भाषा की भी परेशानी थी। सभ्यता संस्कृति में भी अन्तर था। स्कूल में गईं तो टीचर ने कहा-

"बाल खोलकर मत आओ। बाल बॉधकर रखो।"

यहाँ स्कूल में टीचर बच्चों का टिफ़िन चेक करती थीं। और समझाती थीं-

"टिफ़िन में पिज़्ज़ा बर्गर मत लाओ। रोटी सब्ज़ी या पराठा लाओ।"

कपड़े भी स्कूल में शालीन होने चाहियें थे, स्कर्ट ऊँची नहीं होनी चाहिये थी। एक दूसरे के साथ आदर स्नेह से बोलना चाहिये था।

कुछ समय बाद स्कूल की तरफ़ से एक ट्रिप बच्चों को घुमाने फ्रॉस ले गया, वहाँ पेरिस में ठहरे। दो-दो बच्चों को अलग अलग परिवारों में ठहराया गया, जिससे वहाँ का परिवेश भी समझ सकें। बिटिया भी अपनी सहेली के साथ एक परिवार में ठहरी। वहाँ से

लौटी तो उसने अपने पेरिस के अनुभव सुनाये।

उसे वहाँ की जीवन शैली देखकर बहुत आश्चर्य हुआ और छोटे छोटे घरों को देखकर भी विस्मित हुई। उसने जो बताया, वह उसी के शब्दों में इस प्रकार है-

"वहाँ सिगरेट पीते हैं। शाम को बैठकर बीयर पीते रहते हैं। घर जूते के डिब्बे जितने बड़े। छतें छोटी छोटी। हाथ ऊपर करो तो दीवार से छत से टकराओ।"

"स्कूल में चार इंच हाई हील पहिनकर आती हैं। बहुत छोटी छोटी स्कर्ट और रिवीलिंग कपड़े। लड़के एनजॉय करते हैं लड़कियों से और फिर छोड़ देते हैं। सब फ्रेंच में बातें करते हैं, इंगलिश जानते हुए भी नहीं बोलते। तो भारतीय लड़कियाँ हिन्दी में बात करती हैं।"

उसने कहा कि-"बहुत कल्चरल डिफ़रेंस है। सभ्यता का बहुत फ़र्क़ है। भारत में एक दूसरे की मदद करते हैं, प्यार है।"

उसका कहना था-"भारत में भोजन कराने का खिलाने का ध्यान रखते हैं। वहाँ किसी को परवाह नहीं। धन से कल्चर नहीं आती, भोगविलास आता है।"

बिटिया ने यह भी कहा-"हॉस्पैलिटी (आदर-सत्कार) क्या होता है यह हम उन्हें इंडिया आने पर बतायेंगे। वहाँ खाने को कुछ नहीं पूछते, बस टेबिल पर रख देते हैं।" उससे पूछने पर पता चला कि वहाँ बाहर घूमने का ट्रिप बना था। डेढ़-दो बजे रात को घूमकर आए। किसी ने नहीं पूछा कि कैसा रहा,खाना खाया या नहीं। वहाँ से आकर उसे अपने देश का महत्त्व पता चला, यहाँ की संस्कृति और संस्कार के लिये सम्मान का भाव बढ़ा, और अपना देश प्यारा महान् लगा।

एक स्वस्थ समृद्ध भारत का चित्र देखा है-चैतन्य महाप्रभु एवं स्वामी विवेकानन्द जी ने। वही सपने हम सबकी आँखों में भी हैं। हमारा भारत देश महान् संस्कृति और संस्कार का धनी है। सारा विश्व एक कुटुम्ब के समान है। "वसुधैव कुटुम्बकम्" हमारा आदर्श है। सब विश्व एक नीड़ है। सब सुखी रहें, "सर्वे भवन्तु सुखिनः" हमारा मंत्र है। "अतिथि देवो भव" हमारे यहाँ सिखाया जाता है।

लेखिका के बारे में

दिव्यांजलि वर्मा अयोध्या उत्तर प्रदेश की रहने वालीं है। इन्होंने इंग्लिश से MA और BEd किया है। इन्हें बचपन से ही किताबे पढ़ने का शौक है। जब ये छोटी थी तो कॉमिक्स पढ़ती थी जिससे प्रेरित होके इन्होंने ड्राइंग कापी पर खुद की कॉमिक्स बनाना शुरू की। फिर इनका रुझान कहानियो की तरफ बढ़ता गया। और इन्होंने बाल कहानियाँ लिखनी शुरू की। जो बच्चों के साथ साथ बड़ो को भी काफी पसंद आई। यहा से प्रोत्साहित होके इन्होंने साहित्य की और भी विधाओ पर लिखना शुरू किया।

शेक्सपियर, मिल्टन, सरोजिनी नायडू, प्रेमचंद और नरेंद्र मोदी जैसे सितारे इनके आइडल है।

स्टोरीमिरर जैसे एप पर ये सक्रिय रहती है। Facebook,Instagram, Twltter, Whatsapp पर भी ये हमेशा सक्रिय रहती है। इन्हें घूमना, शॉपिंग करना और नए नए पकवान बनाना पसंद है।

चींटियों का नया घर

-दिव्यांजलि वर्मा

एक जंगल मे चींटियों का परिवार रहता था। उस परिवार में 2000 चीटियां थी। सब आपस मे मिल जुल कर प्यार से रहती थी। उनकी एक रानी चींटी थी। जो बहुत ही अच्छी और दयालु थी। वो चीटियां एक बड़े से पेड़ में बिल बना के रहती थी। वो पेड़ बहुत ही सुंदर और मिठे फल वाला पेड़ था। जिससे खाने के लिए चींटियों को कही और जाना भी नही पड़ता था। वो उसी पेड़ में रहती थी और जब भूख लगती तो उसी पेड़ का फल खा लेती थी।

इस तरह उनकी जिंदगी खुशी खुशी बीत रही थी।

लेकिन एक दिन अचानक चींटियों पर दुखो का पहाड़ टूट पड़ा। जिस बड़े वाले सुंदर पेड़ में वो अब तक रहती थी। कल रात की आंधी में वो पेड़ टूट के गिर गया। और चींटियों का आधा घर भी टूट गया। उन चींटियों ने किसी तरह वही रात बिताई, क्योकि बारिश बहुत तेज थी। और वो कही जा नही सकती थी। अगर वो तेज बारिश में कही जाने की कोशिश करती तो या तो वो हवा के तेज बहाव से उड़ के अपने परिवार से अलग हो जाती या फिर पानी के बहाव से नदी में चली जाती जहाँ मछलियां उन्हें खा जाती। रात भर उन चींटियों ने डट के बारिश का सामना किया। अब सुबह होने वाली थी और बारिश भी धीरे धीरे कम हो रही थी।

सुबह तक बारिश पूरी तरह से बंद हो गई। तो चीटियां अपने बिल से बाहर आई। बाहर का हाल देख के वो बहुत दुखी हुई। क्योकि चारो तरफ पानी ही पानी भरा था। और वो फल वाला सुंदर पेड़ जिसमे वो चीटियां रहती थी वो भी टूट गया था।

“अब क्या होगा?” एक चींटी ने कहा। “लगता है हमे कही और जाना पड़ेगा। क्योकि ये वाला पेड़ तो टूट गया है। अब जल्दी ही इसमें दीमक आकर अपना घर बना लेगी।”

“हाँ,सही कहा तुमने। अगर हम सब यहां से नही गए तो दीमक हमे भी खा जाएगी।” दूसरी चींटी ने कहा।

सारी चींटियों ने मिल के तय किया कि अब वो लोग किसी दूसरे पेड़ में रहेगी। क्योकि ये पेड़ टूट चुका है। कुछ खोजी चींटियों को सैनिक चींटियों के साथ दूसरा अच्छा और मिठे फल वाला पेड़ खोजने के लिए भेजा गया।शाम तक पेड़ मिल चुका था।और मजदूर चींटियों द्वारा नया बिल भी बनाया जा चुका था। अब धीरे धीरे सारी चीटियां अपना बचा कूचा जरूरी समान और खाने पीने की चीजें लेके अपने नए बिल में जा रही थी।

कुछ मजदूर चीटियां रानी को उठा के लेके जा रही थी। कुछ ने अंडों उठा रखा था। और कुछ चीटियां छोटे बच्चो को ले जा रही थी। नए वाले पेड़ में आकर चीटियां बहुत खुश थी।

एक दिन उन चींटियों में से कुछ चीटियां खाने की तलाश में जा रही थी तो उन्होंने वही पुराना वाला पेड़ देखा, जिसमे बिल बना के वो रहती थी। पेड़ ले नाम पर वहां अब कुछ भी नही था। और न ही वहां कोई दीमक रहने आई थी। उस जगह को देख के लगता था कि अब वहां कोई नही रहता था।

लेखक के बारे में

मिलिंद राणे जी ने मास्टर इन कॉमर्स मैनेजमेंट में किया है। वो एक प्राइवेट कंपनी में "प्रशासकीय अधिकारी" है। वो अलग अलग विषयों में कहानी लिखने में रूचि रखते है। उनकी कुछ "मराठी" कहानियां आप "शब्दफुले" मराठी पॉडकास्ट चॅनेल पे सुन सकते है।

कोर्ट के भूत

-मिलिंद राणे

शाम को काम खत्म करके मै घर के लिए निकलही रहा था। तभी पड़ोसी सहयोगी राजीव ने मुझे पूछा कि पाटिल आज देर रात तक रुक के डाटा बैकअप का काम पूरा करें क्या? मैंने राजीव की तरफ देखा और कहा नहीं मैं देर रात तक ऑफिस में नहीं रुकता। चाहिए तो मै कल सुबह थोड़ा जल्दी आ के काम पूरा करता हु। जैसे ही मैंने ऐसे बोला वैसे मेरे और एक सहयोगी ने हसते हुए राजिव से कहा, पाटिल थोड़ा डरपोक है। इसलिए रुकना नहीं चाहता।

राजीव ने मेरी तरफ देखा। मैंने उन दोनों की तरफ देखा और मुस्कुराया और घाडी को कहा, यदि आप लोग ऐसा समझ रहे है तो मुझे कोई दिककत नहीं है। दोनों को निकलते वक्त मैंने बाय किया। कोर्ट के बाहर आ के चाय की टपरी पे चुस्किया लेते हुए मै कोर्ट की बड़ी वास्तु को देख रहा था। ऑफिस में काम के लिए देर रात तक नहीं रुकने के पीछे मुझे १५ साल पुराणा आया हुआ एक डरावना अनुभव था।

हुआ ऐसे था की उस वक्त मेरी उम्र २५ साल थी। मै कोंकण इलाके के जिला न्यायलय के ऑफिस में कंप्यूटर विभाग में काम करता था। मेरे विभाग में, सावंत सर, विकास, संजय, और मै ऐसे चार लोग काम करते थे।

हमारे चारो जन का एक अच्छा ग्रुप हो गया था। खाना, पीना, मजाक, मस्ती करते हम काम करते थे। सावंत सर को छोड़ के हम तीनो बैचलर थे। सावंत सर की बीवी पेट से थी और वो अपने मायके गई थी। इसलिए वो भी हमारे साथ थोड़ा लेट ऑफिस में काम करते रुकते थे। हम चारो रोज ५ बजे ऑफिस छूटने के बात शाम को एक घंटा ज्यादा ६ बजे तक रुक के काम करते थे। उसके बाद चाय की टपरी पे चाय पीके घर के लिए निकलते थे। ये हमारा रोज का दिनक्रम हो गया था।

दिसंबर की ठण्ड शुरू हो गयी थी। गांव में तो ज्यादा ठण्ड होती है। दो दिन के बाद हमे क्रिसमस की छुटिया लगने वाली थी। इसलिए सावंत सर हम सबको बोले हम आज रात को देरतक रुक के डेटा बैकअप का काम खत्म करते है। तो कल हम लोग घर के लिए जल्दी निकल सकते है। हम सब इसके लिए राजी हो गए।

हम काम करते बैठे। शाम के सात बज चुके थे। सुरक्षा विभाग के परब आ गए। हमें देख के बोले आप लोग अभी तक गए नहीं? हमने उनसे कहा हम लोग आज ज्यादा देर बैठ ने वाले है। शायद १०-११ बज सकते है। उन्होंने हमसे कहा इतने देर तक मत रुकिए। ८-९ बजे तक बैठिये और कल सुबह जल्दी आइये।

हमने उन्हें ठीक है करके कहा। वो निकल गए। ८ बजे वापस सुरक्षा व्यवस्थापक बागवे साहब आये। उन्होंने हम लोगो से कहा अभी आप सब लोग घर जाइये। कल सुबह चाहिए तो जल्दी आकर काम कीजिये। सावंत सर ने उन्हें कहा थोड़ा काम बाकी है। हम लोग और दो घंटे बैठने वाले है। बागवे साहब हमें बार बार बोलने लगे ज्यादा समय मत रुकिए। हमने उन्हें हम लोग जल्द ही निकलेंगे कहा। वो निकल गए।

हम लोग हमारा काम कर रहे थे। रात के दस कब बजे पता ही नहीं चला। तभी मै जहा पे बैठा था उसी बाजु का अंदर, बहार जाने वाला मोटा काच का दरवाजा धकेल के कोई अंदर आया ऐसे मुझे लगा। मुझे लगा बागवे सर वापस आये क्या? पर मुझे कोई दिखा नहीं। मैंने उसके ऊपर ज्यादा ध्यान नहीं दिया। पर वापस थोड़ी देर बाद वही दरवाजा धकेल के कोई बाहर गया ऐसे मुझे लगा। मैंने सहजता से संजय को पूछा कौन बाहर गया। उसने सभी को देखा। और मुझे कहा कोई नहीं। हम वापस काम में जुड़ गए। वापस दो बार थोड़े थोड़े वक्त के बाद पहले जैसे ही हुआ। दरवाजा धकेल के कोई आया और वापस बाहर गया। अभी सब लोगो का दरवाजे की तरफ ध्यान गया। सावंत सर ने विकास को पूछा कौन अंदर बाहर आ जा रहा है। देखो दरवाजे के बहार अब कौन गया है। विकास ने दरवाजे के बाहर दोनों तरफ देखा। पैसेज में कोई नहीं था। हम सब अचंबित हो गए। २-३ बार अंदर बाहर कोई गया पर अब पैसेज में कोई नहीं। ये कैसे? दरवाजा इतना भी हल्का नहीं था की हवा के कारण खुल जाए, और बंद हो सके। उसे बिना किसी ने जोर लगाए खुल नहीं सकता था?

हम इसके बारे में बात कर ही रहे थे तभी सामने वाली विभाग से प्रिंटर में से प्रिंट देने की आवाज सुनाई देने लगी। हमने देखा कि सामने वाले विभाग के दरवाजे को ताला था। तो प्रिंटर का आवाज कैसे आ रहा है। प्रिंटिंग कौंन देता रहे ग, मैंने बोला। सावंत सर बोले किसी ने गलती से प्रिंटर चालु रखा रहेगा। उन्होंने अपने कंप्यूटर के सिस्टम में सभी डिपार्टमेंट के कंप्यूटर प्रिंटर चालु है क्या देखा। पर हमारे डिपार्टमेंट के कंप्यूटर प्रिंटर के अलावा बाकी डिपार्टमेंट के कंप्यूटर प्रिंटर बंद दिखा रहे थे। तो प्रिंटर का आवाज कैसे आ रहा है। सावंत सर सोच में पड़ गए।

तभी दो डिपार्टमेंट छोड़ के अकाउंट डिपार्टमेंट में से टाइपराइटर का आवाज आने लगा। अकाउंट डिपार्टमेंट में अभी तक कौन बैठा है? संदीप ने पूछा। हम सब लोग अकाउंट डिपार्टमेंट के पास गए। हमने देखा डिपार्टमेंट को ताला था। तभी डिपार्टमेंट के अंदर से कोई टाइपराइटर पे टाइप करने की आवाज आने लगी। सब से बड़ी बात ये थी की टाइपराइटर पे टाइप करने के बाद उसका हैंडल धकेलने का आवाज भी आ रहा था।

अब हम सब हैरान हो गए। काच का मोटा दरवाजा कोई धकेल के अंदर, बाहर आ जा रहा था। फिर भी पैसेज में कोई दिख नहीं रहा था। सभी विभाग बंद होके भी कुछ डिपार्टमेंट में से प्रिंटर और टाइपराइटर के आवाज आ रहे थे। इन सब घटनाओ से हम सभी डर गए थे। रात के ११ बज गए।

सावंत सरने हम सब से कहा "पांच मिनट में सबके कंप्यूटर बंद करो और जल्दी से यहाँ से निकलो"। हम सबने हमारे कंप्यूटर जल्दी से बंद किये। हमारे विभाग का दरवाजा बंद किया। मैंने जल्दी जल्दी में दरवाजा बंद किया उसकी वजह से दरवाजे पे बांधा हुआ एक पुराना फूलो का हार तभी सीधे मेरे गले में ही गिरा। मै डरके मारे चिल्लाया। मेरे गलेमे गिरा हुआ हार देख के बाकी के भी डर के चिलाये। मैंने कैसे वैसे दरवाजे को ताला लगाया। सावंत सर चिलाये भागो जल्दी से। कोई भी पीछे मूड के नहीं देखेगा। हम सब वहा से चीख़ते चिलाते हुए भागे।

दूसरे दिन सुबह मुझे सिक्योरिटी डिपार्टमेंट के बागवे सर मिले। उन्होंने मुझे बोला कल आपलोग चिलाते हुए भागते जाते हुए मैंने देखा। मैंने कल रात का पूरा क़िस्सा उनको बताया। उन्होंने मुझे बोला इसीलिए मैंने आप लोगो को ज्यादा वक्त नहीं बैठने के लिए बोला।

ऐसे कई अनुभव हम लोगो को आते है। पर मैंने ऐसा कुछ आप लोगो को बताया होता तो आपने मेरा मजाक उड़ाया होता या जान बुज के मै आप को डरा रहा हूँ ऐसे आप को लगता। हम लोग भी ८-९ बजे के बाद कोर्ट के अंदर नहीं जाते है। कल आप लोग बैठे थे इसलिए मै आया था। यहाँ के कुछ रिटायर्ड हुए कर्मचारी मृत्यु के बाद भी यहाँ आ के काम करते हुए मैंने देखा है। आप लोगो को आया हुआ अनुभव उसी में से एक है।

आगे उन्होंने कहा आप लोगो को सिर्फ आवाजे ही आयी। हम सिक्योरिटी वालो ने कितनी बार आत्माओ को देखा है। कोर्ट के पीछे अँधेरे जगह पे हमने कुछ लोगो को रोते हुए देर रात को देखा है। लोग अपनी सुनवाई के लिए बहुत दूर दूर से आते है। उन्होंने

उसके लिए बहुत दखलीफ़े झेली रहती है। उनकी सारी जमा पूंजी उन्होंने लगाई रहती है। और जब फैसला उनके खिलाफ जाता है तब वो हार्ट अटैक या बीमारी से मर जाते हैं। और बाद में उनके आत्मा मुक्ति मिलने तक भटकते रहते है।

ऐसे आत्मा हमे कभी देर रात को या अमावस, पूर्णिमा को दीखते हैं। हम ये सब स्टाफ को नहीं बताते है। हम लोग जान बूझ के डराते है ऐसा सब को लगेगा। अगर कोई काम के लिए रुकता है, तो हम उसे सिर्फ ज्यादा देर नहीं रुकने की सलाह देते है। इसीलिए मैंने हमारे अनुभव के बारे में कल आप को कुछ नहीं बोला।

मुझे अगर वो उनके अनुभवों के बारे में पहले बताते तो मै भी उनके ऊपर भरोसा नहीं रखता। पर कल रात के अनुभव के कारण मुझे उनके ऊपर भरोसा हो गया था। और मेरा भी भुत होने पर विश्वास हो गया।

बागवे सर ने कहा था "अगर भगवान है ये सच है तो आत्मा, भूत भी है ये मानना चाहिए ना? अपना अपना अनुभव होता है।

आपको क्या लगता है?

लेखिका के बारे में

मुक्ता यूँ तो सरकारी उद्यम में कार्यरत है जिनका गहरा नाता लड़ाकू हवाई जहाज़ों और हेलिकाप्टर के बनाने से जुड़ा है। पर दिल है कि मानता हीं नही, जब भी आसपास कुछ मन को छूने वाली घटना घटित होती है, तो इनके संवेदनाओं को उभारने के लिए अंदर की लेखिका आगे आती है। मुक्ता को लोगों से मिलना, घूमना और हर दिन कुछ नया करना अच्छा लगता है। साथ ही इन्हें प्रकृति को अपने कैन्वस पर उतारना अच्छा लगता है।

मापदंड

-मुक्ता

फ़ोन की घंटी बजी और रश्मि ने फ़ोन उठाया " हेलो", उधर से आवाज़ आई "श्रीमती शिखा सिंह जी से बात हो जाएगी।" रश्मि ने कहा "एक मिनट होल्ड करें" और आवज लगाई शिखा तुम्हारा फोन है।

शिखा ने बात करके जैसे ही फोन नीचे रखा रश्मि ने कहना शुरू किया, "ये क्या अभी तक तुमने अपना नाम नहीं बदलवाया। शादी के दो साल होने को आए पर अभी तक तुम शिखा सिंह से शिखा चौहान नहीं बनी हो।" रश्मि शिखा की बड़ी ननद है जो अभी कुछ दिनों के लिए उसके यहाँ रहने आई है।

शिखा ने कहा, "दीदी ऑफ़िस से लेकर बाहर तक के सारे काग़ज़ातों में नाम बदलवाने पड़ेंगे। बहुत मुश्किल होगी। इसलिए हम दोनो ने सोचा रहने देते हैं।" रश्मि ने कड़क आवज में कहा, "ये तो कोई बात नहीं हुई।"

रश्मि और शिखा की बातें सुन कर सुमित भी आ गया। रश्मि ने सुमित से कहा, "ये क्या है सुमित, ये अभी तक शिखा सिंह ही है।" सुमित ने कहा "क्या फ़र्क़ पड़ता है दीदी।"

रश्मि ने कहा, "फ़र्क़ पड़ता है। अब इसका उस घर से कोई नाता नहीं है, ये इस घर की बहु है। अब इसे वहाँ के मामलों में नहीं बोलना चाहिए और यहाँ के तौर-तरीक़े निभाने चाहिए।" इसपर सुमित कहता है, "दीदी जिस घर में ये बड़ी हुई है, इसने अपनी और उनकी पहचान बनाई है, उसे कोई छोड़ दे। जहां तक वहाँ के मामले में इसके ना बोलने की बात है तो फिर ये भी तो यहाँ का मामला है जिसपर निर्णय मेरा और शिखा का होना चाहिए।"

रश्मि समझ गई थी कि सौम्य शब्दों में सुमित ने उसे अहसास दिला दिया था कि उसने जो भी अभी कहा है वह सही नहीं है। क्यों ऐसा है कि मापदंड बदल जाते है हमारी सोंच के अपने और दूसरों के लिए।

लेखक के बारे में

प्रयागराज में जन्मे MBA वित्त **संजय कुमार जैन 'पथिक'** पिछले 35 वर्षों से भारत सरकार के महारत्न उपक्रम पावर ग्रिड में कार्यरत हैं और अभी क्षेत्रीय मुख्यालय, फरीदाबाद के मुख्य प्रबंधक (वित्त) हैं।

पेशे से लेखाकार होने के बावजूद पथिक बचपन से ही कहानी और कविता लेखन में सक्रिय थे, और उनकी पहली कविता मात्र 11 वर्ष की उम्र में प्रकाशित हो चुकी थी।16 वर्ष की उम्र में प्रयागराज में उनकी कहानियों पर चर्चाएं शुरू हो चुकी थीं और कवि सम्मेलनों में हास्य कवि के रूप में पहचाने जाने लगे थे। बहुत सारे स्थानांतरण व भीषण पारिवारिक स्वास्थ्य समस्याओं के बावजूद लेखन कार्य धीमा तो हुआ पर रुका नहीं। इसी बीच इनकी बहुमुखी प्रतिभा के अन्य रूप भी विकसित हुए। पावर ग्रिड की ओर से शतरंज, कबड्डी, टेबल टेनिस, वॉलीबॉल, तैराकी में प्रतिनिधित्व के अलावा ब्रिज में राष्ट्रीय स्तर पर पावर सेक्टर खिलाड़ी के रूप में पहचान बनाई। ब्रिज खिलाड़ियों के लिए विश्व की पहली हिंदी पुस्तक का लेखन भी जारी है। पथिक बीच बीच मे रंगमंच पर अभिनय और निर्देशन भी करते रहे हैं, जिसमें चक्रधर जी की प्रसिद्ध कविता कटे हाथ का बैले रूपांतरण महत्वपूर्ण रहा, जिसके मंचन अनेक शहरों में पुरस्कृत हुए। दृष्टिहीन मां के पुत्र और मानसिक चुनौतीपूर्ण बेटे के पिता पथिक जिन्हें 2018 में ब्रेन स्ट्रोक और DVT के बाद डॉक्टर जवाब दे चुके थे, उनका अभी भी लगातार गंभीर जीवन संघर्ष के साथ साथ लेखन को समय देना आश्चर्यजनक है। स्टोरीमिरर और अन्य मंचों व संकलनों में कविता व सीरियल स्टोरीज लिखने वाले पथिक स्टोरीमिरर पर भी ऑथर ऑफ द ईयर 2020 प्रतियोगिता के टॉप 20 और 2021 के टॉप 10 विजेताओं में शामिल हैं।

लॉक आउट सुंदरी

-संजय कुमार जैन 'पथिक'

लॉक डाउन 1 का तीसरा ही दिन था। सारी दुकानें,आफिस,स्कूल सब बंद थे।फिर भी आदमी की जरूरतें कहाँ बंद होती हैं। एक आध सब्जी वाले चोरी छुपे घूम रहे थे।कोई डरते डरते सब्जी खरीदता था कोई बोलता था कि नमक रोटी खा लेंगे। फरीदाबाद सेक्टर 16 का प्रसिद्ध लक्ष्मी नारायण मंदिर भी बंद हो गया मगर कुछ खुला था, क्या? मदर डेरी।दूध तो पियेंगे लोग,दही, पनीर,घी।खाना नही बनाने वालों के लिए ब्रेड,पाव,अंडा।सेना से रिटायर्ड शर्मा जी,मुह पर कपड़ा बांधकर लोगों को सामान देते जा रहे हैं और हांक लगा रहे हैं-"पे टी एम से पेमेंट करो भाई,मैं पैसे हाथ नहीं लगाऊंगा।क्या पता कौन दे जाए चीनी बीमारी मुझे भी।"

लोग भी जिंदगी में पहली बार शायद बिना धक्का मुक्की शराफत से लाइन लगाकर खड़े हैं।मगर कोई है जो उनको परेशान कर रहा है।वो अल्हड़ सी 20 साल की छोरी, गोद में बच्चा लिये हुए, सबसे रिरियाते हुए, बाबू जी बच्चे के दूध के लिए कुछ दे दो।कुछ 5 10 फेंक देते, कुछ गरिया देते, दूर रह, दूर रह। कोई बोलता, काम क्यों नहीं करती, भीख मांग रही है। एकाएक वो सुंदरी खिसिया गई, क्या काम करूं।सब तो बंद है।मजदूरी तो करती रही वहां मेट्रो होस्पिटल की नई इमारत में।अब काम बंद हो गया तो भगा दिया ठेकेदार ने।अब न रहने का ठिकाना है न खाने का।

अगले दिन फिर दूध लेने गई, तो वो वहीं सड़क पर एक किनारे बैठी बच्चे को दूध पिला रही थी।

दया तो मुझे आ रही थी, पर कोरोना काल में किसी को घर में आश्रय देना संभव नही लग रहा था।बोलूंगी तो सास कहीं ये न बोल दे, जा तू भी उसके साथ एक नया ठिकाना खोज ले। एक 10 रुपये का दूध उसे पकड़ाते हुए मैंने हिम्मत करके पूछ ही लिया।

"जवान है तू, इस कर्फ्यू में अकेले कैसे रहती है, कोई परेशान नहीं करता।"

एक अट्टहास मार के हंसी वो, फिर एकाएक खांसने लगी।मैं डरकर दूर हट गई।उसने इशारे से मुझे बुलाया फिर हौले से बोली-"दीदी रोज रात में नए नए पुलिस वाले आते हैं,

कभी कोई और भी आते हैं, कल सुबह तो मंदिर के एक पंडित जी भी आये थे।सब एक ही सवाल पूछते हैं, चलेगी। और मैं ऐसे ही खांस देती हूँ। बीमारी समझ कर सब तुम्हारी तरह दूर हट जाते हैं। भगवान ऐसी बीमारी एक साल पहले ले आते तो मैं पहले ही बच जाती और ये बच्चा इस दुनिया में आया ही न होता।"

लेखिका के बारे में

स्नेह गोस्वामी पेशे से अध्यापक हैं। करीब छत्तीस वर्ष का अध्यापन का अनुभव है। सेवानिवृति के पश्चात स्वतंत्र लेखन किया। अब तक एक काव्य संगह (स्वप्नभंग), दो कहानी संग्रह (उठो नीलांजन, तुम्हें पहाङ होना है), तीन लगुकथा संग्रह (वह जो नहीं कहा, होना एक शहर का, कथा चलती रहे) प्रकाशित, तीन ई उपन्यास है और राष्ट्रीय स्तर की पत्र पत्रिकाओं में रचनाएँ कहानियाँ, लघुकथाएँ प्रकाशित होती रहती है। लगभग तीस बत्तीस संग्रहों में इनकी रचनाएँ शामिल हैं। स्टोरीमिरर जैसे प्लेटपार्मों पर निरंतर लेखन जारी है। आकाशवाणी, एफ एम पर निरंतर प्रसारण जारी है। स्नेह गोस्वामी का रचना संसार के नाम से यू ट्यूब चैनल जिस पर इनकी रचनाएँ आप इनकी आवाज में सुन सकते हैं।

इन्हें अब तक "शब्द साधक पुरुस्कार" भाषा विभाग पटियाला से, "लघुकथा सेवी पुरुस्कार" हरियाणा प्रादेशिक साहित्य सम्मेलन एवं लघुकथा अकादमी सिरसा से "निर्मला स्मृति हिंदी साहित्य गौरव सम्मान" निर्मला स्मृति साहित्यिक समिति चरखी दादरी से, "किस्सा कोताह कृति" सम्मान ग्वालियर से, लेखन के लिए "नारी शक्ति सम्मान" डायमंड वेल्फेयर सोसायटी भठिंडा से, "सुषमा स्वराज स्मृति पुरस्कार" जैमिनी अकादमी से एवं अन्य इसी प्रकार के कई सम्मान प्राप्त हो चुके हैं।

बचपन के दिन भी क्या दिन थे

-स्नेह गोस्वामी

स्कूल घर से थोड़ी दूरी पर था। बच्चे रास्ते में अटकते घूमते स्कूल पहुँचते। रास्ते में लगी बेरियाँ और अमरूद उनका रास्ता रोककर खड़े हो जाते। अब फल तोड़कर जेबों में भरे बिना कोई आगे कैसे जा सकता था तो सब पहले पेड़ों की जड़ों में बस्ते जमाए जाते फिर वे सब पेड़ पर चढ कर फल तोड़ते। जब अपने खजाने से संतुष्ट हो जाते तब स्कूल जाते। वैसे भी स्कूल में पढाने वाले मास्साब और बहनजी तो शहर से आने हुए, बस आएगी तभी आएंगे। और बस का हार्न सुनते ही सब बच्चे भागकर स्कूल के मैदान में इकट्ठा हो जाते।

बीरा खेलने में ज्यादा मस्त रहता था। वह स्कूल जाने के लिए तैयार ही न होता। बहला फुसलाकर, तरह तरह के लालच देकर उसे स्कूल भेजा जाता। वहाँ भी वह कक्षा में बैठा बैठा शरारतें करता रहता। पढाई में बिल्कुल ध्यान न देता। अक्सर बहनजी और मास्साब से डांट खाता।

घर आते ही बस्ता पटककर खेलने निकल जाता। देर शाम तक इधर उधर भटकता रहता। दियाबत्ती होने पर ही घर लौटता। पाँचवी उसने जैसे तैसे पास की। उसके बाद पढाई से हाथ खड़े कर गया। मंगर और भानी ने एक दो बार समझाने की कोशिश की पर चिकने घड़े पर पानी की तरह हर डाँट और सलाह बेअसर ही रही तो मंगर ने उसे अपने साथ ठीहे पर बैठा लिया और वह बारह तेरह साल का होते होते ठीहे पर बैठकर जूते सुधारने लगा।

सीरीं पढाई में ठीक ठाक थी। पर उस पर घर के कामों का बोझ था। सुबह उठकर चिकनी मिट्टी से चूल्हा पोचना, सबके लिए खाना बनाना, घर लीपना, झाड़ू बुहारी करना सब उसके हिस्से में था। वह हर काम वह सुघड़ता से निपटाती। फिर पढने जाती। दोपहर मे आकर स्कूल से मिला काम निपटाती। शाम के खाना बनाने में माँ की मदद करती। इस तरह वह घर के काम के साथ साथ अपनी पढाई करती। पंद्रह साल की उम्र में उसने दसवीं दूसरे दर्जे से पास कर ली। उसके बाद उसकी पढाई छुड़वा दी गयी। और सोलह साल पूरा होते ही एक ठीक सा घर बार देख कर उसका लगन कर दिया गया। लड़का पंजाबी

जूतियाँ बनाने में माहिर था। शहर के आर्यसमाज चौंक में उनकी जूतियों की दुकान थी। तीन बहनें और दो भाई थे वे। शहर के सदर थाने के पास की गली में उनका पचास गज का घर था जिसमें वह अपने नौ जनों के परिवार के साथ रहते थे। गुजारा हो रहा था। एक साल की रोकना के बाद सीरीं का ब्याह हो गया और वह अपनी ससुराल चली गयी।

जब सीरीं की शादी हुई, तब किरण नवीं कक्षा में पढ रही थी। किसी रिश्तेदार ने सुझाया कि समधी से बात करके छोटे बेटे से किरण की बात चलाकर देखो। देखी भाली रिश्तेदारी है। लड़के ठीक हैं, काम कार वाले हैं और तुम्हें क्या चाहिए। न हो तो हम बात चलाएं। मंगर तो शायद मान जाता पर भानी अड़ गयी – न जी, बिल्कुल नहीं। एक घर में दो बहनें नहीं देनी चाहिएं। दोनों में से एक को ही गृहस्थी का सुख मिलता है।दूसरी के भाग में रोना लिखा रहता है। वैसे भी अभी ग्यारह बारह साल की तो हुई है। इसके लिए रिश्तों का अकाल पड़ा है क्या जो अभी से खूंटा गाड़ने की तैयारी हो रही है।

पता नहीं मंगर का खुद का मन रिश्ते को स्वीकार नहीं कर पाया या भानी का विरोध इतना जबरदस्त था कि बात वहीं की वहीं रह गयी।

इतने साल बीत जाने पर भी किरण के होठों पर मुस्कुराहट आ गयी – अच्छा हुआ, वह बात वहीं खत्म हो गयी। वरना इस समय वह जीजी की देवरानी बनी घूँघट में लिपटी सारे घर की चाकरी कर रही होती और वह काला कलूटा सा बाबूलाल उसका मालिक बन कर उस पर हुक्म चला रहा होता।

लेखक के बारे में

मुकेश सिंह राजपूत पेशे से सी.ए. है। यह उनकी पहली और संभवत: आखरी किताब है ऐसा इसीलिए क्योकि वे खुद को पेशेवर लेखक नहीं मानते है। अगर अपने अविश्वानिय रूप से संघर्षपूर्ण जीवन दूसरो के लिए प्रेरणा का माध्यम बनाने की चाहत न होतो तो वे कभी भी किताब लिखने के बारे में नहीं सौचते। सीए बनने से पहले का इनका पूरा सफ़र कठिनायो भरा रहा है, पांचवी क्लास के बाद इनकी पूरी पढाई छूट चुकी थी, इनका पूरा बचपन होटल, रेस्टारेंट और ढाबो में काम करते हुए बीता। लेकिन मन में कुछ बनने की धुन थी तो पांचवी के बाद छूटी पढाई पुन: शुरु कि, सीधे 10-वी कक्षा का प्राइवेट फार्म भरा उसमे भी उन्हें तीन बार लगातार असफलताए मिली। किन्तु वे हार नहीं मने और अंत; उन्होंने चौथी बार में 10-वी कक्षा पास की – और फिर उन्होंने अपना सीए बनने का सफ़र चालू किया, उसमे भी उन्हें IPCC की प्रथम ग्रुप में लगातार 6 वार असफलताए मिली किन्तु वे फिर भी हार नहीं मने और लगातार प्रयास करते हुए वे चार्टर्ड एकाउंटेंट्स बने, वर्तमान में भोपाल (म।प्र।) में प्रैक्टिस करते है।

सी.ए. स्टूडेंट की सच्ची कहानी-सीए पास दी रियल स्टोरी

-मुकेश सिंह राजपूत

अगर आपने संघर्ष और सकारात्मकता को अपना हमसफर बनाया है तो सफलता मिलना तय हो जाता है क्यूंकि हर संघर्ष करने वाला कभी न कभी मंजिल पे ज़रूर पहुँच जाता है। पर आज में जब देखता हूँ कि एक ज़रा सा एक पेपर बिगड़ जाने पे बच्चे आत्महत्या कर लेते हैं....दोस्तों के बीच ज़रा सी बेईज्ज़ती हो जाये तो टूटने लगते हैं... एक छोटी सी ज़िम्मेदारी भी निभानी पड़ जाये तो बिखर जाते हैं....ऐसे में जब अपनी ज़िन्दगी के सफ़र के बारे में सोचता हूँ तो बड़ा गर्व महसूस होता है...वो इसलिये नहीं कि मैं आज एक कामयाब C A हूँ और मैंने अपनी मंजिल पायी है बल्कि इसलिये कि मैं जिन परिस्थितियों में यहाँ तक पहुंचा हूँ, जिन रास्तों से गुज़रकर यहाँ तक आया हूँ उन पर किया गया संघर्ष मुझे इसकी इजाजत देता है।

बड़ा कमाल का सफ़र था मेरी कहानी का...., जन्म हुआ तो एक ऐसे परिवार में जहाँ पहले से ही ग़रीबी ने डेरा डाल रखा था। मेरा गाँव पिपरिया, मेरी माँ, पिताजी, मैं और मेरे बाद मेरा छोटा भाई और बहन इतना ही परिवार था हमारा। अभी मैं तीसरी कक्षा में ही पहुँचा था कि जल्दी ही मेरा सामना दर्द से भी हो गया, जब एक छोटी सी ग़लती पर पिताजी का झन्नाटेदार थप्पड़ मेरे गाल पे पड़ा..., उस दिन मैं जोर जोर से रोया क्यूंकि उस उम्र में रोना तो जैसे एक अधिकार होता है... पर ज्यादा देर तक रोना नहीं पड़ा..,माँ जो आ गयी थी मुझे बचाने के लिये।

उस दिन के बाद तो ये अक्सर होता था...पिताजी थोड़े शक्की मिज़ाज के थे जिसकी वजह से छोटी छोटी बातों पे माँ और पिताजी के बीच झगड़े होते..और पिताजी, माँ की पिटाई कर देते... मेरी भी पिटाई हो जाती कभी कभी, पर मुझे बचाने को तो माँ आ ही जाती थी...बस मैं ही माँ को नहीं बचा पाता था....बच्चा जो ठहरा।

ऐसा नहीं था कि मेरे पिताजी बुरे इंसान थे या उन्हें हमारे दर्द का अहसास नहीं था, पर परिस्थितियों ने उन्हें गुस्सैल और चिड़चिड़ा बना दिया था। पर ये बात उस वक्त एक पाचवीं क्लास के बच्चे को कैसे समझ आती ... रोज रोज के झगड़ों से मैं परेशान हो गया

और एक दिन घर से भाग कर ट्रेन में चढ़ गया और इटारसी जा पहुँचा, मैं इटारसी होता हुआ भोपाल आ गया... घर छोड़ तो दिया था पर रहूँ कहाँ और करूँ क्या ? एक 8 – 9 साल का लड़का, जिसका कोई संरक्षक न हो और जो नए शहर से बिलकुल अनजान हो, उसके सामने दो ही रास्ते होते हैं या तो वो भीख मांगने लग जाये और फुटपाथ पे सोये या फिर किसी ढाबे या चाय की दुकान पे काम करे। तो मैंने दूसरा रास्ता चुना... जिससे मुझे रहने की जगह और खाने को भोजन तो मिलने लगा पर ऐसी जगहों पर शारीरिक और मानसिक प्रताड़ना बहुत झेलनी पड़ती है, मेरे साथ भी कुछ ऐसा ही होता रहा और मैं एक कटी हुयी पतंग की तरह ठिकाने बदलता रहा...., कभी चाय की दुकान...,कभी नाई की दुकान...कभी टेलर तो कभी किसी के घर का काम.....कभी भोपाल तो कभी इंदौर।

इस तरह ठिकाने बदलते बदलते एक दिन मैं निकल पड़ा मुंबई के लिये, बिना कुछ सोचे..,बिना किसी तैयारी के....। दुनियां में अगर बुराई है तो अच्छाई उससे ज्यादा है, इस बात का अहसास मुझे ट्रेन में हुआ जब एक अंकल ने मुझसे मेरे बारे पूछा, मुझे समझा, खाना भी खिलाया और कल्याण में अपनी पहचान की एक दुकान पर मेरी नौकरी भी लगवा दी। वो एक कबाड़ की दुकान थी और जिसके मालिक वहीद कुरैशी जी थे। दुकान के साथ साथ मैं उनके घर का काम भी करता, उन्हें अब्बू और उनकी पत्नी को अम्मी बुलाता, अम्मी भी मुझे अपने सगे बेटे की तरह ही रखतीं..., कभी कभी मुझे मदरसा भी भेजा जाता तालीम के लिये.... इस तरह करीब 1 साल गुज़र गया, अम्मी ने मुझे अपनी पहचान की एक आंटी का पता दिया और बोला तू वहां चला जा, वो एक गुजराती परिवार था.., उन्होंने मुझे रख तो लिया पर मेरा मन वहां नहीं लगा और जल्दी ही मैंने वो नौकरी छोड़ दी। अब अगले कुछ दिनों का दाना पानी पेंटर बाबू के यहाँ लिखा था उनकी पत्नी अम्मी की पहचान की थी और मुझे भी जानती थीं तो अपने साथ ले गयीं और इस तरह मैं पेंटर बाबू की झुग्गी में रहने लगा। उनके पास बहुत ज्यादा काम तो था नहीं ऊपर से मेरा खाना खर्च, तो उन्होंने मुझे एक गुप्ता जी की होटल पर लगवा दिया कोल्सेवाड़ी कल्याण की दुकान पे रखवा दिया (फोटो -1) और पगार खुद लेने लगे..., मैं भी खुश था कि चलो रहने, खाने को तो मिल ही रहा है। वो चाय की दुकान कैनरा बैंक के पास में थी और बैंक में चाय भिजवाई जाती थी, मैं अक्सर चाय ले के बैंक जाता..., पर जब भी मैं बैंक में बैठे लोगों को काम करते देखता मुझे बड़ा अच्छा लगता और मन में एक ख़याल आता कि काश मैं भी उनकी तरह बैंक में काम करूँ....., (फोटो -2) ये शायद मेरा भविष्य था जो मुझे अपनी ओर आकर्षित कर रहा था। खैर....एक दिन मैं पेंटर बाबू

के साथ पेंट खरीदने एक दुकान पे गया जहाँ से वो अक्सर पेंट खरीदते रहते थे, तो उस दुकान के मालिक चन्द्रवली सिंह राजपूत जी ने मेरे बारे में पूछा और जब उन्हें पता चला कि मैं भी राजपूत हूँ तो उन्होंने पेंटर बाबू से कहा कि मुझे उनके पास छोड़ दें, पेंटर बाबू मान गये और इस तरह मुझे मेरा एक और परिवार मिल गया (फोटो -3)।

मैं खूब मन लगा के काम करता सब लोग मुझ से खुश रहते, तभी बाबू जी को कुछ दिनों के लिए परिवार सहित गाँव (बहाउद्दीनपुर उ.प्र.) जाना था तो मुझे भी अपने साथ ले गए जहाँ मेरी मुलाकात एक ऐसे स्टूडेंट से हई जो पढने लिखने में बहुत होशियार और इंटेलिजेंट थी, उसका नाम गायत्री था, मुझे पहली मुलाकात में ही बड़ी अच्छी लगी.., उसने एक दिन मुझसे कहा की मुकेश तुम इस तरह यहाँ वहा भटकते रहते हो तुम्हे कुछ करना चाहिए, कुछ ऐसा जिससे समाज में तुम्हारा नाम हो, लोग तुम्हे जाने – पहचाने, ऐसा कुछ करो...! अब वो प्यार था या आकर्षण, ये तो पता नहीं.., पर बात उसने बड़े कमाल की बोली थी, जिसका असर मुझ पे हो चुका था..., अब मैं हर वक्त कुछ बड़ा करने के बारे में सोचने लगा, हम वापिस मुम्बई आ गए और में रोज की तरह दुकान पर काम करने लगा, पर मेरा मन अब दुकान पर नहीं लगता हमेसा पहचान केसे बने यही सोचता रहता...मेरा एक दोस्त था वो दुकान पर आया तो मेने उसे गायत्री द्रारा कही बात कही ..काफी देर सोचने के बाद दोस्त ने कहा मुकेश सच में तुम्हे वो सपने पूरे करने है.. तो उसका एक ही रास्ता वह है पढाई करना, क्योकि पढाई ही वो रास्ता है जो तुम्हे तुम्हारी मंजिल पर ले जायेगा और तुम्हे तुम्हरी पहचान मिलेगी.. अब जल्दी ही मुझे समझ आ गया कि ज़िन्दगी में आगे जाना है..., कुछ बड़ा करना है तो पढ़ाई पूरी करना बहुत ज़रूरी है। मैं कुछ मरठी स्कूलों में गया तो सब जगह एक ही जवाब मिला कि आपके पास कोई पुराना डॉक्यूमेंट नहीं है हम आपको किस आधार पर एडमिशन नहीं दे सकते...।

पर डॉक्यूमेंट तो सारे घर पे रखे थे और घर न जाने की तो कसम खाई थी.., पर बिना डॉक्यूमेंट के कुछ हो भी नहीं सकता था...., जिस दिन से डॉक्यूमेंट की बात निकली घर की याद भी कुछ ज्यादा ही आने लगी थी....,आखिर घर छोड़े हुये 8 - 9 साल भी तो हो चुके थे.....। इसी उधेड़ बुन के चलते एक दिन मैंने बाबूजी से कहा कि मैं घर जाना चाहता हूँ। बाबूजी समझ गए उन्होंने मिठाइयाँ, कपड़े और कुछ पैसे दिये और ट्रेन में बैठा दिया और कहा कि हो सके तो जल्दी वापिस आ जाना...मैंने देखा बोलते वक्त उनकी आँखें भर आयीं थी..., रो तो मैं भी रहा था, पर एक तरफ ख़ुशी भी थी कि इतने दिनों बाद घर जा रहा था.., अपने घर जा रहा था।

बड़ी उमंग थी अन्दर से कि मैं अपनी माँ से मिलने वाला हूँ...,अपने भाई बहनों से मिलने वाला हूँ पर गाँव पहुँचा तो देखा घर पे ताला लगा है...,पड़ोस वाली बाई ने बताया कि तेरे जाने के बाद तो तेरी माँ जैसे पागल ही हो गयी थी...,तुझे कहाँ कहाँ नहीं ढूंढा उसने। सुनकर मैं रो पड़ा..., और उस दिन अहसास हुआ कि मैंने अनजाने में मेरी माँ को कितना दुःख पहुँचाया है।

खैर मैं अपने परिवार कि तलाश में नानी के यहाँ उज्जैन पहुँचा पर वो वहां भी नहीं थे, सुना कि भोपाल में किसी फैक्ट्री में काम करते हैं, मामा के साथ जा के देखा तो पता चला वहां से भी चले गए...आखिरकार थक कर हम लोग वापिस आ गए। एक दिन मैं छत पे सो रहा था तभी किसी ने मेरे सर पे हाथ फेरा..आँख खोली तो देखा वो माँ थी... माँ को देखते ही मैं लिपट गया और खूब रोया...और मुझसे भी ज्यादा मेरी माँ...तभी रोते रोते मेरी नज़र पीछे गयी जहाँ मेरे पिताजी भी मुझे डबडबाई आँखों से देख रहे थे.

मैं सोचकर तो ये आया था कि अपने डॉक्यूमेंट लेकर तुरंत लौट जाऊँगा लेकिन यहाँ आकर यहीं का होकर रह गया. तरह तरह के काम करने लगा, चाय की दुकान खोली - पान की दूकान खोली...वो भी नहीं चली तो भोपाल आकर में एक फैक्ट्री में चौकीदारी करने लगा....(भोपाल ग्लूस एंड केमिकल – जिंसी जहागीरबाद – भोपाल) पर इस सब के बीच 10th का प्राइवेट फार्म भी भर दिया...हालाँकि मैं पास नहीं हो सका पर फिर भी मैंने पढाई जारी रखी और दोबारा फ़ार्म भरा, दिन में चौकीदारी करता और रात में पढ़ाई और आख़िरकार मेरी मेहनत रंग लाई और मैं दसवीं चौथी बार में उत्तीर्ण हो गया...बड़ी ख़ुशी हुई .... सफलता का स्वाद पहली बार जो चखा था..., अब हर वक्त आगे की पढाई के बारे में सोचने लगा....इसी दौरान मेरी मुलाकात एक अमीर घर की लड़की अर्चना राठोर से हुई। किसी राजकुमारी की तरह बेहद खूबसूरत अर्चना से मैं बिना कुछ सोचे समझे ही प्यार कर बैठा..., और एक दिन इज़हार भी कर दिया, लेकिन प्यार के बीच में दीवार बन कर मेरी हैसियत आ खड़ी हुई। अर्चना ने मेरी बड़ी बेइज्ज़ती की, बहुत कुछ सुनाया...और जाते जाते बोल गयी कि "पहले मेरे लायक बनो फिर प्यार की सोचना, जाहिल कहीं के"...। अर्चना के द्वारा बोला गया एक एक शब्द मेरे दिल में तीर की तरह चुभ गया और मैंने भी ठान लिया कि अब चाहे कुछ भी हो जाये मैं बड़ा बन के ही दम लूँगा। अपने दिल की आग को दिशा दी और निकल पड़ा..., मजदूरी की, चौकीदारी की, फेक्टरियों में काम किया.., और वासवानी जी के यहाँ लोडिंग ऑटो की ड्राइविंग करने लगा जिस से मुझे पढाई के लिए थोड़ा बहुत समय भी बचने लगा और

पैसे भी अच्छे मिलते...छोटे भाई गोविन्द को भी बुला लिया और वो भी पढाई करने लगा ...,एक बार फिर मेरी मेहनत रंग लाई और मैं बारहवीं भी पास हो गया...मैं बहुत खुश था। फिर क्या था जल्द ही बी.कॉम फर्स्ट इयर में भी प्राइवेट फ़ार्म भर दिया और पढ़ाई करने लगा।

एक दिन वासवानी जी ने मुझे कुछ डॉक्यूमेंट दिये और कहा कि उन्हें सी.ए. मनोज खरे जी तक पंहुचा दूँ , जब मैं उनके ऑफिस पहुँचा तो देखा एक व्यक्ति बड़े से केविन में बैठा है, 10-15 लोग काम कर रहे हैं, वो इतना तेज़ है कि सबको कुछ न कुछ काम दे रहा है.., बड़े बड़े लोग मिलने आ रहे हैं, इंतज़ार कर रहे हैं...., ये मेरी किसी सीए से पहली मुलाकात थी

पर उस मुलाक़ात के बाद अन्दर एक से आवाज आई कि बॉस, अब करना तो यही है..., पैसा, रुतवा, शोहरत..., सब कुछ तो था इस सीए की पढाई में, जो मैं हमेशा से चाहता था। बस फिर क्या था मैं चल पड़ा अपने नए सपने के साथ..., बी.कॉम सेकंड इयर किया..., और थर्ड इयर के लिए चित्रांश कॉलेज में नियमित विद्यार्थी के रूप में प्रवेश ले लिया, इतने दिनों में मेरा परिवार भी मेरे साथ ही रहने भोपाल आ गया, और मैंने पुराना काम छोड़कर सुभाष जैन जी के यहाँ ड्राइविंग शुरू कर दी, जिस से मुझे पढाई के लिए और भी ज्यादा समय मिलने लगा...और पैसे भी, मैं खुश था। एक दिन मुझे अर्चना कि बहुत याद आ रही थी, सोचा आज मिलके नहीं तो कम से कम देख के तो आ ही जाता हूँ...पर जब उसके घर पहुँचा तो पता चला कि उसकी तो शादी भी हो चुकी थी सुनकर जबरदस्त धक्का लगा..., आँखें सुन्न हो गयीं, धड़कन ठहरने लगी...लगा कि जैसे दुनिया ही सिमट गयी... पर जैसे तैसे खुद को संभाल लिया, आगे पता चला कि वो लोग एम पी नगर में रहने लगे हैं.., अर्चना की अपने पति से बनती नहीं है तो वो भी घर वापिस आ गयी है....अब तो जैसे मैं अर्चना से मिलने को तड़प उठा, एम पी नगर पहुँचा तो देखा कि वो उसने ट्यूशन खोल रखी है और बच्चों को पढ़ा रही है...मैं कुछ देर तक उसे ऐसे ही उसे देखता रहा...5-6 साल बाद जो देख रहा था...., अचानक अर्चना की नज़र मुझ पे गयी और मुझे बुलाकर पूछा, 'कुछ काम है आपको' ? मैं बस मुस्कुरा दिया...., उसने थोड़ी देर मुझे देखा और कहा 'तुम मुकेश हो न' ? मैंने कहा 'हाँ मैं मुकेश हूँ, शुक्र है पहचान तो लिया'..., हँसते हुये बोली 'तुम्हे कैसे भूल सकती हूँ.., तुम बैठो मैं अभी छुट्टी कर के आई'...., उसके आने के बाद मैंने उसे अपने बारे में सब बताया और कहा कि बी.कॉम थर्ड इयर में हूँ अब सी ए करना चाहता हूँ...वो ख़ुश होते

हुये बोली ये तो बहुत अच्छी बात है....पर जब मैंने उसके बारे में पूछा तो उसका दर्द चेहरे पर उभर आया...छलकती हुयी आँखों से उसने बताया कि शादी के कुछ दिन बाद ही पति के साथ झगडे शुरू हो गए थे जो बाद में बढ़ते ही गये..और अब तलाक का इंतज़ार कर रही हूँ..., ज़िन्दगी बोझ बन चुकी है, जिसे जिंदा लाश बनकर ढो रही हूँ...कहते हुये वो रो पड़ी.... थोड़ी देर की ख़ामोशी के बाद मैंने कहा – 'अर्चना मैं..,तुमसे शादी करना चाहता हूँ....., अगर तुम इज़ाज़त दो तो'...

सुनकर वो तो इक दम चौंक पड़ी.., 'ये क्या कह रहे हो.. ? ये कैसे हो सकता है'.. ? मैंने कहा 'क्यूँ नहीं हो सकता... मैं तुम्हें तुम्हारी हर परिस्थति के साथ अपनाना चाहता हूँ और ये कोई तरस खाकर नहीं कह रहा हूँ बल्कि उसी वक्त से तुम्हे प्यार करता हूँ जब मैंने पहली बार तुम्हे देखा था.., आज जब ज़िन्दगी मुझे ये मौका दे ..,रही है कि मैं अपने प्यार को पा सकूँ तो प्लीज मना मन मत करना'...., वो चुप थी पर जवाब उसकी आँखें दे रही थीं... उसके निकलते हुये आंसू जैसे कर रहे थे कि मैंने तुम्हे पहचानने में, तुम्हारे प्यार को पहचाने में इतनी देर कैसे कर दी.., आज पता चला कि कोई मुझे इस हद तक भी प्यार कर सकता है..... मैंने जैसे ही उसके आंसू पोंछने के लिए हाथ लगाया...,वो मुझसे लिपट गयी..., उस वक्त इस पूरी कायनात में अगर सबसे खुबसूरत कोई लम्हा था, तो वो यही था।

जाते जाते मैंने कहा मेरा इंतज़ार करना मैं जल्द ही आऊंगा..., उसने कहा कोशिश करुँगी। अब मेरे सामने दो चुनौतियां थीं, एक तो जल्दी पढ़ाई खत्म करके सीए की तयारी करना और दूसरा जल्दी से कोई अच्छी सी नौकरी ढूढ़ना जिससे अपना घर बसा पाऊं। मैं कभी कभी कॉलेज भी चला जाता जहाँ कुछ लड़कों से दोस्ती भी हो गयी और हमारा ग्रुप भी बन गया, हम सबने एग्जाम दिया और पास हो गये।

बी.कॉम. के बाद ज्यादातर लड़के अलग अलग क्षेत्र में चले गये, सिर्फ मैं और मेरा दोस्त प्रमेश ही थे जो सीए करना चाहते थे, प्रमेश मुझसे हर बात में आगे था, पढ़ाई में भी इंटेलिजेंट और आर्थिक रूप से भी सक्षम, वो मेरी हर तरह से मदद करता, हमने फॉर्म भरा और ज्वाइन कर लिया। इस दौरान मेरा छोटा भाई भी आर्मी के लिए सेलेक्ट हो गया और ट्रेनिंग पे चला गया।

अब हमें आर्टिकलसिप ज्वाइन करनी थी, जिसके लिये हम कई 'सी ऐ फर्म्स' में गये, पर ज्वाइन किया सी ऐ जैन साहब के यहाँ। तैयारी की, एग्जाम दिया, पर फर्स्ट एटेम्पट

में बुरी तरह फ़ैल हो गये। सेकेण्ड एटेम्पट के लिये हमने आर्टिकलसिप से टर्मिनेशन ले लिया..., हमने फिर तैयारी की, एग्जाम दिया और सेकंड एटेम्पट में भी फ़ैल हो गये.... प्रमेश तो जैसे मायूस हो चूका था और उसने छोड़ने का मन बना लिया, पर मैं खुश था, क्यूंकि दोनों बार मेरे नंबर प्रमेश के बराबर ही आये थे, जो मेरे लिये बड़ी बात थी। फिर से तैयारी की और तीसरा एटेम्पट दिया पर एक बार फिर फ़ैल हो गये, अब प्रमेश हतास हो चूका था और उसने फैसला सुना दिया कि वो सीए छोड़ रहा है, मैंने बहुत समझाया पर वो नहीं माना उल्टा मुझे भी न करने की सलाह देने लगा, मैंने कहा 'दोस्त हमने ये यात्रा साथ शुरू की थी पर अब मैं मैदान नहीं छोडूंगा, सीए तो बन के रहूँगा'.., 'पछताओगे तुम..' बोलकर प्रमेश चला गया, मुझे उसके जाने का बड़ा दुःख हुआ। मैं तो जैसे अकेला पड़ गया था, सोचा अर्चना से मिलकर आता हूँ, अर्चना को सब बताया उसने कहा कोई बात नहीं अगली बार कोशिश करना सब अच्छा होगा, और साथ ही उसने मुझे आगाह भी किया कि अगर तुम मुझे ले जाना चाहते हो तो जल्दी करो क्यूंकि वो यहाँ आते हैं और बहुत झगडा करते हैं, ऐसा न हो कि मैं तुमसे बहुत दूर हो जाऊं, मैंने उसे निश्चिन्त किया और चला आया और ठान लिया कि अब एटेम्पट क्लियर कर के ही अर्चना से मिलूँगा। फिर तैयारी में लग गया, इस बार तो दोस्त भी नहीं था, सब कुछ अकेले ही करना था..., चौथा एटेम्पट दिया पर बदकिस्मती से फिर फ़ैल हो गया....

इस बार मैंने अपना आत्मनिरीक्षण किया और असफलता के कारणों का पता लगाया, मुझे समझ आया कि मेरी सबसे बड़ी गलती, आर्टिकलसिप छोड़ना थी, क्यूंकि थ्योरी से ज्यादा हमेशा प्रैक्टिकल सिखाता है, यही सोचते हुये मैंने फिर से आर्टिकलसिप ज्वाइन करने की सोची, मैं सी ऐ अग्रवाल सर के यहाँ, आर्टिकल शुरु कर दी , मैं जैसा माहौल चाहता था मुझे वैसा ही मिल गया था.., अब मैं ख़ुशी ख़ुशी पांचवे एटेम्पट की तैयारी करने लगा, इस बार एक ही ग्रुप के लिए एटेम्पट दिया लेकिन पास होने के 12 नंबरों फिर कमी पड़ गयी...फिर फ़ैल हो गया...इस बार तो जैसे मेरी हिम्मत भी जवाब देने लगी और मुझे भी लगा की शायद प्रमेश सही था, मैं कभी सी ए नहीं बन पाऊंगा....

जब आप इस तरह के नकारात्मक दौर से गुज़र रहे होते हैं तो ऐसे में सबसे ज्यादा ज़रूरत एक मार्गदर्शक की होती है और मैं खुशकिस्मत था कि अग्रवाल सर मेरे साथ थे, उन्होंने मुझे समझाया, और कहा सबसे पहले ग्रुप का सही चुनाव करो..... तभी अर्चना का कॉल आया, रिजल्ट के बारे में पूछा, जानने के बाद वो ख़ामोश रही... फ़ोन रखने से पहले बस उसने इतना कहा कि 'अपना ख़याल रखना... और मुझे माफ़ कर देना....'

अगले दिन अखबार में उसकी फोटो थी..., उसने पारिवारिक कलह से तंग आकर फांसी लगा ली थी...। आखिरी बार उसे फोटो में देखा, मेरे पहुचने से पहले ही उसकी अर्थी जा चुकी थी.....मेरे अन्दर से आंसुओं का सैलाव उमड़ पड़ा, जो बार बार एक ही सवाल पूछ रहा था कि, 'काश..., तुमने थोड़ा इंतज़ार और कर लिया होता'....

इस घटना ने मुझे बुरी तरह तोड़ डाला, सीऐ की पढ़ाई से भी अब नफ़रत सी होने लगी थी..., इस पढ़ाई ने तो जैसे मेरा सबकुछ छीन लिया था, मन बार बार कहता, जिसके लिये ये सबकुछ कर रहा था, वो ही नहीं तो क्यूँ करूँ ...?? कई दिनों तक मैं इस अवसाद से निकल नहीं पाया..., पर किसी के चले जाने से अगर ज़िन्दगी रुक जाती, तो उसे ज़िन्दगी कहाँ कहते....., मैं फिर लौटा, छटवीं बार एग्जाम दिया पर फिर फ़ैल हो गया। अब तो जैसे जीने की चाह भी नहीं रही, ख़ामोश रहने लगा... ज्यादातर समय खुद को कमरे में बंद रखता..,किसी से मिलता जुलता भी नहीं था। पर ज़िन्दगी के इस कठिन दौर में फ़रिश्ता बन कर आई एक दोस्त 'श्यामला'... जो एक साइंटिस्ट की बेटी थी और मेरी बहन की दोस्त भी....मेरी बहन ने उसे सब कुछ बता दिया था... वो एक दिन मेरे पास आई और...औपचारिक हेल्लो हाय के बाद बोली कि 'देखो जो चला जाता है उसे तो हम वापिस नहीं ला सकते है पर उसने जो उम्मीदें हमसे की थी, जो सपने हमारे साथ देखे थे, उन्हें तो हम पूरा कर ही सकते हैं.., जिससे वो जहाँ भी रहे खुश रहे'.....इस तरह से उसने मुझे बहुत कुछ समझाया... उसकी इन बातों ने मेरे ज़ख्मो पे मरहम की तरह असर किया...कुछ मोटिवेशनल किताबें भी दीं...जिन्हें पढ़कर मुझमे फिर ज़िन्दगी लौट आयी... और एक दिन मुझे पता चल गया कि उसकी सगाई हो चुकी है, और जल्द ही शादी भी होने वाली है..., वो फिर अकेलापन मेरी जिन्दगी में वापिस आ गया ..पर उसने मेरी मदद उस समय पढाई में की जब मुझे सच में चाहिए थी ..में उसका यहाँ बहुत बहुत धन्यवाद देना चाहूँगा।

अब मुझे चिंता थी मेरे सातवें एटेम्पट के क्यूंकि ये मेरा आखिरी एटेम्पट होने वाला था, दूसरी तरफ घर वालों का दबाव भी बढ़ता जा रहा था शादी के लिए..., जिसकी दो वजहें थीं, एक तो मेरी उम्र बढ़ रही थी और दूसरा मेरी बहन की शादी भी करनी थी, मेरी शादी में जो पैसा मिलता उससे बहन की शादी होनी थी.., मैंने बहुत समझाया कि मेरा एक ही सपना है मुझे सीए करना है पर घर वालों को तो अब जैसे यकीं ही नहीं रह गया था... इसी बीच मेरे लिये एक रिश्ता आया जो एक प्रतिष्ठित परिवार की ओर से था, मेरे लाख मना करने के बाद भी उन्होंने मेरी एक न सुनी, मैंने बहुत प्रयत्न किये पर अंत में मेरी

सगाई हो ही गयी, सगाई से शादी के बीच एक वर्ष का समय था..., मैंने सातवां एटेम्पट दिया और रिजल्ट का वेट करने लगा, जिस दिन रिजल्ट आया मैंने देखा भी नहीं क्यूंकि मन में डर था कि मैं फिर फ़ैल हो गया होऊंगा, रिजल्ट मेरे सर ने देखकर बताया और मुझे पता चला मैं पास हो गया..., ये सीए के सफ़र में मेरी पहली सफलता थी..., मुझे तो यकीं भी नहीं हो रहा था..,मैं बहुत खुश हुआ।

अब मेरी आर्टिकलसिप भी खत्म हो चुकी थी मेरे पास जॉब का ऑफर था पर मैं जॉब नहीं करना चाहता था मैंने सर को कहा मैं जॉब नहीं करना चाहता बल्कि आपके साथ काम करना चाहता हूँ, सर मान गये और मुझे असाइनमेंट के आधार पर पैसा भी मिलने लगा, इसी दौरान मुझे याद आया कि अगले ग्रुप का पेपर देना है तो मैंने प्लानिंग की और काम के साथ साथ तैयारी में जुट गया, पेपर दिया और उम्मीद के अनुरूप परिणाम भी आ गया। मैं पास तो नहीं हुआ पर मुझे examptlon मिल गयी... इस सब दौरान स्मृति से मेरी दो या तीन बार ही बात हुई होगी..., ये परीक्षा त्याग मांगती है और मैं वो त्याग कर रहा था.., मुझे याद भी नहीं रहा कि पिछली बार कब मैंने कोई बड़ा त्यौहार मनाया था..., उधर शादी के लिए माँगा गया समय भी समाप्त हो चूका था..., मेरे और स्मृति के घर वाले दबाव बनाने लगे मैंने कहा भी कि मुझे 1 वर्ष का समय और दे दो पर वो लोग नहीं माने और अंततः मई में पेपर के बाद शादी की डेट तय कर दी गयी, मैंने पेपर दिया और शादी की तैयारियां करने लगा..., योजना के अनुसार पहले हमने बहन को विदा किया और फिर स्मृति घर आई।

वैवाहिक ज़िन्दगी शुरू हो चुकी थी, अब घर खर्च कमाने का दायित्व भी बढ़ गया था, तो मैंने अपने घर में ही एक छोटा सा ऑफिस भी बना लिया, और पढ़ाई के साथ साथ काम भी करने लगा। मेरा परिणाम आया, पेपर नहीं निकला... अब तो पढ़ाई का और भी दबाव आ गया साथ ही काम भी बढ़ रहा था तो मैंने स्मृति को उसके घर भेजने का निर्णय लिया, नई नई शादी के बाद कौन से पत्नी अपने पति को छोड़ के जाना चाहेगी, लेकिन स्मृति ने मेरी स्थिति को समझते हुये मेरा पूरा साथ दिया और कुछ दिनों के लिए चली गयी।

एक दिन मेरे एक क्लाइंट ने मुझे एक दुकानदार से मिलवाया जिसके सारे डॉक्यूमेंट आग में जल कर नष्ट हो गये थे, मैंने उनकी समस्या समझी और काम करने के लिए हामी भी भर दी लेकिन परीक्षा के बाद, वे मान गये....अब मैं पढाई के साथ साथ इस काम की तैयारी में भी लग गया, इससे सम्बंधित किताबें पड़ी, दोस्तों से सलाह ली, जिन चीजों

के ज़रूरत पढने वाली थी उनके बारे में समझा....इस सारी प्रक्रिया में इतना तो समझ आ गया कि ये काम आसान नहीं है और मुझ अकेले से होगा भी नहीं.., पर मैं हर हाल में इस काम को करना चाहता था.., मुझे ज़रूरत थी एक ऐसे साथी की जो काबिल भी हो और समझदार भी। इसी दौरान मेरे भाई गोविन्द की शादी भी आ गयी और मैं उसकी तैयारियों में लग गया.., एक दिन कार्ड देने के लिए मैं हमारे एक परिचित अकाउंटेंट के पास गया जहाँ मेरी मुलाक़ात माया जी से हुई, माया जी भी मेरी तरह ही सीए कर रहीं थीं..., पहली मुलाकात में ही मुझे लगा कि अपने ऑफिस के लिये मैं जिस पार्टनर को ढूंढ रहा हूँ ये वही हैं..., पर उस वक्त मैंने उनसे ये बात कहना ठीक नहीं समझा और चला आया, बाद मैं किताबों के बहाने हमारी दोस्ती भी हो गयी और हम अक्सर मिलने लगे। मैं अब पूरी मेहनत के साथ अपनी PE-2 की तैयारी में जुट गया, परीक्षा दी और परिणाम का इंतज़ार करने लगा.., परिणाम आया और सुनते ही मैं उछल पड़ा, पास हो गया था और फाइनल में आ चूका था।

अब मुझे उस दुकानदार की याद आई जिसका काम करने का वादा किया था, मैंने माया जी से संपर्क किया उन्हें अपने प्रपोजल के बारे में बताया.., वो भी कुछ ऐसा ही चाह रही थीं और ख़ुशी से मान गयीं.., हमने सारी बातें तय कीं और कुछ ही दिनों बाद हम पार्टनर बन चुके थे। उनके साथ हमारे एक और साथी मनोज जी भी आ गये।

मैं दुकानदार जी से मिला और काम की फीस के बारे में बातचीत करके काम शुरू कर दिया.., अब इस कार्य को करने के लिए एक ऑफिस की ज़रूरत थी हमने दुकानदार साहब को इस बारे में बताया तो उन्होंने हमें अपनी दुकान से लगा हुआ एक कमरा दे दिया, जिसे हमने अपना ऑफिस बनाया और काम में लग गये.., उसी वक्त अग्रवाल सर ने एक बहुत बड़ा ऑडिट का काम भी दे दिया हम दोनों ने मिलकर वो भी बहुत कम समय में निपटा लिया...हमें मुनाफा तो हो ही रहा था साथ ही हमारी योग्यता भी बढ़ रही थी। माया जी भी मेरी तरह ही ऊर्जावान और काम को महत्व देने वालीं थीं उनके साथ काम करके मैं बहुत खुश था...इस प्रकार हम काम में ऐसे डूबे कि पता ही नहीं चला कि कब फाइनल की परीक्षा की तारीख नज़दीक आ गयी, तो हमने 15 दिन की छुट्टियाँ लीं और जुट गये.., मैं फाइनल का द्वितीय ग्रुप देना चाहता था, माया जी प्रथम ग्रुप और मनोज जी दोनों ग्रुप..., जल्द्बाजी में नोट्स बनाए, एग्जाम दिया और फिर काम में जुट गये....पर रिजल्ट आया तो हम तीनो ही फ़ैल हो गये थे.., पर अच्छा ये हुआ कि मेरा एक पेपर exampt हो गया था और मैं अगली 3 साल तक परीक्षा दे सकता था।

इस बार हमने निश्चय किया कि हम ग्रुप स्टडी करेंगे जिसके लिए हमने अलग से एक कमरा लिया और वहीँ जाकर पढाई करने लगे।

कुछ दिनों बाद मुझे पता चला कि स्मृति प्रेग्नेंट है, सुनकर मुझे ख़ुशी तो बहुत हुयी पर उस ख़ुशी को भी ठीक से व्यक्त नहीं कर पाया और मैंने उससे कहा कि वो मायके चली जाये क्यूंकि इस हालत में उसे अधिक देखभाल की ज़रूरत होगी...कितनी अजीब बात थी, जिस वक्तमेरी पत्नी को मेरी सबसे ज्यादा ज़रूरत थी मैं उसे मायके जाने का बोल रहा था..,पर मैं क्या करता मेरा लक्ष्य मुझसे त्याग मांग रहा था, जो न चाहते हुये भी मुझे करना पड़ रहा था। खैर स्मृति चली गयी और मेरी परीक्षा के ठीक एक महीने पहले मेरी माँ को फ़ोन आया कि वो दादी बन गयी है और मैं पापा....सुनकर मन तो किया कि अभी उड़कर अपनी पत्नी, अपने बेटे के पास पहुँच जाऊं पर, फिर एक बार अपने कदम रोक लिये...सोचा एग्जाम के बाद देखने जाऊंगा...।

एग्जाम हो गया फिर में अपने बेटे से और स्मृति से मिला, और हम रिजल्ट का इंतज़ार करने लगे, इस दौरान हमारे पास कुछ और बड़े काम आये और हम उनमे व्यस्त हो गये, हमने अपना ऑफिस खुद का ऑफिस भी किराये पर ले लिया, क्यूंकि कब तक दूसरे के ऑफिस में काम चलाते...., कुछ दिन बाद रिजल्ट आया पर इस बार खुशखबरी लिए हुये.., हम दोनों के ही ग्रुप्स निकल गये थे। अब फाइनल के आखिरी ग्रुप की तैयारी करनी थी इधर ऑफिस में काम भी बढ़ रहा था, और हम किसी भी काम को न नहीं बोलते थे...,तो काम की वजह से पढ़ाई पर उतना फोकस नहीं कर पाए और पहले प्रयास में हमारा पूरा ग्रुप फ़ैल हो गया..., हमने दूसरा प्रयास किया, इस बार मनोज जी सीए बन गये थे..., और हम दोनों फिर रह गये। काम और पढ़ाई के बीच फिर हमने सामंजस्य बिठाया और तीसरा प्रयास किया इस बार परिणाम मिला जुला था...हम दोनों में से एक फैल हुआ था और सीए बनने वालीं माया जी थी ..., मैं फिर रह गया था.... माया जी के सीए बन जाने से हमें एक फायदा तो हो गया था कि अब ऑडिट पर सिग्नेचर कराने किसी और के पास नहीं जाना पड़ता था...., पर मेरा ग्रुप न निकलने की वजह से मैं चिड़चिड़ा हो रहा था.., अब हम दोनों में झगड़े भी होने लगे.., इसी बीच मैंने चौथा प्रयास किया और इस बार भी फ़ैल हो गया..., अब तो जैसे मैं बिखरने लगा था, छोटी छोटी बातो पे झगड़े करने लगा..., अब माया जी के साथ पहले वाला दोस्ताना रवैया भी नहीं रहा, क्यूंकि वो अब एक सीए थीं और मैं एक नॉन-सीए..., झगड़े यहाँ तक बढे की पार्टनरशिप टूटने तक की नौबत आ गयी, पर हमारे क्लाइंट हम दोनों के साथ ही काम

करना पसंद करते थे इसलिये हमने उन्हें कभी इस बात का अहसास नहीं होने दिया..., पर जैसे तैसे मैंने खुद को शांत किया, माया जी ने भी समझाया.., और मैं पूरी तन्मयता के साथ अपने पाँचवें प्रयास की तैयारी में लग गया, इस बार मैं हर हाल में ग्रुप निकालना चाहता था इसलिये मैंने पत्नी और बेटे को भी जबलपुर भेज दिया ये कहकर कि बस, ये आखिरी बार है। इस बार मैं पागलों की तरह सिर्फ पढ़ाई पे ही ध्यान दे रहा था..., माया जी ने भी पूरा साथ दिया इस दौरान ऑफिस की पूरी जिम्मेदारी अकेले ही उठाई... पर परीक्षा से 10 -15 पहले एक घटना घटी, मेरे पिताजी को अचानक हॉस्पिटल में भर्ती करना पड़ा जहाँ उनका ऑपरेशन होना था.., माँ ने मुझे बताया पर मैं चुप था...ये शायद सीए की परीक्षा से पहले ..मेरी ये आखिरी परीक्षा थी, जहाँ मुझे मेरी तैयारी या मेरे पिता में से किसी एक को चुनना था... मैंने खुद को पत्थर बनाया और माँ को मना कर दिया...। उधर अस्पताल में मेरे पिता जी का ऑपरेशन चल रहा था और इधर मैं अपने पांचवे प्रयास की तैयारी कर रहा था..., लोग तरह तरह की बातें कर रहे थे, आलोचनाएँ कर रहे थे..., लेकिन पत्थरों पे आलोचनाओं का प्रभाव नहीं पड़ा करता... एग्जाम दिया और एग्जाम ख़त्म होते ही सबसे पहले पिताजी के पास पहुँचा, देख कर मेरे तो आंसू निकल पड़े..., पर वो शांत रहे।

वापिस ऑफिस आके काम में लग गया अब हमारे बीच झगड़े नहीं थे.., खुश होकर दोनों काम करने लगे थे...और फिर रिजल्ट वाला दिन आ ही गया...,रिजल्ट सुबह 8 बजे आ चूका था, और करीबन 9:30 पे मेरे पास मेरे दोस्त एस.एस. तोमर का फ़ोन आया .., वो फ़ैल हो गया था .., मुझसे मेरा रोल नंबर माँगा..., रोल नंबर लेने के बाद उसका कोई कॉल नहीं आया...., मैं समझ गया कि इस बार भी मैं फिर रह गया हूँ..., मैं चुपचाप घर से निकल गया.., पलकों के कोने से आंसू एक एक कर टपक रहे थे..., मैं अपने सपने को ही धिक्कारने लगा..., इस सीए की पढ़ाई ने मुझे कहीं का नहीं छोड़ा..., मेरी अर्चना मुझसे बिछड़ गयी...,जब उसे मेरे सबसे ज्यादा ज़रूरत थी उसका साथ नहीं दे पाया.., मेरे बेटे को पिता का प्यार तक ठीक से नहीं दे पाया .,, अपने पिता का सहारा नहीं बन पाया....इन्ही ख्यालों में चलते चलते एक मंदिर आया वहां जाकर भगवान से खूब बहस करी खूब कोसा...और एक घंटे पहले ही ऑफिस पहुँच गया। माया जी आयीं और आते ही उन्होंने मुझसे पूछा 'मुकेश क्या हुआ रिजल्ट का ?' मैंने कहा 'नहीं हुआ'....वो भी सन्न रह गयीं...थोड़ी देर बाद उन्होंने कहा अपना रोल नंबर बताओ..., मैं चुप रहा.., उन्होंने फिर कहा अपना रोल नंबर बताओ...सुनकर मैं झल्ला उठा और एक

कागज़ पर नंबर लिख कर उनकी टेबल पे पटकते हुये बडबडाने लगा... 'तुम्हे तो बहुत मज़ा आता है न जले पर नमक छिडकने में.., मुझे ज़लील करने में.., बता तो दिया कि नहीं हुआ...फिर क्यूँ बार बार पूछ रही हो.., नहीं बन सकता मैं सीए'....मैं बडबडाये जा रहा था और वो मुझे चुपचाप देखे जा रही थीं जैसे ही मैं थोड़ा सा शांत हुआ..., उन्होंने मुस्कुराते हुये मुझसे कहा "मुकेश.., तुम सी.ए. बन चुके हो"...। और बोल कर कंप्यूटर कि स्क्रीन मेरी तरफ घुमा दी...... मैं एकदम से चुप हो गया, मानो सांप सूंघ गया हो। फिर जैसे ही कम्प्यूटर की स्कीरन पर देखा तो लिखा था- पास! फिर नम्बरों को देखते हुये नाम पर पहुँचा तो पाया कि मेरा ही नाम लिखा था! ''अरे! अरे! यह क्या हो गया? मैं तो सच में पास हो गया... और सी.ए. भी बन गया!'' मैं ज़ोर-ज़ोर से रोने लगा। आखिरकार मुझे मंज़िल मिल ही गई...! मेरी आँखों में खुषी के आँसू थे। मैंने माँ को फोन पर बताया कि सी.ए. बन गया हूँ... माँ भी खुषी के मारे रोने लगी। स्मृति और बेटे को भी बताया... सभी ने अपने-अपने तरीके से खुषी प्रकट की... सभी बहुत खुष हुये। मुझसे तो कुछ कहते ही नहीं बन रहा था। जब खुषी की अधिकता होती है तो ऐसा ही होता है।

उस दिन मैंने ऑफिस में कोई काम नहीं किया। दोस्तों को फोन लगाया। कुछ तो फोन बंद करके बैठे थे। एस.एस. तोमर को (जिसे सुबह रोल नंबर दिया था रिज़ल्ट देखने के लिए) फोन लगाया और खूब सुनाया कि तुम पहले बता देते तो कितना अच्छा लगता! उसने कहा, ''खुषी लेट मिलेगी तो ज़्यादा मजा आयेगा यह सोचकर नहीं बताया... अच्छा छोड़ो, यह बताओ कि पार्टी कब दे रहे हो सी.ए. बनने की?'' मैंने हँसते हुये कहा, ''पार्टी की जगह जूते मिलेंगे...।'' वहाँ से आवाज़ आई, ''जूते नये होने चाहिए...।'' मैंने हँसते हुये फोन रख दिया..........। मेरी ज़िन्दगी का सबसे बड़ा सपना सच हो चुका था....मैं सीए बन चूका था।

यहा मेरा एक सपना पूरा हुआ जो मैंने सन् 2000 में बनाया था सन् 2010 में पूरा हुआ।

लेखिका के बारे में

कंचन पाण्डेय पेशे से एक शिक्षिका हैं। इन्हें कहानी और कविता लिखना पसंद है। इन्होंने अनेक विधाओं में कविताएं लिखी हैं और समय समय परअपनी लिखी हुई कहानियां और कविताएं स्टोरीमिरर पर साझा करती रहती हैं।

कल-युग में त्याग

-कंचन पाण्डेय

हे भगवान कैसी दुनिया आ गई है जीना मुश्किल हो गया है अब मैं इस घर में नहीं रह सकता हूँ।

गीता पीछे पीछे दौड़ती हुई,रुक जाइए यूँ खाना छोड़ कर नहीं जाते हैं।वे तो पागल हो गए हैं मन तो करता है घर से बाहर कर दूँ।

रामा-चुप हो जाओ अब एक शब्द भी उनके खिलाफ बोली तो मैं तुम्हें मायके भेज दूँगा।

गीता-ओहो, मैं क्यों जाऊं मायका, जाना है तो उसकी वह जाए और इतना प्यार आता है तो क्यों थाली फेंक कर आए।

रामा-देखो, इतना दखल मत दे,मैं क्या करता हूँ वह मेरा मन है।

सुखु-क्या रे रामा सुबह हो या शाम तुम्हारे आँगन से वही हल्ला वही हल्ला अब तो हमलोगों का भी रहना मुश्किल हो गया है।

सुखु-हाँ,एक और बात, आजकल दुलारेकान्त दिखता नहीं है क्या हुआ, बीमार है [मुस्कुराते हुए मुँह को कपड़े से ढक लिया] कि

रामा उलटे पैर आँगन आया और बर्तन में रखे हुए सारा खाना को उठा कर फेंक दिया, हद हो गई बेज्जती की शर्म है भी की नहीं बेशर्म सा पड़े रहते हैं।

दुलारेकांत-क्या हुआ रे रामा, बहुत तमाशा दिखा रहा है जीवन में तुम्हारा बस यही रह गया है इस घर में खाना का कोई इज्जत नहीं है।

रामा-हाँ हाँ इज्जत का तो आपको हीं फिक्र है इसलिए तो..... कुछ नहीं समझते हैं।

दुलारेकांत-क्या इसलिए, और मैं नहीं समझता,तुमलोगों को पालने में मेरी जिन्दगी बीत गई ठेला खींच खींच कर पूरे शरीर में ठेला [गांठ]हो गया है अपने परिवार को तो कुछ समझे नहीं और मुझे अच्छे बुरे का ज्ञान देते हो दो रूपया तुमने कभी घर नहीं लाए, जब भी कमाने गए घर का पैसे डूबा कर आए हो और खाना का अनादर करते हो।

दुलारेकांत दुलारेकांत कहाँ हैं

मिटठू-दादा दादा मालकिन आई हैं बुला रही हैं।

दुलारेकांत का एक मन हुआ की मिटठू को बोलकर कहला दें कि वे घर में नहीं हैं लेकिन फिर जो जीवन भर नहीं किया वह करके जीवन पर धब्बा नहीं लगा सकता हूँ यह सोचकर।

दुलारेकांत-जी मालकिन क्या हुआ?

मालकिन-क्या हुआ,बहुत दिन हो गए, गए नहीं

दुलारेकांत-क्या कहे मालकिन अब उम्र हो गई है काम नहीं हो पाता है दम फूलने लगता है शरीर में ताकत नहीं रहा

मालकिन-गीता, क्या सुन रही हूँ दुलारी [दुलारेकांत की पत्नी] के जाने के बाद दुलारेकांत का ख्याल नहीं रखती हो,रामा से तो कोई उम्मीद नहीं है।

ओह!दुलारी थी तब तो सेवा में कभी कमी नहीं की बेचारी घर का सारा काम करके खाना लेकर जहाँ दुलारेकांत रहते थे वहाँ पहुंच जाती थी और दिन भर वहीँ बैठकर आते जाते दुलारेकांत को निहारती रहती थी और शाम में दोनों दो मैना की जोड़ी की तरह साथ-साथ घर की ओर चल देते थे।

दुलारेकांत-वह तो छोड़ गई मुझे अकेले इस दुनिया में अब तो सिर्फ कर्तव्य है जिसका निर्वाह कर रहा हूँ।

रामा-हाँ-हाँ, अच्छा निर्वाह कर रहे हैं, यही तो सिला दिया है मेरी माँ के प्यार का आज उनकी आत्मा भी रो रही होगी।

मालकिन-रामा क्यों ऐसे बात करते हो पिता से, क्या हुआ?

दुलारेकांत-कुछ नहीं मालकिन,मैं कल आऊँगा।

मालकिन-आज क्यों नहीं मैं इतनी दूर से आई हूँ और।,थोड़ी ठहर कर ठीक है,कल आ जाइएगा।

कितने दिन बीत गए लेकिन दुलारेकांत मालकिन के यहाँ नहीं पहुँचे।

मालकिन-क्या समझतें हैं, उस दिन घर तक गई लेकिन यह हुआ कि मालकिन के साथ जाएँ, नहीं आज बताती हूँ।

ठाकुर जी-क्या हुआ? क़िस पर इतना गुस्सा आ रहा है?

मालकिन-वही राजा साहब, दुलारेकांत

ठाकुर जी-अरे बूढा है बेचारा बीमार हो गया होगा और इतना गुस्सा करके अपनी तबियत ख़राब मत करो।

मालकिन-नहीं-नहीं आज जाकर मैं बताती हूँ कि कैसी-कैसी परिस्थिती में उसके परिवार के लिए मैने क्या नहीं किया है।

घर से निकली हीं थी कि दूर से झूमते हुए दुलारेकांत को देख मन को थोड़ी देर के लिए राहत मिली लेकिन अंदर का गुस्सा ज्वालामुखी बनकर फुट पड़ा,हद करते हैं दुलारेकांत बूढ़े हो गए हैं इसलिए दिमाग काम नहीं करता है।

दुलारेकांत-हाँ हाँ मालकिन आप सही कह रही हैं मेरा दिमाग ख़राब हो गया है, रामा भी यही कहता है यह मेरा कर्म है जो मेरे कारण सभी दुःख भोग रहे हैं, क्या करूँ कुछ समझ नहीं आता है।बहते हुए आँसू को छिपाकर पोछ लिए।

ठाकुर जी-पुष्पा [मालकिन] यहाँ आना जब्र तक वे आतीं।

तब तक ठाकुर जी हीं आ गए।

ठाकुर जी-क्या कर रही हो? बेचारा कितना दुखी लग रहा है और तुम,यह ठीक बात नहीं है कि तुमने विषम परिस्थिती में उनकी मदद की लेकिन उसने भी जीवन भर हमारे परिवार की सेवा की जब बुलाते थे दुलारेकांत आ जाते थे अब उम्र हो गया है बेटा भी नालायक है।

मालकिन-यही बुरी आदत है आपमें कि समय परिस्थिती देखते नहीं और किसी के सामने मुझे हीं भला बुरा कहने लगते हैं,अब आप हीं काम कराइए मैं चली।

अब मालकिन की गुस्सा का रुख मालिक की तरफ हो गया

दुलारेकांत-अरे क्यों गुस्सा कर रही हैं क्या करना है।

दुलारेकांत अपने काम में लग गए लेकिन अचानक एक आवाज ने उन्हें विचलित कर दिया और बिना कुछ बताए वह ना जाने कब चले गए।

मालकिन को लगा कि हो सकता कोई कारण से इधर उधर गए होंगे लेकिन कई घंटों ने यह स्पष्ट कर दिया था कि वह चले गए हैं यह बात मालकिन के गुस्से की आग

को हवा दे गई,अब बहुत हो गया यही एक मजदूर नहीं है जब भूख से मरने लगेगा तब एक कौड़ी से मदद नहीं करुँगी स्वयं में बुदबबुदाते हुए सभी सामान को समेटने लगीं।

कई दिन बीत गए लेकिन मालकिन के मन की आग की लपटों ने धधकना कम नहीं किया था,दुलारेकांत के उस दिन के व्यवहार ने मालकिन को चैन नहीं लेने दे रहा था कि कब दुलारेकांत सामने आए और वह उसको अपनी क्रोध रूपी यज्ञ में उनकी आहुति दे सकें लेकिन मौका नहीं मिल रहा था।

एक दिन सुखु मौका देखकर मालकिन के घर पहुँच गया

सुखु-मालकिन बहुत दुःख में हूँ कुछ दिनों के लिए कुछ रूपए दे देती तो आपकी मेहरबानी होती आपलोग तो बड़े लोग हैं।

पुष्पा [मालकिन]-नहीं नहीं, एक तो मेरे पास रूपये नहीं है दूसरा रहता भी तो तुम्हें कभी नहीं देती, बड़े तो आपलोग हैं।

सुखु-क्यों मालकिन,

मालकिन-क्यों का बात हीं छोड़ दो और।कभी एक काम की आशा नहीं तुमसे, एक दुलारेकांत थे पता नहीं उसे भी क्या खजाना हाथ लग गया है।

सुखु मन हीं मन खुश हो गया क्योंकि उसके काम बनने के आसार दिख गया था अब तो नब्ज हाथ में थी वह बोल पड़ा।

सुखु-मालकिन अब आप भूल हीं जाइए,अपने दुलारेकांत को और आप तो कितनी ज्ञानी हैं देखिए घर बैठे समझ गई अब वह वह दुलारेकांत नहीं रहा और सही में खजाना हाथ लग गया है।

पुष्पा [मालकिन]-लाटरी वाटरी लगी है क्या? और आप का दुलारेकांत कहना बंद करो अब बताओ भी क्या बात है।

मालकिन की मन की उत्सुकता बढ़ते देख सुखु के मन में लड्डू फुट रहे थे, काम बनता दिख रहा था।

सुखु-क्या बताएं मालकिन हमारे समाज में तो थू थू हो रहा है कोई विश्वास नहीं करेगा कि वही दुलारेकांत है हे भगवान रहना मुश्किल हो गया है रात दिन परिवार में किचकिच, ऐसा परिवार होता है क्या?

पुष्पा [मालकिन] ने कुछ रूपये हाथ में पकड़ाते हुए, अब बोलो और नहीं बोलना

तो.....कुछ रूक कर जाओ मेरा दिमाग ख़राब मत करो

सुखु-मत गुस्सा कीजिए मालकिन बड़ी शर्मनाक बात है आपका, नहीं-नहीं दुलारेकान्त दूसरी औरत ले आया है, सोचिए दुलारी के गए अभी दिन हीं कितने हुए हैं क्या बीत रही होगी बेचारी दुलारी की आत्मा पर और बिना शादी किए, हे भगवान कोई कहने वाला भी नहीं है।

मालकिन को सुनहरा मौका मिल गया अब तो दुलारेकांत की ख़ैर नहीं थी।

शाम के समय मालकिन पहुंच गई चुपके से खाना बना रहे दुलारेकांत के बगल में खड़ी हो गई। क्या हो रहा है दुलारेकांत आजकल यही काम पकड़े हैं क्या यही विचार है सारा सामान निकाल कर यूं हीं छोड़ कर भाग कर चले आए।

आखिर, मैं भी तो सुनु कि क्या बात है,मैने तो बहुत कारनामे सुनी है,अपने मुँह से बोल देंगे तो अच्छा लगेगा।रामा रामा गीता कहाँ हैं सब के सब

दुलारेकांत-वेलोग नहीं सुनेंगे मालकिन कहिए क्या काम है

तब तक गीता आ गई, रामा भी नशे में झूमता हुआ आँगन में आकर खड़ा हो गया।

गीता-जी मालकिन क्या है?

रामा-प्रणाम मा मा मालकिन।

मालकिन-छि! रामा तुम से बात करना बेकार है और गीता तुम्हें शर्म नहीं आती है ससुर खाना बना रहे हैं और तुम बातें करती फिर रही हो।

गीता-मालकिन माफ़ करना शर्म क्या चीज का, शर्म तो इन्हें आना चाहिए बुढ़ापे में ले आए वही बनाकर खिलाए खाना, आप बोलिए माँ जी के जाने के बाद सारा काम करती थी या नहीं इन्हीं से पूछिए।

रामा-छि! मुझसे क्यों मालकिन इनसे पूछिए

दुलारेकांत-छोड़िए मैं कल आता हूँ फिर बताऊंगा।

रामा-कल क्यों आज क्यों नहीं।

मालकिन-मुझे इसमें नहीं पड़ना लेकिन मुझे यह सिर्फ जानना है कि उस दिन आधा अधूरा काम छोड़ कर क्यों भागे आपके पास इसका जवाब है कि आप इतना धोखेबाज निकलेंगे मुझे मालूम नहीं था।

दुलारेकांत-हे भगवान इस जन्म में हीं सब सुनना पड़ेगा मालूम नहीं था। आपको सुनना है ना मालकिन तो मैं कहता हूँ और रामा तू भी चाहता था ना कि मैं यहीं सारी सच्चाई मालकिन को बताऊँ और तुम सुखु भाई टाट{लकड़ी की दीवार] के पीछे से सुनने की आवश्यकता नहीं है आइए मालकिन यह सावित्री है।

सावित्री नीचे एक चटाई पर कराह रही थी।

दुलारेकांत-इसी के कारण मैं काम पर नहीं जाता हूँ उस दिन की हीं बात देख लीजिए मैं आप के यहाँ गया और इन दुष्टों ने पैर हीं तोड़ दी बेचारी का।अब बताइए कैसे कहीं जाऊंगा।

रामा-बेचारी! यह कभी नहीं, मेरी माँ के गए कितने दिन हुए और आ गई मेरे घर में राज करने।

मालकिन-तुम चुप रहो रामा,मैं बात करती हूँ यह क्या है दुलारेकांत, आपको शर्म नहीं आई पोते-पोती के होते हुए इस उम्र में यह हरकत शोभा नहीं देता है सच तो कह रहा है रामा

दुलारेकांत-मालकिन एक वह सावित्री थीं जो अपने पति के प्राण बचाने के लिए यमराज से लड़ गई लेकिन यह मेरा प्राण बचाने के लिए मुझे दुलारी के हाथ सौंप मेरी जिन्दगी से चली गई।

रामा-इस औरत के कारण मेरी मरी हुई माँ पर झूठा इल्जाम मत लगाइए।

दुलारेकांत-अगर वह तुम्हारी माँ थी तो मेरी पत्नी भी विश्वास नहीं हो तो उस ज़माने के एक हीं इन्सान जिन्दा है। वह विन्देश्वरी काका जाओ ले आओ उनको अगर उनको याद हो।

विन्देश्वरी काका-क्या हुआ दुलारे तुम्हारे बेटे की जिद तो हद कर दी,क्या हुआ?

दुलारेकांत-काका क्षमा चाहता हूँ क्या..

रामा-इस औरत को जानते हैं आप?बीच में बात काटते हुए

विन्देश्वरी-अब तो आँख से भी कम दिखाई देता है,अरे सावित्री तू जिन्दा हो, हे भगवान हमें तो लगा था कि तुम मर गई, वे आश्चर्यचकित हो गए।

रामा-कौन है यह औरत।

विन्देश्वरी-यह दुलारे की पहली पत्नी है तुम्हारा दादा एक वेद था परिवार बहुत सुंदर लेकिन दुलारी को तुम्हारे पिता से प्यार हो गया और दुलारी के पिता माफ करना उस ज़माने का नामी गुंडा था क्या जेल और क्या घर,दुलारी ने तो हद कर दी जब इसके गोद से मासूम रामा को छीन ली थी।तुम इसी सावित्री के बेटे हो इसकी सेवा करो यह तो साक्षात् देवी है इस कलयुग में इतना बड़ा त्याग संभव नहीं।

रामा के होश गुम हो गए नशा जैसे एक मिनट में छूमंतर हो गया, माफ कर दो मुझे माँ,मैं अभागा मुझे जब भगवान यह मौका दे रहे हैं कि मैं अपनी माँ की सेवा कर सकूं तब मैं हीं दुश्मन बन गया माफ कर दीजिए पिता जी अपने इस निक्कमें बेटे को।

दुलारेकांत-नहीं-नहीं बेटा, मुझे तो भगवान नहीं माफ करेंगे एक विवाहिता स्त्री,एक माँ को जीवन भर मेरे कारण दुःख हुआ, मैं क्यों इतना डरपोक था उस परिस्थिती के आगे झुक गया।

मालकिन-माफ कीजिएगा दुलारेकांत मैं भी अपने धनी होने के घमंड में सोच भी नहीं पाई कि किसी की कोई मजबूरी हो सकती है। कोई धन से बड़ा नहीं होता है मन से बड़ा सबसे बड़ा होता है आपदोनों पति पत्नी से हमें सीख लेना चाहिए परिवार क्या होती है और परिवार के लिए त्याग क्या होती है धन्य हैं आपदोनों और धन्य है आपदोनों का त्याग।

लेखक के बारे में

डॉ. देवेंद्र त्रिपाठी विगत १९ वर्षों से विभिन्न राष्ट्रीय एवं अंतर्राष्ट्रीय संस्थाओं के साथ कार्य कर रहे है, और विभिन्न राज्यों में महिला एवं बाल स्वास्थ्य के मुद्दे पर कार्य कर रहे है। सामाजिक कार्यों के साथ साथ देवेंद्र लेखन कार्य में भी रूचि रखते है। लखनऊ विश्वविद्यालय से समाज कार्य में पी. एच. डी. के साथ ही समाज कार्य विषय एवं पब्लिक हेल्थ-सामुदायिक स्वास्थ्य विषय में परास्नातक की शिक्षा प्राप्त की है। समाज कार्य विषय की परास्नातक परीक्षा में अधिकतम अंक प्राप्त करने पर उन्हें "गवर्नर गोल्ड मेडल" से सम्मानित किया है। देवेंद्र हिंदी, अंग्रेजी एवं अवधी भाषा बोलते है। लिखने के साथ ही किताबें पढ़ना, यात्रा करना एवं वेब सीरीज देखना इन्हे पसंद है। देवेंद्र की पहली पुस्तक "कुछ ख्वाहिशें कुछ सपने" एक काव्य संग्रह है, जिसे आप ऑनलाइन अमेजन एवं फ्लिपकार्ट से प्राप्त कर सकते है।

एक प्रश्न

-डॉ. देवेंद्र त्रिपाठी

शाम के ७ बजे, चारो ओर अफरा तफरी... रेलगाड़ी को पकड़ने के लिए भागता हुआ हर इंसान... उदघोषक की आवाज की प्रतीक्षा करते हुए यात्री... चारो ओर चाय, खाना और पानी, कोल्डड्रिंक बेंचते हुए दुकानदार और रेलवे के कर्मचारी। स्टेशन पर आती जाती तमाम रेलगाड़ियों की भीड़भाड़ से भरा हुआ खचाखच मुगलसराय का रेलवे स्टेशन... कहीं सुदूर इलाके से आयी हुई पाँच औरतें? जिनके पास सामान के नाम पर है तो केवल एक एक चावल की बोरी...

बंगाल की ओर जाने वाली रेलगाड़ी की उदघोषणा होते ही, पाँचो औरते चावल की बोरियाँ अपने अपने सिर पर लादे, रेलगाड़ी की ओर भाग रही है...

स्टेशन पर रेलगाड़ी के लगते लगते पाँचों औरते प्लेटफार्म पर पहुंचकर अपनी बोरियों को फटाफट लादने लगती है। पाँचो के चेहरों पर एक अजीब सी चिंता साफ साफ झलक रही है... देखकर ऐसा लग रहा है कि वे कुछ परेशानी में है। बोरियों को रेलगाड़ी पर लादने के बाद थोड़ा सुकून की साँस लेते हुए..अपने सूती साड़ी के पल्लू से पसीना पोंछते हुए एक दूसरे से बात करती है-

पहली औरत-"चलो बहन अच्छा हुआ कि रेलगाड़ी मिल गयी नही तो हम आज घर न पहुँच पाते।"

दूसरी औरत-"लेकिन दीदी, अगर हमे गाँव के उस आदमी ने यह न बताया होता कि मुगलसराय की बाजार में चावल इतने सस्ते मिलते है, तो हम यहाँ कैसे आते??"

तीसरी औरत-"ये बात तो सही है, देखो यही चावल अपने गाँव मे ६० रुपया किलो मिलता है, लेकिन यहाँ तो ४० रुपये में ही मिल गया। किराया भाड़ा सबकुछ मिला लेंगे, तबपर भी हमारा १००-१५० रुपया बच गया।"

चौथी औरत-"लेकिन बहुत समय लग गया। हम तो सोंचे थे कि दोपहर तक लौट आएंगे, दीदी बताई थी कि एक घण्टा में रेलगाड़ी से मुगलसराय और मुगलसराय से तो हर घड़ी ही वापसी की रेलगाड़ी मिलती है.... लेकिन आज तो सब ट्रेन लेट हो गयी....

हमको तो घर पहुँचने में रात हो जाएगी...."

पाँचवी औरत-"दीदी! आज ई १००-१५० रुपया के बचावे के चक्कर मे हमारा मर्द तो बहुत मारेगा हमको...."

दूसरी औरत पलटकर-"अरे मारेगा तो हमरा ही तो मर्द है, किसी दुसरे का तो है नही। उसका तो हक़ है मारने का...."

चौथी औरत-"बात तो सही कह रही हो तुम.... मारेगा तो हमरा भी मर्द....लेट जो हो गया....और अलग से अगर हम ये बताये कि हम पैसा बचा के लाये है, घर के लिए तो....कलंक लगाकर घर से भी निकाल देगा।"

पाँचों औरतों के चेहरे पर चिंता की शिकन और परेशानी साफ झलक रही है....रात के तकरीबन ८ बजे उनका स्टेशन आ गया, और जल्दी से अपनी बोरी उतारकर अपने गाँव की ओर निकल जाती है....

यात्रा यहीं खत्म नही होती है, यहाँ से शुरू होती है, उनके प्रतिफल का....अगले और आधा घण्टे में सभी औरतें अपने गाँव पहुँचती है। ऐसा नही था कि जो रास्ते मे ये पाँचो महिलाएँ सोच रही थी वो मिथ्या था....बिल्कुल वैसे ही घटित हुआ जैसे उन्होंने सोचा था....

हर घर के सामने खड़ा एक पुरुष, अपने हज़ारों सवालों से उनका दिल छलनी कर रहा था, लेकिन जबाब नही था....

ऐसा कौन सा चावल तुम लेने गयी थी? कहाँ इतना समय लग गया? किसके साथ गयी थी? कौन यार मिल गया था तुम्हारा? कहाँ से इतना पैसा बचा के लायी है? चावल खरीदने गई थी या खुद बिकने गयी थी?? कितने में अपने जिस्म को बेंच दिया तूने? मुझसे पेट नही भरता क्या जो शहर में मुँह मारने चली गयी?

साथ मे जिस्म पर लाठी और डंडों के अनेको निशान जो अपने घर की समृद्धि के लिए कुछ पैसों की बचत करने के लिए निकले थे।

बच्चों की आँखों मे ऐसे आँसू न आने पाए, ऐसा कुछ उनके बच्चों के साथ न घटित हो बस यही सोंचती हुई, कराहती हुई ये पाँचो औरते अपने भूखे बच्चों के लिए खाना बनाने लगती है, और उसी चावल की बोरी के चावल से अपने बच्चों का पेट भरती है जिसके लिए वो अभी कलंकित हुई है। ऐसे ही रोज न जाने कितनी औरतें अपने बच्चों

के भविष्य को सँवारने के खातिर ऐसे दौर से गुजरती है....

लेकिन यही औरते हमारे समाज और देश के लिए एक बहुत बड़ा प्रश्न छोड़कर जाती है.... सोचियेगा जरूर....

लेखिका के बारे में

संगीता सिंह एक गृहिणी, यूट्यूबर, वाइस ओवर आर्टिस्ट, हीलर, ब्लॉगर और लेखिका हैं। ये कई मंचों से जुड़ी साहित्य के क्षेत्र में अपनी सेवाएं दे रही हैं। रांची झारखंड में जन्मी वर्तमान में उत्तरप्रदेश की राजधानी लखनऊ में रह रही हैं। इन्होंने वनस्पतिशास्त्र से परस्नातक की डिग्री ली है। साहित्य का बीज बचपन से ही इनके हिंदी के अध्यापक के माध्यम से हो गया था, लेकिन कॉलेज में विज्ञान की पढ़ाई के कारण कम समय मिलने से कुछ समय के लिए कहीं खो गया था। कुछ अंतराल बाद ही इन्होंने पुनः साहित्य की सेवा शुरू कर दी। इनकी विशेष रुचि यात्रा, इतिहास और अपनी संस्कृति को जानने में है। इन्होंने स्कूल, कॉलेज और भिन्न भिन्न मंचों पर कई प्रतियोगिताओं में भाग लेकर पुरस्कार भी जीते हैं।

मरते रिश्ते

- संगीता सिंह

"सुन रज्जो, मैं ना सुरिंदर को विदेश भेजूंगा,तू देखियो।"

"अरे सुरिंदर के बापू,अपना देश क्या बुरा है,यहीं रहन दे इसको,गोरी मेम ला,हमदोनो को भूल जावेगा।"

"अरी बावरी,ऐसा ना करेगा,अपना सुरिंदर,क्यों सुरिंदर??? "बापू ने हंसकर कहा।

सुरिंदर हंस पड़ा,अंतिम साल था इंजिनियरिंग का।गांव के समृद्ध किसानों में सरदार हरप्रीत सिंह की गिनती होती थी। पंजाब के छोटे से गांव में सरदार हरप्रीत अपनी पत्नी रज्जो और बेटे सुरिंदर के साथ।

रज्जो ने कहा "सपने ही देखते रहोगे,सरदार जी की मंडी जाकर गेहूं भी बेच आओगे।"

"अरे हां _ लस्सी तो पिला दे भाग्यवान,लौट कर आता हूं तो फिर, साथ मिलकर खायेगे मक्के की रोटी, और सरसों का साग।"

"सुरिंदर कल जाएगा, चंडीगढ़ उसके कॉलेज में कंपनियां आने वाली है,उसके लिए भी पिन्नी बना देईयो।तूसी भी सठिया गए, हो सरदार जी,अपना काम तो याद रहता नहीं,मुझे बड़ा काम याद दिलाते हो।"

हंसती रज्जो,लस्सी लाने चली जाती है।

सुरिंदर कॉलेज पहुंचा,कई कंपनियां आयी थी।उसका कैंपस सिलेक्शन कनाडा की कंपनी में हो गया।

अब बस परीक्षा का परिणाम आना बाकी था,उसके बाद सुरिंदर भारत से फुर्र,कनाडा के लिए।

खुसखबरी सुन सरदार हरप्रीत और रज्जो फूले ना समा रहे थे।

पूरे गांव को न्योता दे दिया खाने को।

पासपोर्ट बनवाने के लिए ऑफिस के चक्कर लगाए।पासपोर्ट भी बन कर आए गया।

कुछ दिनों बाद परिणाम भी परीक्षा के आ गए।

सुरिंदर कनाडा चला गया।रह गए दो पंक्षी,सरदार हरप्रीत और रज्जो।

कुछ दिनों से सरदार जी की तबीयत ठीक नहीं चल रही थी।एक दिन रज्जो को अकेला छोड़ सरदार जी,इस धरती को छोड़ चले गए।

अन्तिम क्रिया में बड़ी मुश्किल से छुट्टी मिली थी,सुरिंदर को। वो आया और जल्दी ही वापस लौट गया।

मां को सहारे की जरूरत थी,वो पति की मृत्यु के बाद से पूरी टूट चुकी थी।

सुरिंदर चला गया,सरदार जी चले गए।बहुत दिनों वह द्वंद करती रही खुद से,अकेलेपन से। आखिर खेत थे,मवेशी थे,अब सब उसके भरोसे।

वो जानती थी,की दुनिया किसी के जाने के बाद नहीं रुकती,खेल में किरदार बाहर होता है,तो अगला खिलाड़ी उसका स्थान ले लेता है।

उसे भी सबकुछ देखना है,पेट के लिए,अकेलापन दूर करने में लिए काम करना ही होगा।

एक दिन सुरिंदर का फोन आया,उसने बताया बीजी,मैंने यही शादी कर ली है।

रज्जो को अपनी और सरदार की बात याद आ गई।उसने भरे मन से आशीर्वाद दिया।

उसका मन व्यथित था,वह रात भर सो नहीं पाई।

बार बार सुरिंदर का व्यवहार उसे कचोट रहा था,कितना बदल गया है,पिता के मरने के बाद आया,और ना रुका,और ना ही उसने कहा बीजी तुम यहां अकेले कैसे रहोगे,तुम चल चलो मेरे साथ।

आज मुझे ख़बर सुना रहा,अपने व्याह का।कितने खुदगर्ज हो चुके हैं रिश्ते आजकल।

नौ महीने पेट में रखा,अपनी खुशी छोड़, पुतर की खुशी देखी,आज ये सिला।

ममता कराह उठी।बार बार खुद को कितना संभालू,वाहे गुरु। मै थक चुकी।

रज्जो को अभी बहुत कुछ सहना था,शायद इसे ही पूर्व जन्मों का कर्म कहते हैं।

समय रफ्तार से बीत रहा था।रज्जो अब बहुत बूढ़ी हो चुकी थी,अब तो आंख भी जवाब दे गई थीं।

बहुत मुश्किल से काम निपट पा रहा था।खेती भी बंटाई पर दी थी,जो हिस्सा आता था,वो काफी था,अकेली जान के लिए।

बहुत दिनों बाद सुरिंदर ने फोन किया, बीजी, मैं आ रहा हूं ठीक 15 दिन बाद, तुम्हें लेने।

तू अकेली कब तक रहेगी,अपनी जमीन,खेत खलिहान सब बेच दे,और मेरे साथ कनाडा चल, रानी की तरह बैठ कर बहू की सेवा ले।बहुत सालों से अकेली रह चुकी।

रज्जो को घोर आश्चर्य हुआ,फिर भी वो बहुत खुश थी। 15 दिनों के बाद सुरिंदर आया।

खेत खलिहान,मवेशी सब बेच दिए। बीजी का सामान पैक हुआ,खुशी का ठिकाना ना रहा बीजी के।अगले दिन अमृतसर के गुरु रामदास जी इंटरनेशनल एयरपोर्ट पर दोनों पहुंचे। सिक्योरिटी क्लियर करा सुरिंदर ने रज्जो को लाउंज में बिठा दिया,ये कहकर कि अभी आता हूं,चला गया।रज्जो खुशी खुशी इंतजार करने लगी।

सुबह से दोपहर हो गई,शाम भी होने को आयी,बूढ़ी रज्जो टकटकी लगाए,बेटे के जाने कि दिशा में निहार रही थी।अंत में वहां मौजूद सुरक्षाकर्मियों की नजर उसपर गई।उन्होंने पूछा तो रज्जो ने बताया वह कनाडा जा रही,अपने बेटे के साथ। पर मांजी_ कनाडा की फ्लाइट तो सुबह ही चली गई।पैसेंजर लिस्ट चेक किया गया,जिसमे सुरिंदर जा चुका था।

रज्जो फिर अकेली।अब कहां जाए,सब कुछ बिक चुका था,बेटे ने ऐसा दगा दिया,जो कोई दुश्मन भी किसी के साथ नहीं करता।

वो पथरा गई।ना आंसू निकल रहे, बुत बन चुकी थी, उसने आस्तीन के सांप को दूध पिलाया था। उसके बारे में सुन सभी दुखी हुए और बेटे को कोसने लगे।कहीं तो उनको पनाह देनी थी,इसको सोच कर एयरपोर्ट के कर्मचारियों ने स्वयंसेवी संगठन को फोन किया,और उन्होंने रज्जो को वृद्धाश्रम भेज दिया।

कहानी तो यहां खत्म होती है पर समाज परिवार पर बड़ा प्रश्नचिह्न छोड़ जाती है। बुजुर्गो के प्रति ऐसी संवेदनशीलता!¡! एक मां हमेशा छली गई,अपने ही जिगर के टुकड़े से।

लेखक के बारे में

विजयानन्द विजय मूलतः एक लघुकथाकार हैं।मगर कविता, व्यंग्य व ललित निबंध लेखन में भी इनकी लेखनी समान रूप से सक्रिय रही है।इनकी जन्मस्थली ग़ाजीपुर (उ.प्र.) रही है और वर्त्तमान में ये बिहार में सेवारत हैं। प्राणि विज्ञान, हिन्दी व शिक्षाशास्त्र में स्नातकोत्तर और विज्ञान पृष्ठभूमि से शिक्षा ग्रहण करने के बावजूद साहित्य में इनकी गहन रूचि रही है, और विभिन्न राष्ट्रीय / अंतर्राष्ट्रीय लघुकथा, व्यंग्य व काव्य संकलनों में इन्होंने अपनी सशक्त उपस्थिति दर्ज कराई है। कई समाचार पत्रों / पुस्तकों / संकलनों के ये संपादक भी रहे हैं। इनका एक लघुकथा संग्रह "संवेदनाओं के स्वर" प्रकाशित हुआ है और एक काव्य संग्रह "रंग उभरते ही नहीं" प्रकाशनाधीन है।

पहला प्यार

-विजयानन्द विजय

उस समय मैं बी.एस.सी. कर रहा था। ट्यूशन से अपने घर की ओर चलता, तो कदम बरबस उसके घर की ओर मुड़ जाते। उसके बड़े भैया कालेज में व्याख्याता थे। उनके साथ साहित्य पर चर्चाएँ होती। मैं अपनी रचनाएँ उन्हें सुनाता। वे उन पर अपनी प्रतिक्रियाएँ देते। घंटों तक तर्क और विमर्श होता। मैं अपनी कविताएँ उन्हें सुनाता। मेरी कविताएँ वह भी दरवाजे की ओट से सुना करती। मुझे वहाँ जाना अच्छा लगने लगा था।

एक दिन जब हम आपस में चर्चा में लीन थे, तो चाय की ट्रे रखते हुए उसने मेरी ओर देखकर कहा-"मैं भी अब साड़ी पहनना सीख रही हूँ।"

भैया का ध्यान उस ओर नहीं गया पर मैं इन शब्दों में उतर आए भावों का निहितार्थ समझ, सहसा उसकी आँखों में उतर आए भावों को पढ़ने की कोशिश करने लगा।

उच्च शिक्षा के लिए मुझे दूसरे शहर जाना पड़ा। दो साल बाद एक सेमिनार के सिलसिले में उस शहर में पुनः आना हुआ, तो सहज औपचारिकतावश मैं उसके घर गया। मुझे देख उसकी आँखों में चमकती खुशी, दुनिया को रौशन कर देने वाली थी। उसने मुझे अपने पिता से मिलवाया। चहकते हुए, बड़े प्रेम से मेरी पसंद का खाना खिलाया। बातें हुई। कुछ व्यक्त हुईं, कुछ मौन ही रहीं।

जब मैं घर से निकलने को हुआ, तो वह दौड़ी हुई दरवाजे तक आई पर, उसके कदम ठिठक गये। दरवाजे पर पिता खड़े थे। वो खिड़की से, मुझे सड़क पर जाते देर तक देखती रही। मर्यादाओं में आबद्ध आँसुओं को मैंने उसकी आँखों से झरते देखा।

पंद्रह वर्ष बाद, वक्त ने फिर हमें आमने-सामने ला खड़ा किया। बहुत कुछ बदल चुका था। अब तक....स्मृतियों के सिवा! उसने मुझे अपने पति से मिलवाया। घूम-घूमकर सारा घर दिखलाया। जब हम किचन के बगल से गुजरे, तो उसने किचन की ओर देखते हुए कहा-"देखो, बेटी तुम्हारे लिए खाना बना रही है।"

मैं उसकी झील-सी गहरी आँखों में देखने लगा और इतना ही कह पाया-

"हाँ, हमारी बेटी इतनी ही बड़ी होती, अगर हम जाति-धर्म के संकीर्ण सामाजिक-

रूढ़िवादी बंधनों को तोड़ पाते तो!"

....और शब्द, वक्त के सन्नाटे में गूँजने लगे। मुझे उसकी आँखों में वही कैशोर्य प्रेम नजर आया....नाम चाहे उसे जो भी दें हम!

लेखक के बारे में

विभव सक्सेना पेशे से एक शिक्षक हैं। शिक्षण के बाद लेखन उनका दूसरा सबसे मनपसंद कार्य है। इसलिए जब भी समय मिलता है, वह निबंध, कविताएँ एवं कहानियाँ लिखना पसंद करते हैं। विभिन्न निबंध, कविता एवं कहानी प्रतियोगिताओं में वह कई पुरस्कार जीत चुके हैं।

बारिश की यादें

-विभव सक्सेना

आज एक बार फिर बारिश हो रही है। अरे ये क्या....! वो बच्चे कैसे बारिश में भीगकर मजा ले रहे हैं। ये गरीबों के बच्चे हैं जिनके पास मन बहलाने का और कोई साधन भी नहीं है। महंगे खिलौने और मोबाइल इनकी पहुँच से कोसों दूर हैं। ये कुदरत के करीब हैं और कुदरत इनके। इनकी बारिश में मस्ती देखकर मन हुआ कि मैं भी बचपन में लौट जाऊं।

अचानक पुरानी यादें ताजा हो गयीं। हम सब दोस्त केवल बारिश का इंतजार करते थे। जैसे ही बारिश शुरू होती, सब अपने अपने घरों से निकल जाते। बारिश में कभी कोई खेल खेलना तो भीगकर खुश होना, ऐसा लगता जैसे कोई जन्नत मिल गई हो। यूं तो बारिश में मस्ती करने के सबके अलग अंदाज थे लेकिन एक बात जो सबको अच्छी लगती वो थी बारिश में कागज की नाव को पानी में छोड़ना।

सब अपनी अपनी नाव बनाकर बारिश के पानी में छोड़ते और उसे तैरते हुए देखकर खुश होते। यह एक खेल भी था कि जिसकी नाव आगे जाएगी वही जीतेगा लेकिन किसी के भी जीतने पर अफसोस नहीं होता। जब बारिश तेज हो जाती या पानी भरने से नाव डूब जाती तो नयी नाव बनाकर छोड़ते। कभी कभी बारिश पर गुस्सा भी करते कि उसने हमारी नाव क्यों डुबो दी? लेकिन अगले ही पल गुस्सा ठंडा हो जाता और बारिश रुकने पर फिर से उसका इंतजार शुरू हो जाता।

वाकई कितने अच्छे दिन थे। ना किसी की चिंता और ना हो कोई फ़िक्र। यूं तो हर मौसम पसंद था लेकिन बारिश का अपना अलग ही मजा था। जब भी बारिश होती मन हिलोरे लेने लगता। बारिश एक जरिया थी मौज मस्ती का और सबके साथ आने का। कभी हल्की फुल्की नाराजगी हो भी जाती तो बारिश के आते ही सब दूर हो जाती, सब गिले शिकवे बह जाते और केवल प्यार और अपनापन ही बरसता जिसमें हम सराबोर हो जाते।

आज लगता है कि हम क्यों इतने बड़े हो गये? अब ना तो वो बारिश रही और ना ही वो नादानियाँ। अब ना तो पहले की तरह हम दिल से जुड़े हुए हैं और ना ही वो अपनापन

है। सबको अपनी अपनी फिक्र है और आगे निकलने की होड़। एक दूसरे से मुकाबला करना है और खुद को बेहतर साबित करना है। क्यों सब कुछ इतना बदल गया है? कहने को तो हम बड़े हो गये हैं मगर हकीकत में बहुत छोटे हो गये हैं।

आज इन बच्चों को भीगकर खुश होते देखा तो बचपन की यादें ताजा हो गयीं। काश वो बचपन की बारिश और कागज की नाव के दिन वापस लौट आते। हम सब दोस्त फिर एक हो जाते। सब कुछ पहले जैसा हो जाता। ना कोई शिकवे, ना ही शिकायत, ना कोई घमंड, ना ही किसी से मुकाबला। होता तो बस प्यार और अपनापन। काश वो बारिश फिर से लौट आए....काश....!!

लेखिका के बारे में

अन्नू अग्रहरी पेशे से एक अध्ययनरत विद्यार्थी हैं। वर्तमान में अन्नू दिल्ली विश्वविद्यालय के भारती कालेज में परास्नातक की पढ़ाई में अध्ययनरत हैं।इन्होने अपनी स्नातक की पढ़ाई दिल्ली विश्वविद्यालय के दौलत राम कालेज से पूर्ण की है और यहीं पर ज्ञानार्जन के दौरान कविता लेखन की शुरुआत इनके जीवन में हुयी। समय के साथ धीरे धीरे इन्होने कविता लेखन के साथ-साथ कहानी लेखन पर भी अपनी लेखनी चलायी और इनकी प्रथम कहानी "घृणित शब्द-'ए दे ना''', जोकि transgender पर आधारित एक मार्मिक और यथार्थपरक कहानी है दौलत राम विश्वविद्यालय की पत्रिका प्रमिला में प्रकाशित हो चुकी है और जिसके लिये इन्हे Best 2nd art|cle of the year 2020-21 से सम्मानित किया जा चुका है।

इनकी कुछ कवितायें और लेख स्टोरीमिरर पर प्रकाशित हो चुकी हैं और इन्हें स्टोरीमिरर पर ऑथर ऑफ द वीक पुरस्कार से नवाजित किया गया है, साथ ही इन्हे ऑथर ऑफ द ईयर 2021 के लिये नामित भी किया जा चुका है।

घृणित शब्द-ए दे ना

-अन्नू अग्रहरी

सुजाता और मोहन दोनों के लिए ही आज बड़ा ही शुभ दिन है क्योंकि आज सुजाता एक मां बनने वाली है और मोहन एक पिता आज के दिन सुजाता अपने बच्चे को जन्म देने वाली है।

सुजाता हॉस्पिटल में एडमिट है और मोहन और उसका पूरा परिवार घबराहट के साथ डॉक्टर के बाहर आने की राह देख रहा है सबके हृदय में बस एक ही प्रश्न बार-बार हिलोरे ले रहा है कि लड़का होगा या लड़की और इस प्रश्न के साथ-साथ एक स्वाभाविक सा प्रश्न यह भी कि यदि लड़का हुआ तो हम सब उसको क्या नाम देंगे और यदि लड़की हुई तो उसको क्या?

समाज का यह बड़ा ही सीमित सा दायरा है कि उसके लिए समाज में इज्जत के हकदार सिर्फ दो ही लिंग होते हैं स्त्री और पुरुष और इन दोनों में भी पुरुष का पलड़ा सदा से भारी रहा है। यह किसी भी प्रकार के तीसरे लिंग (किन्नर) को अपनी समाज के सीमित दायरे में नहीं लाना चाहता है।

कुछ समय पश्चात डॉक्टर ऑपरेशन थिएटर से बाहर आती हैं एक मायूस लटका हुआ सा चेहरा लेकर। मोहन और मोहन का पूरा परिवार डॉक्टर के मायूस चेहरे को देखकर और अधिक घबरा जाता है परंतु तभी अंदर से बच्चे के 'केहां-केहां 'कर रोने की आवाज सबके कानों में पड़ती है और पूरे परिवार के चेहरे पर एक साथ खुशी की लहर दौड़ पड़ती है।परंतु तभी डॉ मोहन को धीरे से अपने केबिन में आने को बोलती हैं शायद यह हमारे समाज का एक कड़वा सच ही है कि जिस डॉक्टर को हम भगवान का दूसरा रूप मानते हैं वह धरती का दूसरा भगवान (डॉक्टर) भी तीसरे लिंग को सर्वव्यापी भगवान की रचना नहीं मानता शायद यही कारण है कि जब वह एक माता-पिता को यह बताता है कि आपने किन्नर को जन्म दिया है तो उसके चेहरे पर मुस्कुराहट व प्रसन्नता के भाव नहीं होते जो एक लड़का या लड़की के जन्म के वक्त माता-पिता को बधाई देते समय होती है। मोहन धीरे से डॉक्टर के केबिन में प्रवेश करता है और इस समय उसके हृदय में अनेक प्रश्न उठ रहे होते हैं कि कहीं सुजाता या बच्चे में से किसी की हालत

नाजुक तो नहीं जिसके विषय में बात करने को डॉक्टर ने उसे अपने केबिन में बुलाया है। डॉक्टर धीरे से अपने को सहज करती हुई मोहन को कुर्सी पर बैठने का इशारा करती हैं। मोहन कुर्सी पर बैठते-बैठते डॉक्टर से पूछता है-'क्या हुआ डॉक्टर साहिबा आपने मुझे इस तरह अपने केबिन में क्यों बुलाया कोई दिक्कत की बात तो नहीं है?' डॉक्टर साहिबा को समझ नहीं आता कि वह अपनी इस बात को किस तरह से शुरू करे मुख पर थोड़ी असहजता का भाव लिए वह अपनी बात को इस तरह से शुरू करती हैं-'देखिए मोहन जी ऐसा कई दम्पत्तियों के साथ होता है, यह कोई शर्म की बात नहीं है आज के समय में हमारे समाज में लड़का और लड़की की तरह तीसरे लिंग को भी स्थान दिया जा रहा है।' मोहन चुपचाप उनकी बातों को सुनता है। साफ-साफ शब्दों में ना कहकर डॉक्टर मोहन से कहती हैं-''आपकी बीवी ने जिस बच्चे को जन्म दिया है ना तो वह लड़की है और ना ही लड़का।''

डॉक्टर के मुंह से ऐसी बात सुनकर मोहन का पूरा शरीर ऐसे तिलमिला उठा मानो आकाश की कोई कड़कती बिजली उसके ऊपर गिर गई हो और शरीर के जलन की पीड़ा से वह तिलमिला उठा हो।डॉक्टर के साफ-साफ ना कहे शब्द अब उसके कानों में साफ-साफ गूँज रहे थे-(तुम्हारा बच्चा किन्नर है, तुम्हारा बच्चा किन्नर है,............)। अचानक अपने दोनों कानों पर हाथ रखकर मोहन इतनी जोर से चीखा मानो यह शब्द अब उसके लिए अत्यंत असहनीय हो। अपना आपा और होश संभालते हुए मोहन ने डॉक्टर से सिर्फ इतना कहा कि-' यह मेरा बच्चा नहीं है, मैं इस बच्चे को कभी नहीं अपना सकता, मैं इस बच्चे को अपने साथ नहीं ले जाऊंगा।' मोहन के ऐसा कहने पर डॉक्टर ने मोहन को समझाने की बहुत कोशिश की पर मोहन कुछ भी सुनने को तैयार ना था। वह यह कहते-कहते डॉक्टर के केबिन से बाहर आ गया कि मैं इस बच्चे को अपने साथ नहीं ले जाऊंगा।

सदियों से पुरुष के कोप का भाजन सदा से एक स्त्री रही है,पुरूष को अपना क्रोध कम करने के लिए स्त्री एक उत्तम मार्ग नजर आती है क्योंकि पुरुष हमेशा से स्त्री से अपने को शक्तिशाली मानता रहा है। वैज्ञानिक रूप से यह प्रमाणित किया जा चुका है कि प्रसव का कार्य भले ही एक स्त्री का हो परंतु एक भ्रूण के लिंग का निर्धारण पुरुष के गुण सूत्रों पर निर्भर करता है। परंतु हम यहां उसके लिए दोनों (स्त्री-पुरुष) को सहभागी मान कर चलते हैं ताकी एक पक्ष को इसका इकलौता गुनहगार या जिम्मेदार न समझा जाए या यूँ कह लीजिए कि एक का पक्ष लेकर दूसरे के साथ पक्षपात ना किया जाए।परंतु न पढ़ा

लिखा हुआ समाज सदा से भ्रूण के लिंग निर्धारण के लिए स्त्री को ही जिम्मेदार मानता रहा है और कई बार यह पढ़े लिखे समाज में भी देखने को मिल जाता है। इसी प्रकार एक कड़वा सच यह भी है कि 'ना पढ़े लिखे' समाज के साथ-साथ 'पढ़े-लिखे' समाज का आधे से ज्यादा हिस्सा आज भी तीसरे लिंग को सभ्य समाज का अंग नहीं समझता है।

आज भी मोहन के कोप का भाजन उसकी पत्नी सुजाता को होना पड़ा। प्रसव की कमजोरी के कारण सुजाता अभी भी बेहोश हॉस्पिटल के बेड पर लेटी थी और उसके बच्चे को भी कमजोर होने के कारण ऑक्सीजन चेंबर में लिटाया गया था।

तिलमिलाता हुआ मोहन अपने परिवार के पास आकर गुस्से से बड़बड़ाने लगा- 'यह बच्चा जिसको सुजाता ने जन्म दिया है वह बच्चा मेरा नहीं है, आज से सुजाता मेरी पत्नी नहीं है, आप सब लोग अभी इसी वक्त मेरे साथ घर चलिए,आज से मेरा सुजाता के साथ कोई संबंध नहीं है।' इतना कुछ बड़बड़ाते हुए मोहन हॉस्पिटल से बाहर निकलने लगा। उसे रोकने के लिए परिवार के बाकी सदस्य भी उसके पीछे-पीछे बाहर आ गए। परिवार के किसी भी सदस्य को मोहन की बातें समझ नहीं आ रही थी।जैसे ही मोहन हॉस्पिटल के दरवाजे पर पहुंचा सामने से किन्नरों का एक समूह बधाइयां देता तालियां बजाता हुआ मोहन के समक्ष आ खड़ा हुआ।

एक पीड़ादायक सत्य यह भी है कि समाज के जिस वर्ग,समूह को हम अपने समाज का हिस्सा मानने से भी इनकार करते हैं वही समूह, वर्ग समाज के प्रत्येक परिवार की सबसे बड़ी खुशी के समय बधाइयां देने तथा परिवार के नए नन्हे सदस्य को आशीर्वाद देने सबसे पहले आते हैं। कुछ क्षण पश्चात उन किन्नरों में से एक किन्नर ने तालियां बजाते हुए मोहन को बधाई दी तथा बच्चे के जन्म की खुशी में कुछ इन शब्दों में मोहन से नेग मांगा-'ए दे ना'।

शायद यह शब्द समाज के बहिष्कार ने उन्हें अपनाने को मजबूर कर दिया है या यूं कहें कि वे ही समाज से स्वयं के लिए कुछ मांगने के लिए उस शब्द को अपनाने के लिए मजबूर हो गए हैं। किन्नर के इस शब्द को सुनते ही मोहन ने अपने बच्चे के रूप की कल्पना किन्नर के रूप में की। अपने बच्चे की उस स्थिति और शब्द के साथ कल्पना करते ही मोहन का हृदय घृणा और क्रोध से भर गया। शायद मोहन के अहम् के समक्ष पिता का प्रेम हार चुका था।

लेखक के बारे में

अपनी कर्मभूमि-सिंगापूर में दो दशक बिताने के बावजूद **डॉ. शिरीष जौहरी** का हृदय आज भी मातृभूमि इंदौर में बसा है। डॉ. शिरीष लन्दन से MRCS उपाधिधारी इ. एन. टी. सर्जन है। और सिंगापूर के नेशनल हैल्थकेयर ग्रुप संचालित हॉस्पिटल में कार्यरत है। वर्षों से मेडिकल जर्नल्स एवं देशी विदेशी समाचार पत्रों, मैगज़ीनों में लिखते रहे हैं। आपके द्वारा लिखित स्वास्थ्य सम्बन्धित लेख सिंगापूर के स्ट्रेट्स टाइम्स और भारत के दैनिक भास्कर राष्ट्रीय संस्करण में प्रकाशित हुवे है। विदेशों में पल रही भारतीय पीढ़ियों को अपनी संस्कृति से जडी रखने के लिए सदा प्रयासरत हैं और इस उद्शद्य के लिए मातृ भाषा को माध्यम बनाते हैं। विश्व की अनेक देशो की यात्राओ के अनुभव और अपने आस पास घट रही खट्टी मीठी घटनाओ को शब्दों में अभिव्यक्त करने की रूचि ने उन्हें हिदी लेखन की ओर प्रेरित किया है। स्टोरीमिरर पर इनके कुछ लेख अत्यंत सराहे गए हैं।

कोरोना, कितना है डरना?

-डॉ. शिरीष जौहरी

यदा यदा ही धर्मस्य, ग्लानिर्भवति भारतः

अभ्युत्थानम अधर्मस्यः

तदात्मानम सृजंयाहम।

भगवत गीता की उक्त पंक्तिया आज के परिपेक्ष्य में कैसी साकार होती दिख रही हैं।1980 का दशक याद है? पश्चिमी विश्व की उच्छृंकलता को एड्स नाम की बीमारी ने जैसे दण्डित सा किया था। महामारियाँ हों या युद्ध, भूकंप हो या ज्वालामुखी, प्रकृति समय समय पर मानव को अपनी शक्ति का परिचय कराती रही है। इतिहास में रूचि रखने वालो को तो याद ही होगा कैसे प्लेग और हैजे जैसी महामारी लाखों जीवन हरने के लिए कुख्यात रही है। ज्यादा दूर न जाते हुए, हाल की ही बात करें तो 2009 में अल कायदा का एक पूरा का पूरा गुट जैविक हथियार बनाते बनाते खुद प्लेग का शिकार हो गया था।

संभवतः आज की पीढ़ी को अहसास करने के लिए ही इक्कीसवी शताब्दी का तीसरा दशक मानव सभ्यता के लिए बड़ी चुनौती ले कर आया है। कोरोना वाइरस कोई नया नहीं है लेकिन 2019 के आखिरी महीनो में इसका एक बिगडे स्वरुप COVID 19 ने सम्पूर्ण विश्व को जैसे घुटनो पर ला दिया है। बड़ी बड़ी महाशक्तियां आज इसके आगे नतमस्तक है। किसी ने सोचा भी नहीं होगा कि निहायत ही छोटा सा एक वायरस विश्व शक्तियों को अंतर्राष्ट्रीय सीमाओं की तालेबंदी, शेयर बाजार में हड़कंप, मंदिर मस्जिद, गुरूद्वारे और चर्च के दरवाजे बंद करने जैसे कदम उठाने पर बाध्य कर देगा। विश्व स्वास्थ्य संगठन को आमजन शायद ही इतने कभी पहचानते हों लेकिन आज इसके डायरेक्टर जनरल डॉ। टेड्रोस का नाम हर टीवी एंकर की जुबान पर है।

तो हमें किस हद तक संभल कर रहना होगा? क्या सरकारों द्वारा लिए गए कठोर कदम सिर्फ तानाशाही दिखने के लिए है? हम क्या सिर्फ यह सोच कर आत्मसंतुष्ट हो जाएं कि यह तो सिर्फ चीन या इटली या किसी बाहर से हुवे यात्री की समस्या है?

आज कोई भी समाचार पत्र या टीवी चॅनेल इन प्रश्नो के आसान और डराने वाले

उत्तर दे देगा। जानकारियां भरपूर है लेकिन जरूरत है समझ की, अपने व्यव्हार और मानसिकता में परिवर्तन लाने की, प्रकृति का सम्मान करने की। आपने पढ़ा होगा कि कोरोना वायरस से पीड़ित एक इटली रिटर्न नवविवाहिता स्वास्थ्य अधिकारियो को धता बता कर आइसोलेशन वार्ड से फरार हो गयी और विभिन्न मार्गो से यात्रा करते हुवे बंगलोर से आगरा पहुँच गयी, कल्पना ही कर सकते हैं कि कितनी जगहों पर और कितने स्वस्थ्य व्यक्तियों पर उसने वायरस का प्रसार कर दिया होगा। इस तरह की मानसिकता वालों को कोरोनावायरस इन्फेक्शन साधारण सर्दी जुकाम सी घटना लगे लेकिन तथ्य है की COVID 19 कोई आम वायरस नहीं बल्कि तेजी से फैलने की खासियत रखने वाला और कम समय में फेफड़ो में धंसते हुवे एक साधारण सर्दी जुकाम को बहुत तेजी से निमोनिया सी गंभीर स्थिति पर पहुंचाने वाली क्षमता रखता है।

दलील है की इस वायरस से मृत्यु होने का खतरा बहुत थोड़ा है और अधिकतर संक्रमित व्यक्ति मामूली सर्दी खासी के बाद ठीक हो जाएंगे, सिर्फ बूढ़े या बीमार लोगो को ही ज्यादह खतरा है लेकिन न भूलें कि कुछ संक्रमित चाहे किसी भी उम्र के हो, निमोनिया की वजह से ऑक्सीजन या वेंटीलेटर की आवश्यकता पड़ सकती है और उसी स्थिति में मौत का खतरा भी हो सकता है।

कल्पना करें कि किसी क्षेत्र या देश में एक बड़ी आबादी को वाइरस का हमला हो जाता है, संक्रमितों में से कुछ हजार मरीजों को एकदम से वेंटीलेटर की जरूरत पड़ती है, लेकिन वेंटीलेटर मशीने सीमीत संख्या में ही उपलब्ध है, इस प्रकार की युद्ध जैसी स्थिति बनने पर किसी मरीज के ठीक होने या परास्त होने का निर्णय तो शायद प्रकृति द्वारा ही होगा लेकिन किसे इलाज मिले और किसे नहीं इसका निर्णय तो अस्पताल, या डॉक्टर द्वारा ही किया जाएगा। कई मरीज जो शायद ठीक होने की सम्भावना रखते हैं, सिर्फ वेंटीलेटर न उपलब्ध होने पर काल कवलित हो सकते हैं।चलिए जैसे चीन ने एक हफ्ते से भी काम समय में अति आधुनिक और टेक्नोलॉजी से सुसज्जित हॉस्पिटल बना लिया वैसे ही औद्योगिक इकाइयां युद्ध स्तर पर वेंटिलेटर्स की पूर्ति कर देगी। लेकिन आपने अस्पताल या मशीन बना भी लें तो उनको चलने के लिए डॉक्टर, नर्सेज या हेल्थ वर्कर्स रातो रात तैयार नहीं हो सकते। जो डॉक्टर या नर्सेज उपलब्ध हैं वो भी अपनी शारीरिक क्षमता के अनुसार ही उतने घंटे काम कर पाएंगे। अर्थात महामारी के बढ़ने से कई लोग इलाज से वंचित रह जाएंगे।

सुनना भयावह लगता है? लेकिन। कोरोना से डरने नहीं बल्कि सतर्क रहने की

जरूरत है। कुछ सावधानियों के साथ हम अपने आपको सुरक्षित रख सकते है। सिर्फ अपनी आदतों पर कुछ काबू पाना होगा, अपने व्यव्हार में परिवर्तन करने होंगे।

मुख्या संकेत शब्द है-हैंड हाइजीन, हैंड हाइजीन और हैंड हाइजीन। नियमित रूप से हाथों को सेनिटाइज़ करते रहे, नाक और आँख पर हाथ या ऊँगली लगाने से पहले तो जरूर अच्छे से हाथ धोये। सामाजिक जमाव से बचे, कुछ हफ्तों के लिए सिनेमा हालो से, भीड़ भाड़ वाली ऑडिटोरियम से, यात्राओं से परहेज करे। स्वास्थ्य मंत्रालयों द्वारा जारी निर्देशों का पालन करे, ये सरकारी निर्णय विशेषज्ञों द्वारा शोध पत्रों के आधार पर लिए गए हैं, इन पर विश्वास करें और अगर आप संक्रमित हैं तो क्वारंटाइन नियमो का पालन करें। स्वस्थ व्यक्तियों को मास्क या सुरक्षा वस्त्र पहनने की आवश्यकता नहीं है।

हम सब मिल कर इस महामारी पर विजय पा सकते हैं। इस संकट की घडी में हम सबको एक साथ होना अति आवश्यक है।

लेखिका के बारे में

इस कहानी की लेखिका **मंजू रानी** आजकल ऑनलाइन पढ़ाती हैं। उन्होंने एम एड, पीजी डिप्लोमा इन हिंदी ट्रांसलेशन और एम एस इन काउंसलिंग एंड साइकोथेरेपी किया है। उन्होंने कुछ वर्ष विद्यालय में पढ़ाया व काउंसलिंग भी की है। उन्होंने थोड़े समय पहले छोटे बच्चों के लिए "पढ़े मात्राएँ" पुस्तक लिखी है। उनकी लेखनी के पर तो बचपन में ही निकाल लिए थे पर वह उड़ नहीं पाई। बस अब अपनी बेटियों और स्टोरीमिरर की सहायता से उनकी लेखनी उड़ने का प्रयत्न कर रही है।

संडे

-मंजू रानी

आज संडे का इतना महत्व नहीं रहा और कोरोना ने तो संडे भूला दिया। रोज़ संडे ही लगता है। पहले तो संडे जाता नहीं था और संडे का इंतज़ार शुरू हो जाता था। ये तब की बात है जब छोटे-छोटे शहरों में टीवी नहीं था। हर संडे लोग हॉल पर पिक्चर देखने जाते थे।

हम भी रिक्शा में बैठ हॉल तक जाते थे। हम यानि मम्मी-पापा, भैया और मैं। अक्सर भैया रिक्शे में पीछे डंडे पर खडे होते थे। उस दिन वो पैंट पहने हुए थे और बडे आराम से डंडे पर खड़े थे। बीच-बीच में बातें कर रहे थे। अचानक चीखने की आवाज़ आई और पीछे से साईकिल पर सवार लोग चिल्ला रहे थे बच्चे का पैर गया, पैर गया, रिक्शा रोको,रोको।

जैसे ही रिक्शा रुकी, हम पीछे पलटे और पापा कूद कर पिछे गए। देखा भैया की पतलून एक पैर की तरफ से रिक्शा के उस पाईप में लिपटी जा रही थी लिपटते-लिपटते वो जांघ तक पहुँच चुकी थी इसलिए भैया चिल्लाये थे। पापा चिख कर बोले बताया क्यों नहीं।? भैया बोला कि उसे ही पता नहीं चला।

मम्मी घबरा कर रिक्शे से निचे उतरी और भैया को गले लगा लिया। मैं तो रोने लगी। पापा ने मुझे चुप करवाया। फिर उसी रिक्शा से वापस घर आ गए। इस बार पापा ने भैया को अपनी गोद में बिठा लिया था।

घर पर सन्नाटा छाया था। फिर थोड़ी देर में मम्मी बोली आज के बाद हम सिनेमा देखने नहीं जायेंगे। पापा ने भी हाँ में हाँ मिला दी।

फिर संडे आया। दोपहर तक सब शान्त था,फिर चार बजे माँ ने पूछा कि आज शाम के खाने में क्या खाना है। झट से पापा बोले "बाहर चलते हैं।"

माँ,चौक गयी, बोली "बाहर"। पापा बोले हाँ, "बाहर,"

हर बार की तरह पहले पिक्चर देखेंगे छह से बारह का शो फिर "महक" में खाना खाएँगे। मैं और मेरा भाई खुशी से चिल्ला उठे। पापा बोले हर समय थोड़े ही हादसे होते

हैं। ये तो समय, समय की बात है। हमें अच्छा ही सोचना चाहिए। संडे तो मनोरंजन के लिए होता है, चलो चलते हैं।

लेखिका के बारे में

"रचना" पेशे से शिक्षिका हैं पर इनका मन रमता है लेखन में। बात मुक्तक लिखने की हो या हो कविता कहानियों की, सभी विधाओं में इनको महारथ हासिल है। शिक्षण कार्य में नए प्रयोग और लेखन में नए आयाम स्थापित करना ही इनका उद्देश्य है। ये समाज और प्रकृति को अपनी रचनाओं में जीवंत कर देती हैं। इन्होंने भावनाओं और अनुभव का सम्मिश्रण कर संस्कृत शिक्षण को नए मुकाम पर पहुंचाया है। भारतीय संस्कृति व दर्शन से इन्हें बहुत लगाव है। साहित्यक, ज्योतिष और शिक्षण क्षेत्र में इन्हें अनेकों सम्मान प्राप्त हुए हैं।

"नारी हूं मैं", "कुछ कहानियां मन की", "अस्तित्व" व "एहसास दिलों के" नामक साझा संग्रहों में ये सहभागिता कर चुकी हैं। ये रचनात्मक कार्य करने की शौकीन हैं। सामाजिक व साहित्यक समारोह में शिरकत करना इन्हें पसंद है। ये चित्रकला व पाककला में समय व्यतीत करना पसंद करती हैं। अपनी कहानियों व कविताओं के माध्यम से ये समाज को एक नया सकारात्मक दृष्टिकोण देना चाहती हैं। ये स्टोरीमिरर पर नियमित रूप से लेखन करती हैं। आप वहां पर इनकी कविताएं व कहानियां पढ़ सकते हैं।

मासूम रोहन

-रचना शर्मा "राही"

त्रिशा को रह रह कर वो बात याद आ रही थी। उसे तो अपने कानों पर विश्वास ही नहीं हो रहा था। कल की ही बात है कि उसकी कक्षा में पढ़ने वाला रोहन बताते हुए भी कांप रहा था। चौथी कक्षा का ही तो छात्र है। हमेशा पढ़ाई में व खेल-कूद में अव्वल आता। पर आजकल कुछ गुमसुम रहता। एक बार रोहन की ड्राइंग देखकर त्रिशा के तो पैरों तले जमीं खिसक गई। त्रिशा ने कई बार उससे बात करने की कोशिश की लेकिन कोई ना कोई बहाना बनाकर वो चला जाता।

लेकिन अब उसके व्यवहार में बदलाव आने लगा। पढ़ाई में भी वो पिछड़ने लगा। तब त्रिशा ने उससे कैसे भी बात करने का निर्णय लिया। विद्यायल में फंक्शन होने वाला था। सभी उसकी तैयारियों में जुटे थे। ये अच्छा मौक़ा था रोहन के मन की बात जानने का। उसने रोहन को अपने पास बुलाया और प्यार से बात करने लगी। रोहन से उसकी दिनचर्या पूछी। रोहन ना जाने क्यों बताते बताते घबरा रहा था। उसने रोहन को समझाया कि कोई भी बात ऐसी नहीं होती कि हम अपने बड़ों को ना बता सकें। त्रिशा ने कहा-अगर तुम्हें कोई भी तकलीफ है तो मुझे बताओ। मैं तुम्हारी हर संभव मदद करूंगी।

रोहन ने कहा-मैडम! मेरी मम्मी और पापा दोनों रात में घर आते हैं। तब तक एक आंटी मेरे पास रहती हैं। वो अभी कुछ दिनों पहले ही आई हैं। पहले वाली आंटी गांव गईं तब से ही। मैडम! मुझे ना अच्छा नहीं लगता जब वो मुझे छूती हैं। जब मैं मना करता हूं तो कहती हैं कि तुम्हारे मम्मी पापा से पिटाई करा दूंगी।

त्रिशा ने कहा-रोहन! खुलकर मुझे बताओ कि आंटी कहां छूती हैं तुम्हें??? रोहन ने जो बताया तो त्रिशा के होश उड़ गए। इतने मासूम बच्चे के शरीर के साथ कोई कैसे खिलवाड़ कर सकता है??? उसके नाज़ुक निजी अंगों से कोई कैसे खेल सकता है??? ख़ैर त्रिशा ने रोहन को समझाया कि इसमें उसकी कोई गलती नहीं है और वो डरे नहीं। जल्दी ही वो इसका हल निकलेगी।

त्रिशा ने रोहन के माता पिता से मिलने का फैसला किया। जल्दी ही समय निकालकर उसने उनसे बात करके मिलने का दिन निश्चित किया। आज वो रोहन के माता पिता से

मिलने जा रही है। उन्हें भी समझ नहीं आ रहा था कि क्या बात है जो रोहन की शिक्षिका उनसे मिलना चाहती है।

त्रिशा ने ज्यादा समय ना लेते हुए उनसे उनकी दिनचर्या पूछी व रोहन के व्यवहार में आए बदलाव के बारे में बताया। फिर उनके घर पर रोहन को संभालने वाली औरत के बारे में बात की। उसके माता पिता को भी यकीन नहीं हो रहा था। तब त्रिशा ने बताया कि पिछले तीन महीने से उसमें ये बदलाव आया है। एक बार जब रोहन ने एक ड्राइंग बनाई तो वो हैरान रह गई। उस ड्राइंग में एक बच्चा था जिसने कोई कपड़ा नहीं पहना हुआ था और एक औरत जिसके सींग बने थे। तभी उसे कुछ शक हुआ और रोहन से बात करने पर उसका शक यकीन में बदल गया। त्रिशा ने वो ड्राइंग उसके माता पिता को भी दिखाई।

रोहन के माता पिता ने घर में स्पाई कैमरा लगा उस औरत को रंगे हाथों पकड़ा व पुलिस को सौंप दिया। त्रिशा ख़ुश थी कि समय रहते उसने एक मासूम बच्चे के बचपन को बचा लिया।

लेखिका के बारे में

शैली स्वभाव से कलाप्रेमी हैं। पेंटिंग उनका पहला प्यार है, वाटर कलर से शुरू करके डिजिटल आर्ट तक की यात्रा की है। वह फ्रीलांस ग्राफिक डिजाइनर हैं। संस्कृत में स्नातकोत्तर के बाद धर्म शास्त्र पर 4 वर्षों तक विभिन्न विश्वविद्यालयों में शोध किया है। गिटार बजाती हैं, संगीत से भी प्रेम है। SwahilISpace में संस्कृत से अंग्रेजी और हिंदी अनुवादक हैं।

उनके मन के भाव जब चित्रों से अभिव्यक्त नहीं हो पाते तो कविता और कहानी के रास्ते पन्नों पर उतर जाते हैं। स्टोरीमिरर से प्रकाशित अंग्रेजी कविता के संग्रह में उनकी कविता प्रकाशित हो चुकी। कुछ राष्ट्रीय, अंतर्राष्ट्रीय पत्रिकाओं पर भी लेख, कविताएँ प्रकाशित होती रहती हैं। प्रिंट मीडिया में यह उनकी की पहली कहानी है, आगे की यात्रा पाठकों की प्रतिक्रिया के साथ करने की कामना करती हैं।

ये क्या हुआ?

-शैली त्रिपाठी

क्या कभी खुली आँखों से कुछ भी न दीखना महसूस किया है?

साँसे चलते रहने पर भी घुटन?

कोई बीमारी न होने पर बीमार सा?

पैर होते हुए, अपाहिजपन? दिमाग़ होते हुए विचार शून्यता... लोगों के साथ रहते हुए घनघोर अकेलापन...

दो दिन से खाना न खाने पर भी भूख न लगना और चमकती जून की दुपहरी में अँधेरा?

समय रुका सा, आसपास सब कुछ थमा सा था...

परिवार के बीच रह रहा हूँ, सुबह उठ कर प्राणायाम और योग करता हूँ। दिन में टी वी देखता हूँ, फेस बुक और व्हाट्सैप पर संदेश आते हैं, उत्तर भी लिखता हूँ। न मैं किशोर हूँ न जवानी रह गयी है, 35 साल की सरकारी नौकरी कर के रिटायर हो चुका हूँ। अपना घर, परिवार, गाड़ी, मकान, बाल-बच्चे सभी हैं। पेंशन है, बैंक में पैसे हैं, बीमा है... यानी सभी कुछ है जो एक शान्त सुखी जीवन जीने के लिए दुनिया की नज़रों में ज़रूरी है।

बच्चे भी नौकरी में हैं, स्वास्थ्य भी ठीक, लेकिन कुछ तो ऐसा है जो नहीं है... शायद उसे सुख और प्रसन्नता कहते हैं।

पुरानी यादें भला कहां पीछा छोड़ती हैं। आर्किटेक्ट के इम्तहान का नतीजा निकला था। पहली पोज़ीशन। ख़ुशी तो होनी ही थी। पहली बार मन में द्वन्द्व था कि दोस्तों के साथ बीयर पी कर ख़ुशी मनाई जाए या फिर माँ-बाप के पाँव छूकर आशीर्वाद लिया जाए। वैसे हनुमान मंदिर जा कर प्रसाद भी चढ़ाने का मन था। मगर दोस्त जीत गये। उस नशे की याद आज भी कभी कभार हवा में उड़ने का सा आभास दिला देती है।

जब भाग्य साथ दे तो सब ठीक ही होता है। रिज़ल्ट आने के दो महीने के भीतर ही सरकारी नौकरी भी मिल गयी। पिता जी के मन की इच्छा जैसे भगवान ने सुन ली थी। पहली पोस्टिंग ही इलाहाबाद में मिली। हमीरपुर में रहने वालों के सपने भी छोटे ही होते

हैं। इलाहाबाद और बनारस तक ही जाकर रुक जाते हैं। दिल्ली और मुंबई सपनों की चादर में छेद नहीं कर पाते।

माँ ने कुछ बर्तन, बिस्तर और कपड़े, स्वेटर वगैरह उत्साह से बाँध कर। दही पेड़ा खिला माथे पर भगवान का रोली-अक्षत लगा कर विदा किया था। थोड़ा डर, ढेर सा उत्साह और माँ बाप के आशीर्वाद से लैस चल पड़ा था। छोटे भाई-बहिन क्योंकि होस्टल में रह कर पढ़ाई कर रहे थे तो बस चिट्ठियों और फोन से ही मेरी इस नयी यात्रा में शामिल होने की कोशिश कर रहे थे।

इलाहाबाद में स्टाफ़ के लोग बहुत समझदार थे। जाने से पहले ही मेरे लिए दो कमरों का घर और मस्टररोल पर रखे जाने वाले एक बन्दे को, मेरे खानसामे और सहायक की तरह से खोज रखा था। यह महकमा अभी नया बना था, तो कुछ उपरी अधिकारियों के अलावा सारा स्टाफ़ जवान था। इसलिये साथ या कुछ पद नीचे काम करने वाले कर्मचारी, दोस्त बन गये। जिन्दगी मज़े में चलने लगी थी। दिन भर काम के बाद शाम को शहर घूमना, रात में घर आ कर खाना-पीना कर सोना... कुल मिलाकर जिन्दगी से कोई शिकायत नहीं थी।

जब बेटे को पक्की नौकरी मिल जाये तो भारतीय माँ-बाप को बच्चे की शादी की चिंता न सताये ऐसा कैसे हो सकता है? हिन्दू, ठाकुर समाज में कोई सरकारी अफ़सर बन जाये तो उसके लिए 'बर-देखखू' न आयें, यह तो असम्भव सा है। घर पर अपनी सुयोग्य कन्या का रिश्ता लेकर आने वालों का ताँता लग गया। बहुत से रिश्ते तो घर पर ही फिल्टर हो जाते थे। कुछ रिश्ते मय-फोटो मेरे पास भी आते थे। बड़ा अच्छा 'फ़ील' होता था। मन ही मन मुस्कुरा भी लेता कि कितनी इंपॉर्टेंस मिल रही है।

जवानी में बीवी की कल्पना यानी ... सेक्स और मस्ती, घूमना-फिरना, पिक्चर देखना, अच्छा खाना और सुख से सोना। इन बातों के अलावा कोई बात ध्यान में ही नहीं आती थी। आज की पीढ़ी हमारे ज़माने के बारे में सोच भी नहीं सकती। हम ब्यॉज़ स्कूल में पढ़ते थे, लड़कियां गर्ल्स स्कूल में। रास्ते में आते-जाते ही कन्या दर्शन कर के जवानों को मन मार लेना होता था। प्रोफेशनल कॉलेज में कहीं भूली-भटकी कोई एक दो कन्याएं अगर आ भी जाती थीं, तो इतने जूनियर-सीनियर तरसे हुए जवानों के बीच किसी का भाग्य उसकी दोस्ती से नहीं चमकता था। कुल मिलाकर शादी तक वर्जिन रहना मज़बूरी होती थी। ऐसे में शादी का आकर्षण कितना तीव्र होता था, इसकी कल्पना आज के

युवक सपने में भी नहीं कर सकते।

मैं भी किसी कमसिन की, गोरी छरहरी काया, सुन्दर से चेहरे को चूमने और आलिंगन में भरने के सपने, खुली आँखों से देखता था। जो भी फोटो आती उसे अपने बिस्तर में लेटे हुए कल्पना करता था। उसके जिस्म की महक को महसूस करते हुए फोटो की बारीकी से जाँच करता... बहुतों को रिजेक्ट करता गया। लेकिन एक दिन वो फोटो भी आ गयी, जिसे देख कर मन बोला... “हाँ यही है वो”। माँ-बाप को मन माँगी मुराद मिल गयी, कन्या देखने की तारीख़ निश्चित हुई। लड़की तो फोटो से भी सुन्दर और दिलकश निकली और फिर शादी तय हो गयी। मैं फोटो और पता लेकर वापस इलाहाबाद आ गया। शादी के सपनों में खोया, तय तारीख़ के इंतजार में दिन गिनने लगा।

मैं क्रांतिकारी विचारों का नहीं था। जानता था कि घर का सामान और दहेज़ भी भरपूर मिलेगा। उसके बिना घर वाले शादी के लिए हाँ कर ही नहीं सकते। आगे की जिन्दगी बिल्कुल हसीन ख्वाब सी दिख रही थी... किसी दुःख, ग़म या परेशानी का गुमान भी नहीं था।

अभी तक कि जिंदगी खूब मज़े में गुज़री थी। पिता डॉक्टर थे, नौकरी के साथ प्राइवेट प्रैक्टिस भी करते थे। पुश्तैनी ज़मीन-जायदाद थी। बस एक छोटा भाई और बहिन। छोटा सा पढ़ा-लिखा परिवार, सुख सुविधा, नौकर-चाकर। निर्विघ्न पढ़ाई, नौकरी और अब सुन्दर पढ़ी-लिखी लड़की से शादी। न जिन्दगी में कोई दुःख था न अभाव तो सपने भी रंगीन और हसीन थे।

आज सोचता हूं कितना अलग था वो ज़माना। आज जैसी गति नहीं थी। आँखों में शर्म-लिहाज़ मौजूद था। सरकारी नौकरी सबका सपना होती थी। निजी और मल्टीनैशनल कम्पनियाँ भारत में नहीं आयी थीं। अर्थव्यवस्था की हालत बुरी थी। सरकारी नौकरी के अलावा डॉक्टर, इंजीनियर और कुछ चार्टड एकाउंटेंट आदि बन जाते थे। इन्हीं के पास अच्छी आमदनी होती थी। इसे अपना भाग्य ही मान सकता हूं कि मेरी गिनती उच्च मध्यम-वर्ग में होती थी। इसीलिए दुःख-परेशानी देखी नहीं थी। विचार भी, “खाओ, पियो मौज करो”, से आगे जाते नहीं थे।

मेरी स्थिति से उलट मेरी भावी पत्नी एक निम्न मध्यमवर्ग से थी। परिवार भी बड़ा था पाँच भाई-बहिनों का। पिता छोटी सी सरकारी नौकरी करते थे। कुछ दिन पूर्व ही क्लर्क से अफ़सर के ग्रेड में पहुँचे थे। तभी तो मेरी नकचढ़ी माँ को कोई आपत्ति नहीं हुई। परिवार

पढ़ा-लिखा था। सुन्दर सभी थे, तो बहिनों की शादियाँ अच्छी जगह हुई थी। भाई अच्छी नौकरियों में थे। मेरी होने वाली पत्नी भी बहुत मेधावी थी। लेकिन पिता के परंपरागत विचारों के कारण उसे नौकरी करने की अनुमानित नहीं मिली थी। ऐसे में शादी करने में आगे कोई परेशानी भी आ सकती है, ऐसी कल्पना भी नहीं थी।

शादी की तारीख़ तय हो गयी थी। कुछ समय बाद धूम-धाम से शादी हो गई और मैं अपने सपनों की रानी को दुल्हन बना कर घर ले आया। दिन कटा, रात के इंतजार में। बस इन्हीं सपनों में खोया रहा कि कब मिलेगी मेरी सुन्दर सेक्सी सी बीवी, कब उसे बांहों में भर कर, अभी तक के देखे रंगीन सपने पूरे करूँगा।

रात के लिए बहुत सुन्दर कपड़े निकाले, सबसे महँगा परफ्यूम लगाया। चाव से ख़रीदा सोने का सुन्दर नेकलेस निकाल कर रखा, जो मुझे बीवी को सुहागरात में उपहार देना था। इंतज़ार था माँ की पुकार का कि, "बेटे आओ, तुम्हारा खाना तुम्हारे कमरे में लगा दिया गया है।"

मेरा परिवार छोटा सा था, अपने नाते-रिश्ते में कुछ ही लोग ऐसे थे, जिनकी औक़ात हमारे आसपास आती थी। इसलिये शादी में मेहमान भी बहुत कम थे। भाभी, जीजा या चाची-मामी या उनके बच्चों की हँसी-ठठ्ठा वाला चक्कर नहीं था। पिता का अनुशासन कुछ ऐसा था कि फ़िल्मों में शादी के जो सीन दिखाये जाते हैं वैसा कुछ नहीं था। सभी मेहमान खाना खाकर अपनी जगह सोने चले गये थे।

माँ के बुलावे पर, मैं खुशी और उत्तेजना से मैं कमरे में पहुँचा...। कल्पना थी कि, पत्नी सजी हुई, घूंघट निकले फ़िल्मी अंदाज़ में सजे हुए पलंग पर बैठी, हर आहट पर पर चौंक कर पिया का इंतज़ार करती मिलेगी। लेकिन मैं चौंक गया। वह रात के लिए बहुत समान्य से कपड़े पहने, बिना किसी खास गहनों के बिना मेकअप बिस्तर की जगह कुर्सी पर, किसी सोच में, सीने पर हाथ बाँधे बैठी थी। उसमें कुछ भी मेरी मधुर कल्पना से मेल खाता हुआ नहीं था। मेज़ पर खाना लगा था। वो न चौंकी न शर्मायी ही, किसी तरह का आमंत्रण उसकी आँखों में नहीं दिखा। पहली बार में ही मेरे आधे सपने चकनाचूर हो गये। मैं दरवाज़े पर ठिठक कर देखता रहा...। यहाँ मुझे पहली बार खुरदरी ज़मीन पर पैर टकराने का एहसास हुआ।

जब मैंने दरवाज़ा बन्द किया तो उसने चौंक कर देखा। सामने पड़ी कुर्सी की ओर इशारा करके कहा, "बैठिए कुछ बातें करनी हैं"। मैं समझ ही नहीं सका कि ये मेरी पत्नी,

मेरी प्रेमिका है या कोई टीचर... दिमाग़ कुछ ऐसे चक्कर ले रहा था कि, मैं वास्तव में शादी के बाद सुहागरात के कमरे में हूँ या ऑफिस में किसी अधिकारी के सामने बैठा किसी गड़बड़ी वाले नक्शे की शिकायत सुन रहा हूँ?

उसने मेरे सामने एक पासबुक रखी और कहा, "आप देख लीजिए और अपने पिता जी को दिखा दीजिए, मेरे पापा ने दहेज़ के पूरे पैसे दे दिये हैं या नहीं..."? मैं इस बार चार सौ चौवालिस वोल्ट का झटका महसूस कर रहा था। यह मेरी सुहागरात है? एक दूसरे को बाँहों में भर कर चूमने की जगह, ये सब क्या चल रहा था? क्या ये सच था, या दो दिनों से शादी की रस्मों की थकान की वज़ह से मेरी मति फिर गयी थी?

कुछ देर मैं डांवाडोल रहा... सम्भाला अपने आप को और खाने की थाली खींच कर कहा, "भूख बहुत लगी है, पहले खा लेते हैं।" उसने कुछ कौर खाये और हाथ धो कर उसी मुद्रा में बैठ कर बहुत ठहरी हुई नज़र से मुझे देखने लगी। मेरे गुलाबी सपने स्याह हो रहे थे। दिमाग़ सच्चाई को मनाने के लिए तैयार नहीं था। खाना खाने के बाद मैं उसकी ओर बढ़ा और रूमानियत से उसके कंधों पर हाथ रख कर कहा..." तुम इन सब बातों में क्यों पड़ी हो? मैं तो तुम्हें पहली निगाह में देख कर ही पसन्द कर चुका था अपनी प्रेयसी पत्नी बनाने के लिए... दहेज़ वगैरह मेरे लिए कोई मायने नहीं रखते...",

मुझे लगा था कि मैंने ऐसी बात कह दी है कि वह भी सब कुछ भूल कर, मेरी बाँहों में समा जायेगी। लेकिन मैं ग़लत था। उसने मेरे हाथ कंधों से हटाये और फिर उन्हीं गहरी नज़रों से देखते हुए कहा कि, "मुझे नौ महीने बाद बच्चा नहीं चाहिये, कॉन्ट्रासेप्शन का क्या इंतज़ाम किया है?" मेरा दिमाग़ बिल्कुल रुक गया... कुछ देर हतप्रभ सा मैं उसे देखता रहा। क्या यही है वो, जिसके लिए मैं महीनों से सपने देख रहा था? क्या इसके साथ मैं कभी सेक्स कर सकूँगा? क्या इतनी सुन्दर शक़्ल और इतनी सुघड़ शरीर वाली लड़की में लड़कियों जैसी कोई बात नहीं है? क्या वास्तव में ये लड़की ही है? क्या इसका शादी से पहले कोई चक्कर था? क्या बाप ने इसकी मर्ज़ी के बिना शादी कर दी है? क्या ये पहले से प्रेगनेंट है... क्या। क्या... क्या के अन्तहीन प्रश्नों ने मुझे ज़मीन नहीं काँटों भरी खाई में फेंक दिया था। मेरे सारे हसीं सपने लहू-लुहान हो गये थे... मन कह रहा था कि दरवाज़ा खोल कर भागूँ और माँ से कहूँ कि, "ये लड़की वास्तव में लड़की है ही नहीं ...", पर मैं ऐसा नहीं कर सका। क्योंकि जिस दिन इस लड़की को देखा था, उसी दिन, तीन अन्य लड़कियों को भी देखने का कार्यक्रम माँ-बाप का था। लेकिन इसे देखने के बाद मैं ही अड़ गया था कि, "और कोई लड़की नहीं देखनी... इससे सुन्दर और इम्प्रेसिव लड़की

अब नहीं मिलेगी"। आज मैं अपनी सपनों की रानी के लिए अपने माँ-बाप से कैसे कुछ कह सकता हूँ? मैं हारे हुए खिलाड़ी की तरह आगे क्या करूँ यह सोच रहा था। वो उसी मुद्रा में बैठी मुझे देख रही थी, जिससे मैं असहज होता जा रहा था।

मेरे पास चुप रह कर सोने के अलावा कोई चारा नहीं था। उसी चुप्पी की बलिवेदी पर चढ़ गयी हमारी सुहागरात। सुबह बहुत भोर में मैं कमरे से निकल कर भागा, ऐसा लगा कि क़ैद से छूटा हूँ। भाई ने देखा तो मुस्कराते हुए बोला, "आँखें लाल हो रही हैं, लगता है सो नहीं पाये।"

सुन कर मैं बाथरूम में चला गया और कल की बातों से जूझता रहा। बहुत देर तक शावर के नीचे खड़े रहने के बाद, जो विचार आया वो अपमान और क्रोध का था। "उस ग़रीब बाप की, छोटे से शहर की लड़की ने मेरा और मेरे पौरुष का अपमान किया है", मैं क्रोध से फुफकार रहा था। क्या औक़ात है उसकी मेरे सामने?" "आज छोड़ दूँ तो कहीं मुँह दिखाने लायक नहीं रहेगी", क्या मैं नपुंसक हूँ"," अभी जाकर अगर उसकी कोई बात सुने बिना मैं अपनी ताकत उसे दिखा दूँ तो क्या कर सकती है?"

मन में एक घटिया विचार भी आया। "एक बार शील भंग करके उसे छोड़ दूँगा तो ये और इसका बाप रोते-रोते पैर गिरेंगे, देख लूँगा एक-एक को"। इन विचारों से एक और अहम् को राहत मिली। मगर अपने आप पर हैरानी भी हुई कि क्या मैं ऐसी घटिया बातें सोच सकता हूँ।

नहा कर, नाश्ता करके, मैं गाड़ी लेकर बाहर निकल गया। अनावश्यक चक्कर लगाता रहा। कई बार मन में कॉन्डोम खरीदने का विचार आया, फिर रुक गया। इस शहर में सभी मेरे पिता और मुझे पहचानते थे... विशेष कर मेडिकल स्टोर वाले, पिता यहाँ के प्रसिद्ध डॉक्टर जो थे। क्या सोचेंगे कि, बेटा कॉन्डोम लेने आया है।

बहुत देर के बाद एक रेस्त्रां में खाना खा कर घर गया। शादी के दूसरे ही दिन मेरी हरकत से माँ कुछ नाराज़ सी थी। घर में पहुँचते ही कहा, "कहाँ रह गये थे? चलो खाना खा लो, तुम्हारी बीवी सुबह से भूखी बैठी तुम्हारी राह देख रही है"। मेरे अहंकार को कितना सुख मिला इस बात से बता नहीं सकता... "बाहर खाना खा लिया है", कह कर मैं गेस्ट रुम में जा कर सो गया। रात के खाने के समय भी मैं मेज़ पर नहीं गया। दो बार बहन, और एकाध बार भाई कमरे में झाँक कर गये, मैं बहाना किये सोता रहा। माँ ने सभी को कहा कि थक गया होगा सोने दो।

सभी के सोने के बाद देर रात, मैं अपनी नकचढ़ी बीवी का हाल देखने गया। मन में कल्पना थी कि भूखी और अपमानित वो कैसे बैठी होगी? पता चल गया होगा कल की नौटंकी का नतीजा? जाने पर रो कर माफ़ी मांगेगी, लेकिन मैं भी उसे बताऊँगा कि मुझसे पंगा करने का क्या नतीजा होता है। मन ही मन अपने बदले की रूप रेखा बनाते मैं कमरे में घुसा... देख कर हैरान रह गया, कमरे का दरवाज़ा खुला था, बिजली जल रही थी, वह नीचे कालीन पर ही पड़ी बेहोश सो रही थी। खाना मेज़ पर बिना छुआ रखा था। मुझे लगा कि, उसने एक बार फिर मेरे मुँह पर करारा झापड़ मारा है... मैं और मेरा चोट खाया पौरुष बिलबिला उठा... बौखलाहट में मन हुआ कि झकझोर कर उठा दूँ और ज़बर्दस्ती पूरी कर लूँ सुहागरात। गुस्से में मैं बढ़ा, लेकिन सोते हुए उस खूबसूरत मासूम चेहरे को देख, कदम रुक गये। अन्दर का हिंसक पशु पालतू सा हो गया। मैं बहुत देर तक उसे देखता रहा और चुपचाप बिस्तर पर सो गया।

सुबह नींद खुली तो वह कमरे में नहीं थी। गुलाबी सर्दी का मौसम शुरू हो चुका था। सुबह ठंडी सी होने लगी थीं। मैं उठा मन में बहुत से सवाल उठ रहे थे कि, कहीं वह भाग तो नहीं गयी? कौन जाने शादी से पहले का कोई प्रेमी आया हो और उसे उड़ा ले गया हो... ऐसे ही कोई लड़की इतनी ठंडी नहीं होती कि एक कमरे में पुरुष के साथ रह कर उसे कोई उत्तेजना न हो। अगर वो भाग गयी होगी तो सरे-बाज़ार नाक कट जायेगी। बाप-दादों की इज़्ज़त मिट्टी में मिल जायेगी। लोग मेरे बारे में क्या सोचेंगे? क्या मुझे ज़नखा समझेंगे और पीठ पीछे हँसेंगे बीवी दो दिन भी नहीं सम्हली बच्चू से ...। दिमाग़ ऐसे ही विचारों से फटा जा रहा था।

मैं लगभग दौड़ता हुआ चल रहा था कि अगरबत्ती की खुशबू नाक में महसूस हुई। घर में सभी सो रहे थे तो ये खुशबू कहाँ से आ रही है? मैं पूजा के कमरे की ओर बढ़ा। वह नहा-धो कर लाल चुनरी में, भीगे बालों में भगवान के सामने हाथ जोड़े पूजा कर रही थी। उसकी वह शान्त और आकर्षक छवि देख कर मेरे अंदर की आशंकायें और क्रोध बिल्कुल समाप्त हो गया। मंत्रमुग्ध सा उसे देखता रहा। ऊपर वाले ने उसे फुर्सत से गढ़ा था। उसे चुनकर कोई गलती नहीं की थी मैंने।

पूजा ख़तम कर के जब उसने आँखे खोली और मुझे देखा तो, मुस्कुरा दी, थोड़ा शर्मिंदा होते हुए बोली कि, "शादी के दो दिन पहले से रस्मों के कारण सो नहीं सकी थी ठीक से, कल आपका इंतज़ार करते कब नींद आ गयी पता ही नहीं चला, सॉरी। आपने भी कल कुछ खाया नहीं, कुछ नाश्ता बनाती हूँ, आप मुँह-हाथ धोकर आजाइए।" मैं

उसके सहज से व्यवहार को देख कर हैरान था। किस किस्म की लड़की है ये? मुझ पर कोई गुस्सा नहीं कोई शिकायत नहीं... मैंने इसे सज़ा देने में कोई कमी नहीं छोड़ी थी, और एक ये है इतनी समान्य जैसे कुछ हुआ ही नहीं।

दिन में मैं उसके साथ बैठा रहा, बातें करता रहा, उसे समझने की कोशिश करता रहा। उसने बताया कि आज उसके भाई आयेंगे, पग फेरे के लिए मायके जाना है... एक बार फिर मेहनत से सम्हाला गुस्सा फट पड़ा था, मेरा वज़ूद जैसे जल उठा था। फिर कितनी आसानी से इसने मुझे अपमानित कर दिया? मैं गुस्से में उठ कर बाहर ही नहीं घर से भी निकल आया। मुझे अपनी शादी एक हादसा लग रही थी। ऐसा लगता था कि मुझे अपमानित करने का गहरा षड्यंत्र रचा गया था। साँप के मुँह में फंसे छछूंदर की हालत थी। अपने ऊपर मैं लानत भेज रहा था, शर्म या अपमान या क्रोध या क्षोभ या। कौन सा भाव था मन में, सारा संसार जैसे उलट-पलट गया था, एक अजीब भंवर में फंसा था जिससे मुक्ति का रास्ता नहीं सूझ रहा था।

अचानक पीछे से भाई की आवाज आयी, "भाई घर चलो, बिना कहे क्यों चले आये, माँ परेशान हो रही है। तुम्हारे साले साहब आये हुए हैं। कल भाभी को पग फेरे के लिए मायके जाना है, साथ देने के लिए कुछ फल-मिठाई भी खरीदनी है, चलो गाड़ी में बैठो।" मैं अपने को सम्हाल कर वापस आ गया। सभी के साथ नॉर्मल हो कर बात करने की कोशिश करता रहा। रात में मैं चुपचाप कमरे में जाकर सो गया, वो भी कुछ नहीं बोली, चुप सी जाकर कालीन पर सो गयी।

बड़े सुबह वह तैयार हो कर चाय ले कर आयी। धीरे से कहा," वापस आने पर 'कुछ' तैयारी रखना, अभी तो शादी का पता ही नहीं चला।" कहते हुए शरारत से मुस्करा दी। लेकिन मेरे सुलगते हुए दर्प पर इसने घी का काम किया। मैं उन लोगों को स्टेशन तक छोड़ने भी नहीं गया न जाती हुई पत्नी को पलट कर देखा। यूँ तो मुझे दो दिन के अंदर उसे मायके से ले आना था, पर मैं ऑफ़िस में काम का बहाना करके वापस इलाहाबाद चला गया।

माँ ने कई बार बहू को विदा कराने की बात फोन पर कही, लेकिन मैं बहाने बना कर टालता रहा। पच्चीस दिन बीत गये, मैं इंतज़ार करता रहा कि शायद उसका फोन या चिट्ठी आये, मुझसे कहे कि तुम्हारी याद आती है, कब आओगे? लेकिन इंतज़ार बस इंतज़ार रहा।

एक दिन पिता का निर्णायक फोन आया कि कल जाकर बहू को विदा करा कर लाओ। रिश्तेदार और मोहल्ले वाले कुछ खुसुर-पुसुर कर रहे हैं। हार कर मैं अपनी ससुराल गया और उसे विदा करा कर वापस ट्रेन में बैठा। बहुत उदासीन था मैं, लेकिन पत्नी ने धीरे से पर्स खोल कर मुझे कॉन्ट्रासेप्टिव पिल्स दिखायीं, और धीरे से आँख मारी। मुझे गुस्सा तो बहुत आ रहा था, लेकिन उसकी इस अदा से मन नाच उठा और धीरे से उसने उसे कंधों पर हाथ रख कर अपने से सटा लिया... वो मुस्कुराती हुई मेरे पास आ गयी।

घर पहुँच कर शादी के सत्ताईस दिन बाद मेरी सुहागरात हुई। यूँ तो मैं खुश था लेकिन अभी तक का चोट खाया अभिमान मुझे बदला लेने को उकसा रहा था। मैंने कुछ अधिक हिंसक हो कर रति क्रिया की। बीवी को चोट पहुँचा कर मेरे अहात पौरुष को पर पीड़ा का सुख मिला। उसने चुपचाप सब सह लिया कुछ प्रतिरोध नहीं किया। दूसरे दिन वह दर्द में दिख रही थी, चलने में उसे तकलीफ़ है, साफ़ दिख रहा था... लेकिन मैं खुश था... मैंने अपने अपमान का कुछ तो बदला लिया, मेरे चोट खाए अहंकार पर मानो मरहम लग रहा था।

फिर तो यह अन्तहीन सिलसिला बन गया। मैं अपनी बीवी को बात बे बात चोट करने से नहीं चूकता। उसके पहनने-ओढ़ने से ले कर खाना बनाने तक। कहीं बाहर जाने पर बाज़ार में कहीं भी उसे कुछ कह कर अपमानित करता और अपने मन में ख़ुश होता था। जिस बात से भी लगता कि पत्नी दुःखी होगी वही करता। खाना खाने के लिए उसे घंटों इंतज़ार कराता। यूँ वह खाना बहुत स्वादिष्ट बनाती थी, पर मैं कभी तारीफ़ नहीं करता उल्टा किसी भी चीज़ की बुराई कर के थाली छोड़ कर या कई बार थाली फेंक कर उठ जाता।

कहीं बाहर जाने के लिए जब तैयार होते तो निकलने से पहले उसके कपड़ों के रंग या क्वालिटी या पहनने के ढंग की आलोचना कर के उसे कपड़े बदलने को मजबूर करता। अगर वह दुःखी होती तो उसे मनाने का नाटक कर के शाम को तैयार रहने के लिए कहता कि पिक्चर चलेंगे... फिर देर रात ऑफ़िस से लौटता और एक बार भी माफ़ी नहीं माँगता। अगर वो कुछ शिकायत करती तो सीधे कहता था, "यहाँ नहीं अच्छा लगता तो बाप को बुला देता हूं, चली जाओ मायके, वहीं रहो, यहाँ रहना है तो तमीज़ से मुँह बन्द कर के रहो। तुम्हारे बाप का दिया नहीं खाता"

धीरे-धीरे हर बात में उसको दुःखी करना चोट पहुँचाना मेरी आदत बन गयी। मुझे इसमें एक क्रूर आनंदआता, मेरा अहम सुखी होता।

दिन बीते, मेरा पहला बेटा हुआ। अब बच्चे के पालने को लेकर रोज़ मैं उसे किसी न किसी बात पर टोकता और उसके रोने तक नहीं रुकता। जब वह रोती तो मैं घर से निकल जाता और जान बूझ कर देर रात आता। उसे पीड़ित करने में अजीब सा सुख मिलता। बच्चा बड़ा हो रहा था, उसको अगर उसकी माँ किसी बात के लिए टोकती तो मैं बच्चे को वही काम करने को कहता और उसे सुना-सुना कर बच्चे के सामने माँ की बुराई करता। अकेले में उसे माँ का कहना न मानने के लिये सिखाता। अब बच्चा भी अपनी माँ को धमकी देता था कि आप जो मुझे रोकोगी तो मैं पापा को बता दूँगा, फिर वो तुम्हें डॉटेंगे, मुझे बड़ा मज़ा आयेगा। बच्चे की उद्दंडता पर अक्सर वह मुझे समझाने की कोशिश करती मैं उसे ही डाँट लेता कि, दिनभर तुम उसे उल्टा सीधा समझाती रहती हो, फिर इल्ज़ाम मेरे पर, मैं घर में कितनी देर रहता ही हूँ?"

फिर दूसरा बच्चा हुआ, इस बार बेटी। मुझे बेटी में यूँ ही कोई दिलचस्पी नहीं थी तो उसके बीच मैं कुछ नहीं बोलता था। बेटा बहुत उद्दण्ड हो गया था, कई बार स्कूल से शिकायत आने पर मुझे अपनी पत्नी को झाड़ने का और मौका मिल जाता था। एकाध बार पत्नी ने कुछ गुस्सा दिखाया तो मैंने उसे बाप के घर भेज देने की धमकी दी। फिर उसने वैसी कोई बात नहीं की, मेरी जीत हुई थी, मैंने उसे चुप करा दिया था।

शादी के समय की सुन्दर खिली-खिली रहने वाली मेरी बीवी अब चुप और बुझी सी रहती, उसके साथ सेक्स करता तो वह बिना प्रतिरोध के पड़ी रहती, मुझे बलात्कार करने जैसा सुख महसूस होता और शादी के बाद अपने अपमान का बदला लेने की संतुष्टि होती।

समय बीतने के साथ हमारे बीच पति-पत्नी का रिश्ता नहीं, शासक-शासित का रिश्ता बन गया। यह स्थिति मुझे बहुत प्रिय लगती। उसे जिस बात से खुशी मिलती मैं उन्हें ख़तम करता गया। उसे मायके नहीं भेजता, किसी से दोस्ती नहीं करने देता। कोई पड़ोसन भी कभी मिलने आ जाती तो मैं कहता कि, "औरतों के पँवारे का बच्चों पर ख़राब असर पड़ेगा, किसी को घर नहीं आने देना।"

मायका, दोस्त घूमना-फिरना सभी कुछ धीरे-धीरे मैंने बन्द करा दिया। खाने के लिए बैठने पर किसी भी चीज़ को लेकर व्यंग्य करने से नहीं चूकता। उसे सताना मेरा प्रिय

शग़ल बन गया था। अब बेटा भी मेरी हाँ में हाँ मिलता जिससे मुझे एक अजीब खुशी मिलती।

जब वह डिप्रेशन में चिड़चिड़ाती, महीनों बीमार रहती, मैं कभी उसका हाल नहीं पूछता। बस नौकरी के बहाने बाहर रहता। देर रात घर आता। खाना खा कर आराम से टी वी देखता और सो जाता। वह सभी कुछ कैसे सम्भाल रही है, मैंने कभी इसकी परवाह नहीं की। मुझे नतीजों से मतलब रहता। कोई चीज़ ख़राब होती मैं उसे डाँटता। उसके दबने से मेरी हिम्मत बढ़ गयी थी, अब मैं उसे मार भी देता था। मेरे दिल में लगी बदले की आग जैसे बुझने का नाम नहीं लेती, दिन पर दिन और भड़कती जाती। बेटी माँ से बहुत प्यार और सहानुभूति रखती, बेटा उसका हिसाब बराबर कर देता। बात-बात पर पीट देना, रुलाने तक चिढ़ाना वगैरह चलता रहता। कई बार जब माँ-बेटी मिल कर रोतीं तो हम बाप-बेटे घूमने निकल जाते, बाहर खा कर मज़े करके लौटते। वह खाना लिये भूखी बैठी रहती। कई बार बिना खाये सो जाती। मुझे कोई फर्क़ नहीं पड़ता था।

बेटा इधर कुछ ज़्यादा उच्छृंखल हो रहा था, क्लास में ख़राब नंबर, मार-पीट आदि की शिकायतें स्कूल से आती रहतीं और मैं सबकी जिम्मेदारी माँ पर डाल कर उसे खूब डाँटता। जब वह दसवीं में आ गया तो लड़कियों के लेकर भी कुछ किस्से शुरू हुए। अब मुझे उसकी चिंता होने लगी थी। ट्यूशन लगा कर, सिफारिश कर के किसी तरह उसे पढ़ाया, और राम-राम करके उसे एक इज़्ज़त की नौकरी मिल गयी।

बेटी पढ़ने में बहुत अच्छी थी। माँ उसके लिये हर संभव कोशिश करती कि भाई की तरह वह भी ग़लत रास्ते न ले। उन दोनों की कोशिश का मैं अक्सर मज़ाक उड़ाता था। लेकिन बेटी वास्तव में बहुत अच्छा कर रही थी। मेडिकल में पहली बार में सेलेक्ट हो कर उसने एम.बी.बी. एस. किया। एक बार में ही पोस्ट ग्रेजुएशन के लिए भी उसका चुनाव हो गया। गायनॉकलॉजी में एम। डी। भी किया। अब मेदांता अस्पताल में नौकरी कर रही है। भाई से वह दूर ही रहती है, माँ के लिए अब वह अक्सर मेरे से भी झगड़ा कर लेती है।

मैं रिटायर हो गया। बेटा अब दूसरे शहर में नौकरी कर रहा था, घर पर कम ही आता। आये दिन इस या उस लड़की के साथ कुछ दिन प्यार फिर झगड़े की ख़बरें मिलतीं। मैं सोचता रहा कि बड़े होकर जिम्मेदार जगह नौकरी कर के वह सुधर जायेगा, लेकिन कुछ भी ठीक होता नहीं दिख रहा था। मेरे और बीवी के बीच अब बातचीत भी जरूरत तक सीमित हो गयी थी। वह केवल अपनी बेटी से ही बात करती और बेटी उसे, जीवन में

ठीक से कैसे जीना है, ये समझाती। माँ के लिए अब वो मेरे से लड़ाई तक कर लेती, अक्सर कहती कि, "अब आपने माँ के साथ कुछ ज्यादती की तो मैं माँ को ले जाऊँगी।" लेकिन मैं जानता था कि उसकी माँ के मन में मेरे लिये इतना खौफ़ है कि वह हर हाल में मेरे साथ ही रहेगी। मेरे अलावा कहीं जाने की उसकी हिम्मत ही नहीं है।

अभी चार दिन पहले, रात के तीन बजे अचानक फोन बजा, पता चला कि बेटे ने उस लड़की के साथ मारपीट की है, जिसके साथ वह शादी करने के लिए सोच रहा था। लड़की ने पुलिस में शिकायत कर दी, बेटा हवालात में है। बेटे की बात सुन कर, उसकी माँ बहुत परेशान थी। जगह-जगह फोन कर के उसको छुड़ाने के लिए कोशिश कर रही थी। मैं हमेशा की तरह केवल गुस्से में था। मेरी बीवी ने जब बेटे के बारे में बात करनी चाही, तो अपनी आदत से मजबूर मैं उसे डाँटने लगा। उसने कुछ देर मुझे समझाने की कोशिश की, लेकिन मैं चिल्लाता गया। उसी को क़ुसूरवार ठहराते हुए कहा कि, "ये सब उसने कहाँ से सीखा? तुमने ही तो पाले हैं बच्चे, यही शिक्षा दी है… अब क्या परेशानी का ढोंग कर रही हो? मुझे कुछ नहीं सुनाना… चुप रहो।"

पर अचानक आज वो बोल पड़ी, "बच्चे घर से सीखते हैं, सही कहा। जब जिन्दगी भर उसने अपने बाप को देखा, अपनी माँ को हर बात पर डाँटते, बिना कारण मारते, तो वह क्या सीखेगा? यही कि, औरत की कोई इज़्ज़त नहीं होती है, उसे जब मर्ज़ी हो मारा जा सकता है, बेइज़्ज़त किया जा सकता है। औरत कभी पलट कर जवाब नहीं देती… यही देख कर बड़ा हुआ है तो वही करेगा न! अब आप भी समझ जाइए, बहुत हुआ डांटना-मारना। अभी बेटे के खिलाफ़ रिपोर्ट हुई है, अब कुछ भी बदतमीजी की तो एक रिपोर्ट बाप के खिलाफ़ भी होगी… फिर बाप-बेटे जेल में बैठ कर वहाँ की रोटियाँ तोड़ना। बहुत सह लिया, बहुत मुँह बन्द रख लिया। अब मेरे भी माँ-बाप मर चुके हैं, उनकी इज़्ज़त उतारने का सुख आपको नहीं मिलेगा। अब एक भी ग़लत शब्द कहा तो मैं भी रिपोर्ट कर दूँगी। स्मार्ट फोन में रिकार्डिंग बहुत आसानी से होती है, बहुत कुछ है सुनाने के लिए मेरे पास है। एक बार घर से बाहर बात गयी तो आपकी खैर नहीं…

गाय की तरह सब सह जाने वाली बीवी को सुन कर मैं स्तब्ध रह गया। बेटा तो हवालात में है ही, अगर इसने जैसा कहा, वैसा कर दिया तो क्या होगा…? एक बार फिर मैं शादी के बाद वाली मनःस्थिति में पहुँच गया था। मेरी खुली आँखों से कुछ नहीं सूझ रहा था, कानों में जैसे सीटी सी बज रही थी, कुछ सुनायी नहीं दे रहा था…

लेखिका के बारे में

जयपुर जिले के कस्बे में जन्मी **अंजू कंवर** कला संकाय में एक भूगोल विधार्थी है, जो एम। ए (भूगोल) और बीएड धारी है। कला से जुड़ी कलाकृतियां जैसे चित्रकारी, नृत्य, मृदा शैली, उन्हें आकर्षित करती है। 2018 में राज्य स्तर ओपन पर वह जूडो खिलाड़ी रही है।

लेखन का शौक उन्हें तब बढ़ा जब उनकी लिखी हुई कविता "मां" समाचार पत्र में प्रकाशित हुई, उसके बाद उनकी काफी कहानियां और कविता पत्र पत्रिकाओं में छपती रही है। वह अपना लेखन अधिकतर सामाजिक मुद्दों को अपने भावनात्मक रूप में लिखती है।

वह एक ब्लॉगर है जो नियमित रूप से अपने लेख प्रस्तुत करती है और कहानी,कविताओं की प्रतियोगिता में ऑनलाइन प्लेटफार्म पर हिस्सा लेती रही है। उनका सपना एक NGO खोलना और समाज के हित और सामाजिक कार्यों में सहयोग देना है।

नि:शब्द

-अंजू कंवर

आज ऑफिस में बहुत लेट हो गया था। आते-आते रात होने लगी हमेशा तो जल्दी आ जाता हूं। ना जाने आज क्यों काम ज्यादा बढ़ गया था? ऑफिस से निकलते ही पार्किंग में खड़ी गाड़ी निकाली और गाडी स्टार्ट की।

आज मौसम सुहावना हो रहा था, रात को हवाएं ठंडी चल रही थी। शायद बरसात होने वाली थी, आगे जाकर बरसात होने लगी मैं गाड़ी चलाते रहा।

अचानक से गाडी बंद हो गई, मैं बहुत परेशान हुआ इतनी भारी बरसात में घर कैसे पहुचुगा।

मैंने बहुत कोशिश की गाड़ी स्टार्ट नहीं हुई। हार कर मैंने गाड़ी का दरवाजा खोला और मदद के लिए ढूंढने लगा लेकिन यह तो सुनसान रास्ता था। यहां गाड़ियां तो क्या कोई इंसान ही नहीं दिख रहा था। मेरा गुस्से से माथा ठनक रहा था, कुछ समझ ही नहीं आ रहा था फोन करना चाहा देखा तो फोन भी बंद था!

मैंने इधर-उधर घूम के सब देखा लेकिन कोई मददगार नहीं मिला

मैं गाड़ी में बैठ गया अचानक से टकटक आवाज आई मैंने देखा तो कोई गाड़ी के पास खड़ा था।

मैंने शीशा नीचे किया तो एक लड़की बरसात में भीगी हुई थी उसने साड़ी पहनी हुई थी वह शायद पूरी तरह भीग चुकी थी हो सकता है वह भी मेरी तरह मदद मांगना चाह रही थी मैंने देरी ना लगाते हुए उनसे पूछा आपको मदद चाहिए उसने कहा नहीं मुझे आपकी मदद करनी है।

मैं थोड़ा अचंभित हुआ मैंने कहा" मेरी " उसने कहा हां।

मेरा पास ही मे घर है और मैं यहां बीच रास्ते में लोगों की मदद करती हूं, और आपकी गाडी भी खराब हो चुकी है और यहां कोई मददगार भी नहीं है।

अगर आपको कोई परेशानी ना हो तो आप मेरे साथ मेरे घर चलिए!

बरसात खत्म होने के बाद गाडी ठीक करवा के घर चले जाना। मैंने थोड़ा शक

जताया फिर लगा इतनी बरसात में घर नहीं जा सकता शायद! मुझे यही करना होगा मैंने गाड़ी का दरवाजा खोला। मैंने गाड़ी लोक किया और कहा चलिए।

मैंने उसे ठीक से नहीं देखा था अब वह मेरे आगे चल रही थी वह लड़की भीगी भागी सी जुल्फों को झटका रहे थी। वो आगे आगे चलने लगी मैं उसके पीछे पीछे।

वह साड़ी में इठलाती चल रही थी। हाथों और पैरों से पानी की बूंदों से खेलती जा रही थी,,। मैंने पूछा "कितनी और देर लगेगी " उसने कहा ' बस थोड़ा ही समय लगेगा 'पर मुझे आसपास कोई घर नहीं दिखा,। थोड़ा दूर जाने के बाद एक छोटा सा घर नजर आया हम दोनों वहां चले गए लड़की ने घर का दरवाजा खोला और बोला चले आइए। मुझे हिचकिचाहट हो रही थी डर भी लग रहा था।

ऐसे अनजान किसी लड़की के साथ अचानक से कैसे जाऊं घर के अंदर। कहीं यह फिल्मों की तरह भूतिया लड़की तो नहीं मेरे मन में हजारों सवाल खड़े थे आगे क्या हुआ अगर जानना चाहते हैं कि वह लड़की भीगी भागी सी भूतिया लड़की निकली या कोई मददगार तो उसने दरवाजा खोला। बोला आ जाइए अंदर।

मैं जैसे जैसे डर के मारे अंदर जाने की कोशिश करते हुए कदम बड़ाए।

घर में प्रवेश करते ही मैंने चारो तरफ देखा।मैंने सोचा कहीं डाकू छूपे हो और मुझे लूट कर मार से।मेरे मन में ना जाने कोन कोन सी तस्वीर और लोगो के चरित्र सामने आ रहे थे।मैं कई बार काल्पनिक दुनिया में खो जाता शायद ऐसे हो गया तो।उसने काल्पनिक दुनिया से हटते ही कहा " आप यहां बैठ जाइए।भीग गए आप। मैं कपड़े लाती हूं शायद आपको आ जाए।

उसने आकर मुझे कपड़े थमा दिए। मैंने कपड़े देखे मुझे लगा एकदम ढीले आने वाले है।पर करता भी क्या।पहनने थे भीगा हुआ तो बैठ नहीं सकता। मैं कपड़े बदल कर आया, सच में वो कपड़े ढीले थे मैंने कोशिश की कपड़ों को संभालने की।फिर सोचा कहीं गलती से गिर ना जाऊं कोई देख लेगा तो शर्मिंदगी महसूस होगी। मैं जैसे तैसे करके वहां पड़ी कुर्सी पर बैठ गया। वो लड़की आई बोली " चाय ले ली जिए। उसने चाय का प्याला मेरे हाथो में थमा दिया।

कँपकँपाते हुए हाथो से मैंने प्याला थामा। होटों से सटाकर शोर करते हुए पीने लगा। कापने की वजह से मेरे प्याले की आवाज़ गड़ गड़ गड आरी थी। जैसे अभी छटकर नीचे जमीन पर गिरने वाला है। मेरा डर बढ़ते जा रहा था। कहीं चाय में जहर तो नहीं मिला

हुआ। मेरी चाय खत्म हो चुकी थी। खाली प्याला पास रखी मेज पर रख दिया।सोचा हो सकता है जहर का असर धीरे धीरे हो।मैं गला पकड़ के बैठ गया क्या पता कब असर हो मेरी सांसे रुकने लगे।

बहुत देर हो चुकी थी। कुछ हुआ ही नहीं।मैंने धीरे से अपना हाथ हटा लिया हो। ओर सोचा हो सकता है चाय में जहर ना हो।वो गला दबा कर या पेट में छुरी घोप कर हत्या कर दे। मैंने आस पास चारो तरफ देखा वो लड़की कहीं नजर नहीं आती थी। कहा गायब हो गई थी वो सच में भूतनी तो नहीं थी। मैंने दूसरे कमरे झाक कर देखा।मुझे एहसास हुआ मैंने नजर दुबारा फिराई। कमरे की बालकनी में कोई खड़ा था। वो वहीं लड़की थी। मेरे कदमों का अहसास हुआ। उसने पीछे मुडकर देखा।बोली "अरे आप यहां। चाय खत्म हो गई क्या आपकी।

मैंने कहा "हा हो गई मैं आपको पूरे घर में ढूंढ रहा आप यहां। जैसे ही उसने बोला मेरे कदम लड़खड़ा रहे थे। आगे बढ़ने के लिए। वो लड़की बोली "डरिए मत" आजाइए।

मैं उसके बगल में खड़ा हो गया।वो मुझे मुस्कुराकर देख रही थी।

सुनिए। मैं भूतनी या लुटेरी लड़की नहीं हूं। आप जैसा समझ रहे हो। मैं वैसी नहीं हूं।

मैं अचंभित हो कर उसकी तरफ देखा। कहा " माफ़ करना मैंने गलत समझा।

अरे नहीं नहीं। माफी मत मागिए। यहां सब मुझे चुडैल या भूतनी ही समझते है। उसने हसते हुए कहा।

मैंने अपना हाथ बढ़ाया। मेरा नाम मोहित कुमार है।

और आपका। उसने बिना हाथ बढ़ाए ही कहा " मेरा नंदिनी। बहुत ही अच्छा नाम है आपका।

मैंने अपना बढ़ाया हुआ हाथ पीछे कर लिया।

आप इस घर में अकेले ही रहते हो। डर नहीं लगता आपको मैंने कहा"

उसकी हसी निकल गई। भूतनी को किसी से डर नहीं लगता। मैंने कहा मजाक अच्छा करते हो आप।

अब बताइए आप अकेले रहते हो यहां।

हा मैं ओर मेरी तनहाई। यहां अकेले रहते है। यह आसपास अगर किसी को मदद

करनी होती है।तो मैं मदद करती हूं। मैं भी सब्जी लाने बाजार जा रही थी। परन्तु बीच में बारिश शुरू हो गई। मैं रास्ते में रुक गई।

तभी मैंने वहां आपकी गाड़ी देखीं। अपने शायद मुझे नहीं देखा।पर मैंने आपको देखा था।

आप वापस गाड़ी में बैठ गए थे इसलिए मुझे आना पड़ा।

अच्छा अच्छा। मैंने आपको भूत समझ लिया था।वैसे धन्यवाद आपका मदद के लिए वरना या तो मैं उस गाड़ी में रहता पूरी रात।या बरसात में भीगता हुआ घर जाता।

कोई बात नहीं धन्यवाद की कोई जरूरत नहीं है। मैं तो बस यहां मदद करती हूं। धन्यवाद के लिए नहीं। मुस्कुराते हुए उसने कहा "

आपकी कोई तो वजह होगी। जो यहां रह रही हो।

हा वजह तो है। इसके पीछे भी कहानी है।

तो सुना दी जिए क्या कहानी है आपकी मैंने कहा"

"नहीं नहीं।उसने कहा"

बता दी जिए। शायद हमारी मुलाकात कभी ना हो। अजनबी होने के नाते बता दी जिए। मैंने कहा"

अच्छा ठीक है। मेरी कहानी बचपन से ही शुरू हो गई थी।

जब मैं 10 साल की थी। आज भी याद है मुझे हम खुशी खुशी गाव में रहते थे। हम ज्यादा अमीर तो नहीं थे पर अपने घर का गुजर बसर हो जाता था।पापा वहीं मुनीम का काम करते थे।

ओर मा घर का काम करते थे।मैं बड़ी थी और मेरा भाई छोटा था।

मेरा बचपन उही हसी खुशी से गुजर रहा था।एक दिन स्कूल से लौटते समय।एक दुकान पर रखी मिठाई से मेरा मन ललचा गया था।पर पैसे ना होने के कारण मैं निराश हो गई थी।

दुकानवाले ने मेरे कंधे पर हाथ रखा। बोला बेटा मिठाई चाहिए।

मैंने कहा" हा पर पैसे नहीं है मेरे पास काका"

दुकानवाले ने कहा " कोई नहीं बेटा मैं ऐसे ही खिला दुगा बिना पैसे लिए।

उसने मेरा हाथ पकड़ा।ओर अंदर ले गया और मेरे साथ बलात्कार किया।मैं रोई चीखी चिलाई। पर कोई सुनने वाला नहीं था।बाद में उसने मुझे बाहर छोड़ दिया।

घर आने के बाद मैं गुमसुम रहने लगी। खाना भी छोड़ दिया।पढ़ाई का भी मन नहीं करता था।

एक दिन अचानक मा ने पूछा "बेटा क्या बात है आजकल गुमसुम रहती हो।कोई बात है तो बताओ"

मैंने रोते हुए बोला उसने उसने ना गलत काम किया मेरे साथ।

उसने कोन बेटा" बताओ कोन है।मा ने कहा

दुकानवाले है ना वो मा। मैंने कहा"

मा एक दम से गुस्सा हो कर बोली।तुझे क्या जरूरत थी जाने की वहा।वो पैसे वाले है।हम कुछ बोल भी नहीं पाएंगे उनको। तू ना तेरे बाबा को मत बताना।वरना गुस्सा करेगे वो।

मैं डर के मारे चुप हो गई।

समाज में लड़कियों को कितना कुछ सहन करना पड़ता है। ओर अगर कोई कुछ गलत करता है तो बता भी नहीं सकते। कैसा ओर कोनसा न्याय है यहां का।

मैं चुप थी पर में भी बहुत सवाल थे। मेरा बचपना ऐसे गलत इंसानों के बीच चला गया।

मैं जिंदा लाश की तरह घुटती रही। पर मेरी मा से मेरी खामोशियों देखीं नहीं गई।

कुछ दिन बाद मेरा हाथ पकड़ा और मुझे पिताजी के पास ले गई। उनको सब कुछ बता दिया। पिताजी को ये सब सुनकर पैरो के नीचे मानो जमीन खिसक गई हो।

उन दोनों के बहुत बहस हुई मुझे लेकर।मा ने मेरा हाथ पकड़ा और दुकान वाले के पास ले गई।

ओर कहा। तुझे शर्म नहीं आती तेरी बेटी जैसे है। ओर तेरी बेटी की उम्र की होगी।ओर ना जाने क्या क्या कहा

उसको।वो सुनता रहा ओर एक दम से सामने आकर खड़ा होगया बोला। अरे गांव वालो सुनो। ओर आकर देखो। कैसे कैसे इल्जाम लगा रही है। सारे गांव वाले वहा आकर

इकट्ठा हो गए।

वो दुकान वाला चिलाचिला कर बोला मेरी बेटी जैसे उमर की लड़की के साथ ये सब करूगा क्या।

देखो भाईयो हम पैसे वाले है तो क्या कैसे भी दोष लगा देगी।

सारे गांव वाले दुकानवाले के पक्ष में बोलने लगे।हा सही बात है।

मेरी मा मेरे हित के लिए बोले जा रही थी।पर एक दम से अकेली हो गई वो।उसका साथ किसी ने भी नहीं

दिया।पिताजी भागे भागे आए।ओर मा का हाथ पकड़कर चुप करवाया।सारे गांव वालो के सामने हाथ जोड़कर बोले हमे माफ़ करदो ये झूट बोल रही है।

जैसे तैसे करके वहा सब संभल गया था।पर मेरी वजह से मा ओर पिताजी बहुत दुखी होने लगे थे। कुछ दिन बाद पिताजी मा को आकर बोले कि।मैं लड़का देख कर आया हूं।परिवार ठीक है।दहेज भी नहीं ले रहे।

बस दो बच्चे हैं उनके छोटे।कुछ दिन पहले पत्नी का देहांत हो गया था।बच्चो की देख रेख के लिए पत्नी की जरूरत है।

मा ने कहा हम ऐसे किसी लड़के के साथ अपनी बेटी की शादी कैसे कर सकते है।

अभी वो छोटी है पढ़ना चाहती है। कम से कम उसका तो सोचो।

मैंने सबका सोचा है। और सब सोचकर ही ये सब कर रहा हूं। मैं रिशता पक्का कर चुका हूं।ओर कुछ दिन बाद अच्छा सा मूहूर्त निकल कर शादी कर देगे।

मां रो रही थी।पर पिताजी ने कुछ नहीं सुना। उनकी कहीं बाते मा के दिल पर लग रही थी।

कुछ दिन बाद मेरी शादी करदी।उस इंसान से जिसे मैं जानती भी नहीं थी। मैं नाबालिग थी केवल 14 साल की। जिसे शादी जैसे सम्बन्ध के बारे में कुछ पता ही भी था।

उस इंसान के 2 बच्चे थे जो केवल मुझसे 1,2 साल छोटे थे मेरे हम उम्र के।

शादी के बाद मैं वहा गई मैं वहा किसी को नहीं जानती थी।मैं केवल नौकरानी की तरह थी।

काम करती पर मुजपर किसी का ध्यान नहीं जाता। ओर रात को शराब के नशे में मेरे पिता जैसे उमर का वो इंसान मेरी आत्मा रोंधता था हर रात।

शादी के 2,3 महीने ही हुए थे। मेरे पति के शराब पीने के वजह से उनका लीवर खराब हो गया था। ओर उनकी आकस्मिक मौत हो गई थी। ससुराल वालों ने मुझे अप शगुनी कहना शुरू कर दिया था।

समाज के लोगो ने भी यही कहना शुरू कर दिया कि घर में क़दम रखते ही अपने पति को खा गई।

मैं बस सुनती रहती। सुनती रहती। सुनती रहती क्युकी मैं तो बस एक मिट्टी की गुड़िया बन गई थी। जिसमें ना जान थी ना भावनाएं।

पति के मौत के बाद वहां ससुर, जेठ, देवर पड़ोसी सब मुझे गलत नजर से देखने लगे।

कोई ना कोई हर रात मेरी इज्जत उतरता था।ओर मुझे केवल चुप करवा दिया जाता था। धमकियां देकर।

हद तो उस दिन हो गई। खेलते खेलते मेरे पति के एक बच्चे को चोट लगी और वो गंभीर हो गया। परन्तु सारा दोष मेरे ऊपर मंड दिया।

बात तो इतनी आगे तक पहुंच गई की लोगो ने मुझे। ''डायन "

बोलना शुरू कर दिया था।घर से बाहर निकलती बच्चे ओर औरते भाग जाती मुझे देखकर की डायन आ गई।

एक दिन गांव किसी के घर काला जादू हो रहा था। काला जादू करने वाला बाबा भाग गया।

और लोगो ने मुझे गलत समझ लिया कि मैं काला जादू करती हूं।

डायन तो समझते थे।अब उनका शक मजबूत हो गया था कि गांव में जो भी

हरकते होती थी मैं करती थी।

गांव वाले मेरे घर आए और मुझे जबरदस्ती पकड़ ले गए।मेरे ससुराल वालों ने कुछ नहीं बोला। उन्होंने मुझे बीच चौपाल पर रस्सियों से बांध दिया। ओर मुझे जलाने की कोशिश करने लगे।

पर किसी ने वहां कहा को अगर इसे जला देगे तो मरने के बाद भूत बनकर यही घूमेगी। ओर इस गांव में परेशानी का कारण बन जाएगी।

एक काम करो इस गांव से बाहर निकल दो जहां भी रहेगी रह लेगी। गांव में आने मत देना इसे।

मुझे लोगो ने वहां से धक्के मारकर गांव से बाहर निकल दिया।मैं रोती रही चिल्लाती रही।

मैंने कुछ नहीं किया फिर भी उन लोगो ने कुछ नहीं सुना।मैं 18 साल की भी नहीं हुई थी।

मैंने इतना कुछ सहन किया।

यहां तक मेरे माता पिता शादी के बाद मेरे खौरियत पूछने तक नहीं आए मैं कहा थी क्या थी कैसे थी। कभी नहीं पूछा उन्होंने।

बस जैसे तैसे करके। थोड़ी बहुत मेहनत करके ये छोटा सा मकान बना लिया। 2,3 साल से यही रह रही हूं।

ओर जरूरत लोगो की मदद करती हूं।

पर यहां आस पास के लोग भूतनी समझते है।क्युकी मैं अकेली रहती हूं।सुनसान इलाके में।

यही कहानी थी मेरी। शायद छोटी थी पर मेरे लिए बहुत दर्दनाक थी।

ऐसे लोगो को तो गोली मार देनी चाहिए।समाज में रहने लायक नहीं है कलंक है ये लोग तो मैंने कहा"

रहने दो। छोड़िए ये बाते शायद मेरी किस्मत में यही था।

"पहले को हुए सो हुआ। अब तो इस किस्मत को बदल सकती हो ना तुम। मैंने गंभीर भाव से कहा"

तुम मानती हो किस्मत अच्छी नहीं थी और तुम नाबालिग थी उस समय।इसलिए समझ ही आया तुमको की करना क्या है।

ऐसे ही समाज में अत्याचार होता है। औरतों पर ओर वो सहन करती है

कई तो आत्महत्या भी कर लेती है। काई मानसिक बीमार हो जाती है।पर ऐसी

रोकथाम तो हमे खुद करनी चाहिए।

और तुम्हारी उम्र ही कितनी हुई है 18 साल बस। अभी तो तुम में समझने की शक्ति आई है।तुम अबला नहीं हो।खुद की रक्षा करना सीखो।

मैं तुम्हे नहीं जानता।पर आज कहानी सुनकर लगा।तुमने ज़िन्दगी में हार मान ली।ओर इस सुनसान इलाके में छुपकर रह रही हो। अगर चाहती ना तो तुम पढाई करती आगे बढ़ने की कोशिश करती तुम पर हुए अत्याचार को रोकती।

पर नहीं कर सकी तुम।

क्या करती मैं।उसके आंखो मैं आंसू आरे थे। काई बार समाज के साथ चलना पड़ता है। मा बाबा भी समाज के पीछे भागे ओर मेरी ज़िन्दगी खराब करदी।

तुम मेरे साथ चलो। शहर वहा पढ़ाई के साथ मैं कोशिश करेगा कि तुम्हे आगे बढ़ा पाऊं।

मुझे तुम में मेरी छोटी ओर मासूम बहन दिखीं।मैं चाहता हूं मैं अनजान एक भाई का फ़र्ज़ नी भाऊ।

नहीं नहीं।ये समाज है हमारा। हमारा ऐसे संबंध को गलत मानता है।

एक अनजान औरत ओर पुरुष को अवैध संबध मानता है। बेशक आप मुझे अपनी बहन मानो। फिर भी समाज गलत समझता है।

चलिए रात बहुत हो गई। आप सो जाइए। मैंने कमरे में बिस्तर लगा दिया आपका।

वो कहकर चली गई। मैं अपने बिस्तर पर चला गया। सोचते सोचते ना जाने कब आंखे लग गई। पता ही नहीं चला।

सुबह हो चुकी थी।मैं उठा।बारिश भी नहीं आरी थी।

चाय ली जिए।उसने कहा।मैंने चाय का प्याला उठाया।

तुम मुझे भाई बोलो।मैंने मुस्कुराते हुए कहा।वैसे भी मैं तुमसे बड़ा हूं। और मेरी कोई बहन भी नहीं है छोटी।

अच्छा अब जाने का समय हो गया मैं चलता हूं। आसपास गाड़ी भी ठीक करवानी है।मैंने कहा।

मैं हाथ मुंह धोकर जैसे ही दरवाजा खोलकर बाहर निकला आवाज़ आई पीछे

से।भैया।

मैंने पीछे मुड़कर देखा।वो दरवाजे पर खड़ी थी। मैं मुस्कुराइए वाह छोटी तुमने भाई बोला मुझे।

भैया।आप सब जैसे नहीं हो।आप अलग हो सबसे। काफी याद आए तो मिलने आ जाना मुझसे।

हा आउगा छोटी ओर तुम अपना ध्यान रखना।बाय

मैंने उसके सर पर हाथ फेरा। उसकी आंखो में खुशी के आंसू झलक रहे थे।वो मुजमे अपना परिवार ढूंढ रही थी। जो परिवार उसका खो गया था।

मैं वहा से निकला गया। अपनी गाड़ी गरैज में ठीक करवाई। ओर घर आ गया।

घर आने के बाद मुझे नींद नहीं आई। मैं सोचता रहा लोग कैसे कैसे होते है। औरत को लोग अपना हुकूमत समझते हैजो में में आए करते है फिर डायन बता देते है।

औरत जितने दर्द सहन करती है पुरुष उन दर्दों पर नमक छिड़क देता है। जिंदगी भर उहि संघर्ष करती रहती है और संघर्ष के बदले में उनको क्या मिलता है ताने"

चाहे समाज कितना भी पढ़ा लिखा हो जाए।पर कहीं ना कहीं औरतों के लिए उनके दिमाग में छोटी सोच होती है।दहेज हो घरेलू हिंसा रेप ओर छेड़छाड़ जैसी गलत कामो की खुद पहल करता है और अगर कोई रोकने की कोशिश करता है तो उसे भी रोक दिया जाता है।

"पहले को हुए सो हुआ। अब तो इस किस्मत को बदल सकती हो ना तुम। मैंने गंभीर भाव से कहा"

तुम मानती हो किस्मत अच्छी नहीं थी और तुम नाबालिग थी उस समय।इसलिए समझ ही आया तुमको की करना क्या है।

ऐसे ही समाज में अत्याचार होता है। औरतों पर ओर वो सहन करती है

कई तो आत्महत्या भी कर लेती है। काई मानसिक बीमार हो जाती है।पर ऐसी रोकथाम तो हमे खुद करनी चाहिए।

और तुम्हारी उम्र ही कितनी हुई है 18 साल बस। अभी तो तुम में समझने की शक्ति आई है।तुम अबला नहीं हो।खुद की रक्षा करना सीखो।

मैं तुम्हे नहीं जानता।पर आज कहानी सुनकर लगा।तुमने ज़िन्दगी में हार मान ली। ओर इस सुनसान इलाके में छुपकर रह रही हो। अगर चाहती ना तो तुम पढाई करती आगे बढ़ने की कोशिश करती तुम पर हुए अत्याचार को रोकती।

पर नहीं कर सकी तुम।

क्या करती मैं।उसके आंखो मैं आंसू आरे थे। काई बार समाज के साथ चलना पड़ता है। मा बाबा भी समाज के पीछे भागे ओर मेरी ज़िन्दगी खराब करदी।

तुम मेरे साथ चलो।शहर वहा पढ़ाई के साथ मैं कोशिश करेगा कि तुम्हे आगे बढ़ा पाऊं।

मुझे तुम में मेरी छोटी ओर मासूम बहन दिखीं।मैं चाहता हूं मैं अनजान एक भाई का फ़र्ज नी भाऊ।

नहीं नहीं।ये समाज है हमारा। हमारा ऐसे संबंध को गलत मानता है।

एक अनजान औरत ओर पुरुष को अवैध संबध मानता है। बेशक आप मुझे अपनी बहन मानो।फिर भी समाज गलत समझता है।

चलिए रात बहुत हो गई। आप सो जाइए। मैंने कमरे में बिस्तर लगा दिया आपका।

वो कहकर चली गई। मैं अपने बिस्तर पर चला गया।सोचते सोचते ना जाने कब आंखे लग गई।पता ही नहीं चला।

सुबह हो चुकी थी।मैं उठा। बारिश भी नहीं आरी थी।

चाय ली जिए। उसने कहा।मैंने चाय का प्याला उठाया।

तुम मुझे भाई बोलो।मैंने मुस्कुराते हुए कहा। वैसे भी मैं तुमसे बड़ा हूं। और मेरी कोई बहन भी नहीं है छोटी।

अच्छा अब जाने का समय हो गया मैं चलता हूं। आसपास गाड़ी भी ठीक करवानी है। मैंने कहा।

मैं हाथ मुंह धोकर जैसे ही दरवाजा खोलकर बाहर निकला आवाज़ आई पीछे से। भैया।

मैंने पीछे मुड़कर देखा।वो दरवाजे पर खड़ी थी। मैं मुस्कुराइए वाह छोटी तुमने भाई बोला मुझे।

भैया। आप सब जैसे नहीं हो।आप अलग हो सबसे। काफी याद आए तो मिलने आ जाना मुझसे।

हा आउगा छोटी ओर तुम अपना ध्यान रखना। बाय

मैंने उसके सर पर हाथ फेरा।उसकी आंखो में खुशी के आंसू झलक रहे थे।वो मुजमे अपना परिवार ढूंढ रही थी। जो परिवार उसका खो गया था।

मैं वहा से निकला गया। अपनी गाड़ी गैरेज में ठीक करवाई। ओर घर आ गया।

घर आने के बाद मुझे नींद नहीं आई। मैं सोचता रहा लोग कैसे कैसे होते है। औरत को लोग अपना हुकूमत समझते हैजो में में आए करते है फिर डायन बता देते है।

मन तो करता है उसकी मदद करने का उसे किसी NGO में दाखिला करवा दू।पर उसने भी सच कहा था कोई अनजान पुरुष किसी औरत की सहायता करता है तो लोग उसे अवैध संबंध की शक से देखते है।

ना जाने कदम अपने आप रुक जाते है वो बचपन से इतने दर्द झेल रही है संघर्ष करती आई है।आगे भी वो डटकर ओर निडर रहकर संघर्ष करेगी।

अगले दिन मैंने उठते ही जल्दी से तैयार हुआ। ओर आस पास के दोस्तो से NGO के बारे में पूछा। दो दिन में एक NGO मिला जो बेसहारा औरतों को पढ़ता है और पैरो पर खड़ा करता है।

मैंने वहा जाकर बात की ओर सारी बात बता दी अगले दिन ही टीम उसके घर गई और NGO ले आई

आज वो अपने मुकाम पर है पढ़ रही है साथ ने अपने पैरो पर खड़ी है। मैं NGO से उसके बारे में पूछता हूं कभी भनक नहीं होने दी ये सब मैंने किया था। क्यूंकि वो शायद अहसान नहीं मानेगी। और मैंने अनजान भाई बनने का रिश्ता निभाया।

कहानी का अंक यही खत्म होता है। कहानियां कभी खत्म नहीं होती वो चलती रहती है केवल पात्र खत्म होते है और एक स्त्री का संघर्ष जीवन भर चलता रहता है।

लेखक के बारे में

विनोद कुमार मिश्र सम्प्रति बेसिक शिक्षा विभाग, उत्तर प्रदेश में पिछले 25 वर्षों से अध्यापक हैं। अध्यापन के क्षेत्र में प्रशंसनीय योगदान हेतु इन्हें राज्य स्तरीय मीना रत्न पुरस्कार एवं राज्य अध्यापक पुरस्कार से सम्मानित किया गया है। स्टोरीमिरर के पिछले प्रकाशन विद्यार्थी जीवन एवं बुक ऑफ लव पुस्तक में इनकी कविता / कहानी प्रकाशित है। हिन्दी साहित्य में उल्लेखनीय योगदान हेतु स्टोरीमिरर द्वारा इन्हें लिट्रेरी कर्नल की उपाधि प्रदान की गई है। इनकी स्वरचित-प्रकाशित पुस्तक हँसता बचपन पाठकों में अत्यधिक लोकप्रिय है।

अतिसंवेदनशील सफर

-विनोद कुमार मिश्र

बात उन दिनों की है जब सरकारी बसें ही सुदूर यात्रा का संसाधन हुआ करती थीं।

भीषण शीतलहरी के साथ सायंकाल का समय था। बस के इंतजार में घंटों ताकझांक करने के बाद रावर्ट्सगंज बसड्डे के बाहर आकर ब्रीफकेस लटकाए हुए अट्ठारह वर्षीय अज्जू अपने गंतव्य स्थल मीरजापुर के लिए प्राइवेट कारों की ओर आशा भरी निगाहों से हाथ लहराते हुए आवाज लगाता कि... क्या आप मीरजापुर की ओर जा रहे हैं? बहुत से ड्राइवर उसे अनदेखा कर अपनी ही धुन में रफ्तार बढ़ाकर निकल गए। तभी एक कार उसके पास आकर रुक गई। उसमें सवार एक व्यक्ति ने आवाज लगाई कि मीरजापुर, मीरजापुर ...।

अज्जू दौड़कर ड्राइवर के पास पहुंचा और बोला कि आप कितना किराया लेंगे? ड्राइवर ने कहा कि जो बस का किराया होता है उतना ही आप दे दीजिएगा। तभी पीछे बैठे एक व्यक्ति ने दरवाजा खोला और अज्जू झट से जाकर सीट पर बैठ गया। बैठने के बाद उसका ध्यान अन्य सवारियों पर गया तो देखा कि ड्राइवर सहित उसमें कुल चार लोग पहले से ही बैठे थे। जो आपस में अनभिज्ञ बने हुए थे। लगभग तीन किलोमीटर सफर तय करने के बाद उनका सन्नाटा टूटा और एक ने कहा निकाल यार दो पैग हो जाये। फिर चारों ने पैग चढ़ाना शुरू किया। अज्जू का भ्रम अब टूट गया था कि कार में बैठे अन्य लोग भी उसी की तरह सवारी ही हैं। वह भयभीत हो गया था ...।

उन दिनों रावर्ट्सगंज से मीरजापुर रोड पर मड़िहान थाने से बरकछा तक घने जंगल हुआ करते थे। जहाँ हत्या और लूट की सनसनीखेज घटनाएं आम हुआ करती थीं। अज्जू यह सोचकर डर गया था। उसके मन में अनेकों विचार लहरों की तरह उठते-गिरते रहे। इसी बीच कार मड़िहान थाने के करीब पहुंच गई। अज्जू ने लघुशंका के बहाने कार रुकवाई। सामने उसे एक विद्यालय दिखाई दिया। जिसे देखकर उसके मन में एक नयी युक्ति ने जन्म लिया और वह कार ड्राइवर के पास पहुंचकर उसे मीरजापुर तक का किराया देते हुए बोला कि आप लोग जाइए मैं आज यहीं पर अपने पिताजी के पास रुकूंगा, जो कि इसी विद्यालय में अध्यापक हैं।

यह सुनते ही कार ड्राइवर एवं उसके अन्य साथियों के चेहरे पर पल भर के लिए सन्नाटा सा छा गया था। फिर वे कहने लगे कि आप तो मीरजापुर चलने के लिए बैठे थे। आइए बैठिए, हम आधे घंटे में आपको मीरजापुर पहुंचा देंगे। जो अज्जू अब तक बिल्ली बनकर उन चारों के साथ येनकेन प्रकारेण सफर कर रहा था। वही अब शेर बनकर कार के बगल में खड़े होकर ऊँची आवाज में कहने लगा कि मैंने मीरजापुर तक का आपको किराया दे दिया है और अब मुझे अपने पिताजी के पास ही रुकना है। इसलिए आप लोग अब जा सकते हैं। बगल में स्थित थाने के कुछ सिपाही सड़क पर चहलकदमी कर रहे थे, जो सड़क पर उसकी ऊँची आवाज सुनकर कार की ओर बढ़ने लगे। इतने में कार वहाँ से रफूचक्कर हो गई। सिपाहियों ने अज्जू के पास आकर जब पूछा कि क्या बात थी? तब अज्जू ने सारी दास्तान एक एक कर उनको बताई। यह सुनकर सिपाहियों ने कहा कि आपने बहुत ही सूझबूझ से सही निर्णय लिया है। किंतु, भीषण शीतलहरी में रात के नौ बज चुके हैं और आगे घना जंगल है, इसलिए आप थाने पर ही विश्राम कीजिए तथा सुबह बस से चले जाइएगा। अज्जू ने यह कहकर उनकी हाँ में हाँ मिलाया कि यदि रात दस बजे वाली बस मिल जाएगी तो मैं चला जाऊँगा अन्यथा आपके संरक्षण में थाने पर ही रात गुजारूँगा।

तभी रात के करीब दस बजे बसड्डे के समक्ष जब सरकारी बस आकर रुक गई तब अज्जू ने उन सिपाहियों से, जो घंटे भर से उसकी सुरक्षा हेतु चिंतित थे, का आभार व्यक्त किया और उनसे अनुमति लेकर बस में बैठ गया। बस में बैठकर उस विद्यालय के प्रति भी उसने कृतज्ञता ज्ञापित करते हुए भविष्य में शिक्षक बनने का संकल्प लिया। समय के साथ ईश्वर ने उसकी मुराद पूरी कर दी। अब वह निष्ठापूर्वक अपने अध्यापन कार्य में सतत संलग्न रहकर छात्र जीवन के सुरक्षित सफर हेतु उनके जीवन कौशल को विकसित करने में आज भी अग्रसर है ...।

लेखिका के बारे में

पद्मा वर्मा (नीमा) सेवानिवृत्त हिन्दी शिक्षिका हैं। इन्होंने जमशेदपुर से हिन्दी साहित्य में स्नातक (प्रतिष्ठा) तथा स्नातकोत्तर रॉंची से किया है।भारत के विभिन्न क्षेत्रों पटना, गुवाहाटी, लखनऊ, चेन्नई एवं पुणे में कार्यरत रही हैं। इनकी रुचि लेखन, संगीत, नृत्य (विशारद-कथक नृत्य) और नये व्यंजन बनाने में है।

इन्हें अपने कार्य-काल में पढ़ाने के साथ नृत्य, नाटक लिखने और सिखाने, कविता, भाषण आदि से विद्यार्थियों को मंचित कराने की अभूतपूर्व अनुभूति हुई है। आज सेवानिवृत्त होने के बाद भी शिक्षण और लेखन प्रक्रिया से जुड़ी हैं। भारत के बेहतरीन तीन प्लैटफॉर्म पर नियमित लिखा करती हैं। इन्हें स्टोरीमिरर से लिटरेरी कैप्टन की उपाधि मिली है। इन्हें विभिन्न मंचों से बहुत सारे प्रशस्ति पत्र मिलें हैं। स्टोरीमिरर ऑनलाइन काव्य पाठ सीजन 1 में इनका द्वितीय स्थान रहा है। द फेस ऑफ इंडिया साहित्यनामा तथा ई बुक में इनकी कविताएँ प्रकाशित हैं।

इन्होंने जीवन की पगडंडियों से गुजरते हुए अपने शिक्षिका जीवन, सामाजिक, पारिवारिक अनुभवों को अपनी कविता, कहानियों में समेटने की कोशिश की है। इनका विश्वास है-"इच्छा और लगन हो तो, सीखने-सिखाने तथा कलम चलाने के लिए उम्र और परिस्थितियॉं कभी आड़े नहीं आ सकतीं। सफलता खुद ब खुद रास्ता दिखाती चलती है।"

अपनापन–पाखी की वापसी

-पद्मा वर्मा (नीमा)

बालकनी में गमले के पीछे इक्ट्ठे तिनकों को देख मैं घबरा गई। कहीं घर न बना ले। मैंने उधर साफ-सफाई करवा दी। कभी-कभी वह कमरे के अन्दर घुस आती। ऐसे निडर होकर चलती जैसे उसका अपना घर हो। घर भी गंदा कर देती। बालकनी का तो कहना ही क्या? रोज धोना पड़ जाता था।

मैंने भी ठान रखी। उसे घर में घुसने न दूँगी। बालकनी का दरवाजा बंद रखती। बालकनी रोज धुलवा भी देती। फिर भी वह चक्कर काटती रहती। कुछ दिन तक बालकनी शान्त दिखने लगा तो, मैं निश्चिंत हो गई कि, चलो अब घर साफ-सुथरा लगेगा।

पर, यह क्या वह शांत हुई क्या?

नहीं......

कुछ दिनों बाद, मैंने देखा कि शू-रैक पर अंडे पड़े हैं। अब मैं कुछ नहीं कर सकती हैं। इस स्थिति में किसी की सेवा करना तो बनता था और प्यार, प्यार तो होना ही था। बस मैं लग गई उसकी सेवा-सुश्रुषा में। ऐसा करते हुए उससे अनजाना सा 'अपनापन ' हो गया।

रोज रखने लगी दाना-पानी। कबूतरी अंडे पर बैठी रहती। जब मैं जाती तो वह उड़ जाती। रात-दिन मुझे अंडे की चिंता सताने लगी। कहीं वह गिर कर टूट न जाए। रात में भी कभी भागी-भागी देखने आती,अंडे तो ठीक हैं न। कुछ दिनों बाद एक बच्ची निकल आई। बहुत ही प्यारी सी। मैंने अपना दाना-पानी देना जारी रखा। धीरे-धीरे बच्ची बड़ी होने लगी। अब उसने उड़ना भी शुरू कर दिया। उसके उड़ने से खुशी तो हो रही थी मुझे,पर साथ साथ बहुत चिंतित भी थी। कहीं वह छह माले से गिर न जाए। अब तो मैं सपने में भी देखने लगी कि वह गिर गई है और मेरी नींद टूट जाती।दौड़ कर उसी समय जाती देखने। सब ठीक देख निश्चिंत हो जाती। धीरे-धीरे समय निकलता गया। मैंने उसका नाम 'पाखी' रखा।

मैं जब पाखी बुलाती तो वह हिलने लगती। उसके हाव-भाव से लगने लगा कि वह भी मुझे पहचानने लगी है। दाना-पानी का कार्यक्रम चलता रहा। अब कुछ ज्यादा ही

रखने लगी थी क्योंकि माॅं-बेटी दोनों खाया करती थी। अच्छे पकवान नमकीन या मीठा उन्हें पसंद नहीं आता था। वे उन्हें चख कर छोड़ देतीं। रोज का चावल के दाने ही स्वादिष्ट भोजन था उनके लिए।

समय निकला। अब वह ऊँची उड़ान भरने लगी थी। माॅं कबूतरी ने आना छोड़ दिया। मैं भी निश्चिंत हो गई कि अब वह गिर नहीं सकती।

एक दिन मुझे कुछ ' अपनेपन' की आहट सी महसूस हुई। मैंने देखा, पाखी के साथ माॅं भी थी। मैं बहुत दिनों बाद उसकी माॅं को देख खुश हुई। पर, वे दोनों कुछ उदास सी दिख रही थी। ध्यान से देखा तो पता चला कि माॅं कबूतरी के पैर में चोट आई है। मैंने उसकी मरहम पट्टी कर दी। दाना-पानी भी रख दी। दो दिन तक दोनों माॅं बेटी कहीं नहीं गई।

मैंने भी उनका बहुत ख्याल रखा। मुझे लगा, कोई परिवार का व्यक्ति ही घायल हुआ है। गजब सा अपनेपन का भाव महसूस हो रहा था।

तीसरे दिन माॅं कबूतरी कहीं चली गई। पाखी आती-जाती रहती। मैं भी निश्चिंत रहकर बराबर उसे आते-जाते देखती रहती। खाने-पीने का तो ख्याल रखना तो मेरा धर्म, फर्ज बन गया था क्योंकि वे अब परिवार में शामिल हो गईं थीं।

एक दिन मैं रात में दाना-पानी देने गई तो पाखी नहीं आई थी। मुझे चिंता हुई,फिर, मैंने सोचा कि बच्चों की बात याद आई कि मैं फ़ालतू में मैं चिंता करती हूॅं। ठीक ही होगी पाखी। पर, यह क्या दूसरे, तीसरे दिन भी नहीं आई। लगभग दस-बारह दिन वह नहीं आई तो मेरा मन विचलित होने लगा। कहीं उसे कुछ हो न गया हो। फिर अपने मन को समझाया मेरे बच्चे भी नौकरी के सिलसिले में दूसरे शहर जाते हैं। लगता है, वह भी चली गई।

इसी उधेड़बुन में थी कि, बेटी का फोन आया। तुम्हारी पाखी कैसी है? मैंने बोला-पाखी की दूसरे शहर में नौकरी लग गई है। वह चली गई।

पाखी के जाने के बाद घर में दूसरी बार सूनापन छा गया। पहली बार जब बच्चे गए और दूसरी बार पाखी के जाने के बाद। लगा कोई अपना 'दिल का करीबी' चला गया हो।

अब मुझे घर में मन ही नहीं लगता। हमेशा उसकी चिंता लगी रहती। ईश्वर से प्रार्थना

करती। जहाँ कहीं भी हो, बच्चों की तरह, वह भी अपने जीवन में खुश और आबाद रहे।

एक दिन पतिदेव तबियत खराब थी। बच्चे पहुँच गए थे। हम सब अस्पताल निकल रहे थे तो देखा कि, पाखी भी पहुँच गई थी। मुझे आश्चर्य हुआ। पक्षी होकर भी उसे इस कठिन परिस्थिति का एहसास हो गया। ये 'अपनापन' नहीं तो और क्या है? अब अक्सर ऐसा होने लगा कि शनिवार, रविवार को पाखी आती रहती। बच्चों के साथ-साथ हर छुट्टी में पाखी का भी इंतज़ार होता। भावानात्मक रूप से जड़ी गई है पाखी। अपने परिवार की सदस्य बन गई है पाखी।

एक दिन सुबह-सुबह पाखी को देख पतिदेव से कहा, देखिए, आज पाखी आई है। मुझे आश्चर्य हुआ। आज शनिवार, रविवार भी नहीं है, तो पाखी कैसे आ गई? पतिदेव ने कहा-आज ईद की छुट्टी है......

पाखी की वापसी हो गई है......

'अपनेपन' का सबूत उसने दे दिया है।

लेखक के बारे में

अमित कुमार मल्ल एक सरकारी सेवक होने के साथ साथ 1983 से साहित्य सृजन में लगे है। कहानी, कविता, लघुकथा और लेख, सभी विधाओं में सक्रिय है। इनकी कहानी की 2, लोककथा की 1 और कविता की 5 पुस्तके प्रकाशित हो चुकी है। इन्हे उत्तर प्रदेश हिंदी संस्थान, भाषा संस्थान, राज्य कर्मचारी संस्थान आदि द्वारा पुरस्कृत किया जा चुका है। इनकी एक किताब की अंग्रेजी और एक किताब का पंजाबी में अनुवाद हो चुका है। इनकी एक रचना और एक लेख दो विश्वविद्यालयों के पाठ्यक्रम में है। इनकी कहानियों में पात्र आम जीवन के है, जो पाठक को बांधे रखती है।

दवा

-अमित कुमार मल्ल

पूर्वी उत्तर प्रदेश के एक पिछड़े क्षेत्र होने के बाद भी, मेरे गांव में बाजार थी, साप्ताहिक नही परमानेंट। सोमवार और शुक्रवार को, साप्ताहिक बाजार लगती है। किन्तु, लगभग 50 से अधिक दुकाने परमानेंट है, जो सुबह 8 बजे से लेकर सूर्यास्त तक खुलती है। इनमें जनरल मर्चेंट, मिठाई, कपड़े, चाय पकौड़ी, डाक्टर आदि की है। इन डॉक्टरों मे कोई एम बी बी एस नही है, कुछ कम्पाउंडर थे और एक दो स्व ज्ञान प्राप्त करने वाले डॉक्टर थे। यह दुकाने मेरे गाँव के अतिरिक्त 5-6 गाँव की छोटी जरूरते पूरी करती है।

ख्वाबो के शहर इलाहाबाद में प्रतियोगी परीक्षाओ की तैयारी के लिये सालों साल घिसने के बाद, फिर से हौसला बटोरने व खर्चा लेने के लिये घर आता हूँ। छुट्टी में, इलाहाबाद से आने के बाद, मैं भी चाय पकौड़ी की दुकान पर, शाम के 2 घण्टे बिताता।जहाँ अखबार पढ़ता, प्राथमिक पाठशाला के सहपाठियों के साथ क्षेत्र जवार की खबरे सुनता, गप्प करता।

अमूमन मैं साल में दो तीन बार गांव आता। हर बार, चाय की दुकान का एक शग़ल रहता, केकर दुकान चटकल बा।अर्थात किसकी दुकान अधिक चल रही है। पिछले 2बार से यही पता चलता कि डॉक्टर बिलास क चटकल बा। डॉ बिलास ने अनौपचारिक शिक्षा नही ली थी, उनका ज्ञान पैतृक रूप से उन्हें मिला था, उनके पिता जी अपने समय मे किसी एलोपैथ डॉक्टर के कंपाउंडर थे। उनका डॉक्टरी ज्ञान उनके पिता जी से उनको मिला था।

मेरे गाँव के निकटवर्ती तहसील मुख्यालय वाले कस्बे में मेरा एक मित्र रहता है, वह एम बी बी एस पास डॉक्टर है। मैं जब छुट्टियों में घर आता तो उससे कस्बे जाकर मिल लेता। यदा कदा वह भी मुझसे मिलने मेरे गाँव आ जाता। इस बार वही आया। शाम को बाजार में चाय की दुकान पर चर्चा चल रही थी। तभी बात आई डॉ बिलास क खूब चलत बा। उसे यह भी पता चला कि बिलास बिना पढ़े डॉक्टर है। कोई उन्हें झोला छाप डॉक्टर बताने लगा, तो किसी ने कहा “यदि फायदा न होता, तो लोग आते क्यो? “आदमी एक बार मूर्ख बना सकता है, बार बार नही।”

“कोई जबरजस्ती तो बिलास के पास नहीले जाता है। फिर गांव की पी एच सी पर

एक एम बी बी एस डाक्टर भी तो, बैठता है। फिर भी लोग बिलास के पास जाते हैं।"

मेरे एम बी बी एस मित्र को शायद मानसिक चोट लगी। उन्होंने मेरे कान में बिलास की कार्य प्रणाली जानने के लिए बिलास के दुकान पर चलने को कहा।

मैंने कहा "ठीक है लेकिन वाद विवाद नही। तुम चुप रह कर ऑब्ज़र्व करोगे।"

उसने कहा "बिल्कुल, मैं चुप रहूंगा। तुम मेरी पहचान भी मत बताना। बस, मैं देखना चाहता हूं कि उसका दवाखाना चलता क्यो हैं।"

मैं बोला "चलता हूं।"

हम दोनों बाजार में इधर उधर घूम कर बिलास की दुकान पर पहुंचे। बिलास ने चाय मंगवाई, बोला "बइठल जा। तनी मरीजन निपटा देइ।"

"बिल्कुल। हमन क त गप्पीआवे के खातिर आइल बानी जा।" मैं बोला।

और हम दोनों किनारे बैठ कर ऑब्ज़र्व करने लगे। 4-5 महिला मरीज थी। बिलास अधिकतर को कैप्सूल व टॉनिक दे रहा था। दोनों नाम रहित थे। जब मरीज चले गए तो हम लोगो ने पूछा "बिना नाम का कौन कैप्सूल देते हो? उनका नाम कैसे याद रहता है?"

बिलास ने अपनी कुर्सी खिंच कर, पास करते हुए बोला "कैप्सूल में ग्लूकोज है, जो मैं ही भरता हूँ। टॉनिक में भी ग्लूकोज़ व हल्का खाने वाला रंग है।"

"फिर फायदा कैसे होता है।" मैं बोला।

बिलास बोला "आप लोगो ने देखा, अधिकतर मरीज शादी शुदा महिलाएं है, जिनके पति मुंबई या दुबई या कही बाहर रहकर कमाई करते है। पति के दूर रहने से घर पर यह महिलाएं परेशान रहती है। परिवार वालो से टकराहट होती रहती है। पति के अनुपस्थिति में पूछ भी कम हो जाती है। खाने में भी कमी शुरु हो जाती है। ऐसे में महिलाएं हताश, निराश, बीमार हो जाती है। पति जब आता है तो इनकी पत्नियां खुश हो जाती है। पति कमाकर पैसा लेकर आता है। पत्नी का महत्व बढ़ जाता है। पति को यह दिखाना होता है कि वह पत्नी को प्यार करता है। वह खूब खिलाता पिलाता है, वह यहाँ दिखाने लाता है। ऐसे में ग्लूकोज़ वाले कैप्सूल व टॉनिक महिलाओं को सूट करते हैं। महिलाओं व उनके पति को लगता है कि दवाएं फायदा कर रही है।"

बिलास मुस्करा रहा था, और हम दोनों एक दूसरे को देख रहे थे।

लेखक के बारे में

अनिल कुमार जसवाल जिला ऊना हिमाचल प्रदेश के रहने वाला है। उनकी लेखन यात्रा संपादक को पत्र से शुरू हुई। सौभाग्य से वो अधिकतर छपने में कामयाब हुए। फिर उन्होंने रूख कविताओं की ओर किया। वे दोनों भाषाओं हिंदी और अंग्रेजी में लिखते हैं। आज उनके पास लगभग 4000 कविताओं का संग्रहालय है। उनकी कवीताओ की तीन पुस्तकें शीर्षक "इंद्रधनुष", "सबरंग", "मानवता नहीं हारेगी" छप चुकी है। दो किताबें छप रही हैं। वे लगभग 35 किताबों में सहलेखक हैं। उन्होंने कुछ कहानीयां, गीत और लघु नाटिकाएं भी लिखी हैं। उनकी लेखनी को पुरुस्कृत भी किया गया है। एक लेखनी पोर्टल द्वारा "स्टार परफोर्म आफ द वीक" भी घोषित किया गया है। अब वो इस यात्रा को आगे लेकर जाना चाहते हैं। उम्मीद है पाठकों का प्यार बना रहेगा।

वो चली गई

-अनिल कुमार जसवाल

जबन एक सरकारी कर्मी था। दफ्तर में 35 साल काम करने के बाद रिटायर हुआ। वहीं शहर में बस गया। उसके दो बेटे थे। दोनों बहुत सेवा भाव वाले थे।मां बाप की बात को पत्थर की लकीर समझते थे। उसकी पत्नी रगी और जबन ने जिंदगी में बहुत मेहनत की थी। तब जाकर दोनों बेटों को अच्छी तालीम दे पाए।एक दिन दोनों अफसर बने। लेकिन जबन और उसकी पत्नी रगी ने हमेशा खुद कम खाया। और अपने दोनों बेटों को दबा के खिलाया। उनकी हर छोटी से छोटी इच्छा पुरी की। लेकिन इसी दौरान वो अपना ख्याल न रख पाए। और घिसट घिसट के जिंदगी जीते रहे। यहां तक अगर बिमार हुए।तो इलाज भी नहीं करवाया। इस कारण शरीर में कई विकार पड़ गये थे।वो अब काटने को दौड़ रहे थे। लेकिन एक सांत्वना थी। कि दोनों बच्चे अपने पांव पर अच्छे से खड़े हो गये थे। एक दिन जबन की पत्नी रगी बिमार हुई।उसने स्थानीय स्तर पर डाक्टरों को दिखाया। लेकिन कोई आराम न आया। आखिर वो बड़े अस्पताल बड़े शहर में ले गया। वहां उसकी पत्नी का टेस्ट हुआ। तो उसे लियुकैमिया निकला। पहले तो जबन इलाज करवाता रहा। लेकिन लियुकैमिया जैसी बिमारी के इलाज के लिए नोटों को गड़रियां पर गडरियां लगने लगी। उधर फर्क कोई न पड़े। एक दिन हालत सुधरे तो दुसरे दिन फिर बिगड़ जाए। आखिर समय आ गया। कि जबन का बैंक खाली हो गया। संपति बेचने का सोचने लगा। तो पत्नी ने मना कर दिया। ये बोलकर-कि मैं बुजुर्ग हूं। अब एक दिन तो जाना ही है। कोई फायदा नहीं होने वाला। लगता है बुलावा आने वाला है। आखिर रगी को जबन ने एक चैरिटेबल अस्पताल में दिखाना शुरू कर दिया। लेकिन हालत दिन प्रति दिन बिगड़ती जा रही थी। आखिर एक रात साढ़े तीन बजे रगी दुनिया छोड़कर चली गई। अब जबन अकेला था। उसके दोनों बेटे बाहर काम करते थे। लेकिन उसको कोई भी बिमारी नहीं थी। वो जब भी मंदिर जाता तो भगवान के आगे एक बात बोलता-हे भगवान! उसकी जगह मुझे उठा लेता तो तेरा क्या जाता। या फिर हम दोनों को इकट्ठा ही उठा लेता। अब अकेले तेरी दुनिया में दिल नहीं लगता।

लेखक के बारे में

श्री शांति प्रकाश, दिल्ली विश्वविद्यालय से एम.एस.सी. केमिस्ट्री, और एलएलबी कर पेशे से एक वकील हैं। ज़िंदगी के सफ़र में उनकी प्रोफेशनल लाइफ के दौरान उन्हें कई बार ऐसे मौके मिले जहाँ ह्यूमन रिलेशन्स में उनकी जरूरतों और मानव अधिकारों के उल्लंघन ने उनके मन पर कहीं बहुत गहरी छाप छोड़ दी।

उनके लिए हर सुबह आत्मनिरीक्षण का समय होता, जब मानवीय संबंध और प्रकृति एक दस्तक देती, विचार, शब्दों और वाक्यों में परिवर्तित होते और देखते ही देखते कहानी / कविता जन्म ले लेती। प्रकृति के प्रति प्रेम उनकी जीवन शैली है जो उनकी स्टोरीमिरर पर उपलब्द्ध कहानी / कविताओं में झलकता है। वो अपनी कलम से सूर्यास्त से सूर्योदय की पहली किरण तक, शब्दों से अंधकार के साम्राज्य को, एक फ़लसफ़ा बना-दिल की धड़कन को शब्दों में बयां कर, हर बार एक नई ज़िंदगी की दास्तान लिखते हैं जो एक कहानी / कविता के रूप में आप के सामने प्रस्तुत होती है।

साझा-लिफाफा

-शांति प्रकाश

मक्की के आटे और सरसों का साग का स्वाद तो शायद ज़िंदगी में कभी आपने भी ज़रूर लिया होगा। अपने देश के अलग-अलग प्रांतों में कहीं इसे छल्ली, कहीं इसे भुट्टा, और कहीं-कहीं इसे मक्का भी कहा जाता है। भूनी हुई छल्ली बड़ी स्वादिष्ट होती है। गर्मियों के मौसम में गली-नुक्कड पर भुट्टे की रेहड़ी लगी आपको मिल जाएगी। बारिश के मौसम मे तो भूनी छल्ली खाने का अलग ही मज़ा आता है। हाँ यह अलग बात है की पिक्चर हॉल में, पॉपकॉर्न खाने का भी एक अलग ही मज़ा है, जो और भी बढ़ जाता है जब कोई साथ हो, और पॉपकॉर्न का लिफाफा साझा हो। सुना है कॉर्न को एक कोलेस्ट्रॉल फाइबर माना जाता है, जो दिल के मरीज़ो के लिए बहुत अच्छा है।

मेरे लंच का टाइम हो गया था, पर मैं आज अपना खाना नहीं लाया था। सोचा चलो आज नीचे कुछ खा पी लेते हैं। जैसे ही ऑफ़िस से उतर कर नीचे की ओर जाने लगा, हल्की सी बौछार के बाद प्यारी सी खिली हुई धूप बहुत अच्छी लग रही थी। अचानक दाईं तरफ निगाह पड़ी, पार्किंग के पास, पार्क के गेट पर एक आंटी जी भुट्टा भून रही थी। इतने में एक दोस्त की आवाज़ आई, रहेन।!

हेलो.... मोंटी

मोंटी बोला.... आ-जा लंच करते हैं,

मैंने कहा-नहीं यार, आज लंच लाया नहीं, भुट्टा खाने का मूड है

O.K. See you, अच्छा मिलते हैं

और मैं धीरे कदमों से पार्क के गेट की तरफ चल दिया जहाँ, आंटी जी, छल्ली भून रहीं थी।

दुकान के नाम पर, एक कच्चे कोयले का थेला, एक छल्ली का बड़ा थेला, छैं ईटें-जिसमे से दो पीछे, दो दाएँ और दो बाएँ ओर, बस इनके बीच ईटों पर एक जाली रखी थी और उस पर रखे कुछ कच्चे कोयले जो जल कर लाली और आंच दे रहे थे, कच्ची छल्ली को भूनने के लिए।

मैं सोचने लगा इनसे पूछूं... आप यह काम कब से कर रही हो। पर अनजाने में पूछना शायद ठीक नहीं लग रहा था...

जैसे ही मेरे से पहले आये ग्राहकों से वो निबटी, मैने कहा आंटी जी एक अच्छी सी छल्ली खिला दो

वो बोली, यह 10 की है और यह 15 की, कौन सी दूँ, पहले बताना ठीक है ना, आजकल महँगाई जो हो गई है

आपको जो ठीक लगे

मेरे पास तो सब ठीक है, ख़राब थोड़े लाएंगे, यहाँ कई बच्चे-बूढ़े तो यही खा कर दिन का गुजारा कर लेते हैं,... हूं..., हम जानत हैं! आप बोलो कितने वाली दूँ

15 वाली दे दो।,

यहीं काम करते हो या किसी से मिलने आये हो...?

मैंने कहा नहीं आंटी जी...मैं तो यहां कंपनी में काम करता हू, इंजीनियर हू, कभी कभी कुछ कविता कहानी भी लिखता हूँ, पर खाना खाने के लिए मैं रोज़ यही आता हूं। पहले भी देखा है आप को यहां। आप लोग क्या यहीं रहते हैं। अंकल क्या करते हैं?

मेरा इतना कहते हैं आंटी ने मेरी तरफ बड़ी घूरती हुई आंखों से देखा और बोली, क्यों मेरे चेहरे पर लिखा है क्या?

मैंने पूछा आंटी आप नाराज़ क्यों हो रहे हो मैंने तो ऐसे ही पूछा अंकल क्या करते हैं?

मैं भी तो यही पूछ रही हूं, मेरे चेहरे पर से लग रहा है कि मेरा खसम भी है! मेरे चेहरे पर लिख रखा है कि मैं शादीशुदा हूं! मैंने तो बिंदिया भी ना लगा रखी, मैंने तो सिंदूर भी ना लगा रखा, तुमने कैसे पूछा, अंकल क्या करते हैं?

मैंने कहा आंटी सॉरी सॉरी माफ़ कर दो ग़लती हो गई

हां ग़लती हो गई ना! छोड़ गया वो... छोड़ गया 3 साल पहले। मैं क्या करती। दारू पी कर मारे था मुझे। मैंने कहा... निकल... निकल जा यहां से... नहीं तो रिपोर्ट करा दूंगी पुलिस में। डर के मारे भाग गया। अंकल की बात करो तुम...

मैं थोड़ा सा स्तब्ध था। आंटी अपने आंचल से शायद, आँसू पोंछ रही थी, जो धुएँ से निकले थे या किसी याद की चुभन से। फिर अपने थैले में से एक छोटा सा शीशा

निकाला और अपना चेहरा उसमें देख वापस रख दिया। इतने में कोयले की आंच धीमी पड़ने लगी थी और आंटी फिर अपने मुंह से ही हवा देकर आंच तेज़ करने लगी। कुछ धुआँ चेहरे पर जमने लगा। सुबह से कितनी बार ऐसे किया होगा की उनके चेहरे पर धुएँ की एक परत सी जम गई थी।

मेरे लिए छल्ली भूनते-भूनते आंटी बोली, तुम्हारे चेहरे पर तो कुछ दिखाई नहीं दे रहा, शादीशुदा हो क्या?

मैने कहा... जी हाँ

आंटी बोली, कर ली थी या हो गई थी।

इस सवाल तैयार नहीं था। मेरे से रहा नहीं गया, मैने पूछ लिया इस का क्या मतलब...

मेरी और देख, वो बोली, प्यार करने और हो जाने का फर्क समझते हो या नहीं... बस यही फर्क होता है...

लंच टाइम खत्म होने को था इसलिए आंटी के पास फिलहाल कोई और ग्राहक नहीं था। बात समझ, मैं हिम्मत कर आंटी से पूछ लिया,

आंटी चेहरे पर इतनी मिट्टी जमी है साफ क्यों नहीं करती हो?

आंटी बोली कर लूंगी... तुम बताओ जल्दी... छल्ली कैसी खाओगे, मसाले वाली या खट्टी मीठी...

मैंने कहा जैसे आपको अच्छी लगे वैसे ही खिला दो... और यह बात पूरी होते होते उन्होंने मेरे हाथ में छल्ली दे दी और कहा लो खा लो। पता है... मैं बिंदी सिंदूर क्यों नहीं लगाती? यह चेहरा ऐसे बार-बार पोंछ कर बिंदी उतर जाती है। यह भी तो अच्छा है धुएँ से चेहरा छुपा रहे-किसी को भी नहीं दिखेगा कौन है। धुएँ-मिट्टी से ढके चेहरे को कोई जानने वाला भी पहचान ना सकेगा। बेटा आजकल ज़माना बहुत ख़राब है पति-पत्नी की ज़िंदगी एक साझा लिफाफे की तरह होती है, एक साइड भी ज़्यादा खींचे तो जैसे लिफ़ाफ़ा फ़ट जाता है, ऐसे ज़िंदगी भी बिखर जाती है जैसे क्यों ठीक है ना मेरी बात? छल्ली वाली आंटी की बात सुन मेरा रोम रोम कांप रहा था। मैं सोचने पर विवश था जिंदगी की पढ़ाई किताबों की पढ़ाई से कहीं बहुत गहरी है। मैं पूछना चाह रहा था उनसे, उनके चेहरे पर इतनी झुर्रियाँ क्यों है? फिर लगा किसी के ज़ख्म कुरेदना अच्छी बात नहीं।

मुझे नहीं पूछना चाहिए पर मन जिंदगी को समझना चाहता था और लग रहा था कि जो आज सीख लूंगा समझूंगा शायद वह मेरी जिंदगी में किसी मोड़ पर मेरे काम आएगा। मैं पूछ ही बैठा आंटी आपके चेहरे पर यह इतनी झुर्रियाँ क्यों है? उस के बाद जो वो बोली और मुझे करने को कहा, उसने मुझे झकझोर कर रख दिया...

वो बोली,

मेरे बेटे जैसे तुम भी

पढ़े लिखे लगते हो!

इस लिए बतला रही हूँ,

यह आड़ी तिरछी रेखाएं

मेरे बचपन से जवानी,

और जवानी से बुढ़ापे के,

प्यार और मोह की

कहानियाँ और कविताएँ है सब

जो बस रात को जब मैं सोती हूँ

तब ही बोलती हैं सब,

और मैं सुन नहीं पाती हूँ

अब तुम पढ़कर सुना पाओगे क्या?

लेखिका के बारे में

डॉ. अंजु लता सिंह गहलौत का जन्म गाजियाबाद (उ.प्र.) में 1957 में हुआ था। शिक्षण-कार्य से जुड़ी रही हैं-हरिसिंह गौर वि.वि., सागर, म.प्र. में हिंदी व्याख्याता पद पर दो वर्ष का अध्यापन का अनुभव, केंद्रीय विद्यालय संगठन, नई दिल्ली में स्नातकोत्तर हिंदी शिक्षिका एवं विभागाध्यक्षा के पद पर तीस वर्षों का अध्यापनानुभव।

प्रकाशित पुस्तकें-

1. हिंदी के आंचलिक उपन्यासों के परिप्रेक्ष्य में स्व.फणीश्वरनाथ रेणु का विशेष अध्ययन (2004)

2. काव्यांजलि, बाल कविता संग्रह (2006)

3. सारे जमीं पर, जीवन मूल्यों से जुड़ी प्रेरक कविताओं का संग्रह (2016)

4. महकता हरसिंगार, लघुकथा-संग्रह (2021)

सम्मान एवं पुरस्कार-

1. डा. राधाकृष्णन स्मृति राष्ट्रीय शिक्षक सम्मान (2004)

2. कें.वि. संगठन का बैस्ट टीचर अवार्ड (2017)

3. तीन बार राजभाषा पुरस्कार शील्ड से सम्मानित।

4. कें.वि. संगठन द्वारा कारगिल विजय के संदर्भ में "उजाले की ओर" शीर्षक से स्वरचित नाटिका पुरस्कृत एवं प्रकाशित।

5. जल मंत्रालय, नई दिल्ली द्वारा स्वरचित नुक्कड़ नाटिका "बिन पानी सब सून" मंच पर पुरस्कृत।

6. सुप्रसिद्ध बाल कवि घमंडीलाल अग्रवाल जी द्वारा संपादित क्रमशः12 पुस्तकों में क्रमशः10 बाल कविताएं, 1 बाल कथा एवं 1 बाल नाटिका प्रकाशित।

7. देश के विभिन्न पत्र-पत्रिकाओं जैसे-अमर उजाला, दैनिक जागरण, नवभारत टाइम्स, नई दुनिया, राष्ट्रीय सहारा, हरियाणा प्रदीप, नई पौध, योजना, नवीन दुनिया, राजस्थान पत्रिका, संस्कृति, प्रखर गूंज, अहा जिंदगी, अनुभव, पुरवाई, मधुमती, योगवाणी, संस्कारम, सवेरा, रूपायन, पाखी, आदि में विभिन्न विधाओं में रचनाएं

प्रकाशित।

8. विभिन्न स्तरीय साहित्यिक मंचों पर लगभग 250 सम्मानपत्र प्राप्त।

9. विदेशों से प्रकाशित पत्रिकाओं-'सेतु' (अमेरिका) एवं 'वसुधा' (केनेडा) में रचनाएं प्रकाशित।

10. संप्रति-"प्रतिभा विकास मिशन" समाज सेवी संस्था की संचालिका पद पर सक्रिय।

11. राष्ट्रीय महिला काव्य मंच, द.दिल्ली इकाई की वरिष्ठ अध्यक्ष पद पर पदासीन।

दो बूँद

-डॉ. अंजु लता सिंह गहलौत

नीरू रोज ही मां के साथ काम पर जाती, लेकिन मां रास्ते भर उससे कहती रहती- "बेटा! तूने देखा ना कैसे ले गए थे हीरा की मां को पकड़कर पुलिस वाले बेदर्दी से..."

"मां! वो तो दस साल के छोरे को सब्जी बेचने भेजे थी अर छोरी भी साथ जाके बर्तन साफ करावे ही... मैं तो बारवीं में हूं। पूरे सतरै साल की..."

"लोग कहैंगे जवान बेटी को घर सू बाहर घुमाती फिरे है..."

"अरी मां! गरीब की मदद कोई ना करता, लोगों का का है कछु न कछु बोलेंगे ही, मेमसाब पढ़ा देवे हैं मैं उनकी मदद करा दूं..."

"वे भी आफिस की नौकरी करके शाम को थकके आवे हैं... चल ठीक ही है... सेवा करना तो बालकों का धरम होवे है..."

बंगले पर पहुंचते ही मालकिन की कार रूकी।

"चल खा काजू बरफी! तुझे स्कॉलरशिप मिली है नीरू... छियानवे प्रतिशत अंक मिले हैं बारहवीं बोर्ड में... शाब्बाश...

अब तो बस मेरी ही निगरानी में रहेगी तू... तुझे प्रशासनिक अधिकारी बनाना मेरे जीवन का लक्ष्य रहेगा..."

नीरू के कानों में वंदना जी के मीठे स्वर गूंज उठे... नीरू की मां मेमसाब को एकटक देखे जा रही थी... उसकी आंखों से दो बूंद आंसू टपक पड़े... एक गम का... एक खुशी का...

लेखक के बारे में

प्रतिमान उनियाल का जन्म देहरादून में हुआ फिर पढाई, नौकरी सब दिल्ली में। उन्होंने वाणिज्य में स्नातक तथा पत्रकारिता में स्नातकोत्तर किया है। वे कहानियां व कवितायें लिखते है जिनमे से कुछ पत्रिकाओं व ऑनलाइन मैगजीन्स में प्रकाशित हुई है। इस वर्ष एक कविता संग्रह छप कर आया है और बहुत जल्द उनका एक कहानी संग्रह आ रहा है। प्रतिमान, पेशे से जनसम्पर्क विशेषज्ञ है और नॉएडा स्थित एक निजी विश्वविद्यालय में वरिष्ठ प्रबंधक के पद पर कार्यरत है।

धुआँ

-प्रतिमान उनियाल

यह कैसा धुआँ है। कसैला, काला, गाढ़ा, जिस्म पिघल के गिर रहा है। नहीं यह तो टायर है, टप टप पिघल रहा है। नहीं, पक्का यह जिस्म ही है, पानी की तरह पिघल रहा है, गाढे, काले पानी की तरह। भक्क से लपटे उसे लपेटे हुए राख कर रही है, पर नीचे जिस्म पिघल रहा है गाढ़े, काले पानी की तरह।

ऐ सूरज, क्या बड़बड़ा रहा है, कैसा धुआँ, कौन पिघल रहा है, मनोज ने सूरज को झंझोड़ते हुए कहा।

वो दिख नहीं रहा, धुआँ, कसैला, काला, गाढ़ा, जिस्म पिघल के गिर रहा है, सूरज बड़बड़ा रहा था।

सामने कुछ नहीं है मेरे भाई, किसी ने बेकार टायर पर आग लगाई है, वहीं जल रहा है, मनोज ने कहा।

बेकार टायर नहीं। बेकार, बेबस, चीखते जिस्म है, सूरज ने धीरे से कहा

क्या हो गया है सूरज तुझे, मनोज ने सूरज को जोर से हिलाकर कहा।

सूरज एकाएक जैसे वापस अपने में आ गया हो, कुछ नहीं यार, जब भी जलता टायर देखता हूं तो वहीं मंजर याद आ जाता है।

कौन सा मंजर मेरे भाई, मनोज ने हैरत से पूछा

वहीं 84 का दंगा, जब बलवाईयों ने मेरे आंखों के सामने एक असहाय बूढे पर जलता टायर डालकर जला दिया।

पर यह तो 35 साल पुरानी बात है, तब तो तुम बहुत छोटे होंगे, मनोज ने कहा

हां, छह साल का, पर यह दृश्य लगता है 35 साल पुराना नहीं, बल्कि कल ही घटा हो। और यह तब और भी सामने आता है जब भी मैं जलता टायर देखता हूं।

मनोजः कौन था वह सरदार

सूरजः पता नहीं, 6 साल के बच्चे को तो यह भी नहीं पता होता कि सरदार कौन

होते है। हमें तो हमेशा कौतुहल होता था कि पगड़ी के अंदर क्या होता है। मुझे 6 साल में पता चल गया था। जब उसकी पगड़ी खुल कर लंबे कपड़े जैसी सड़क पर बिछ गई थी और उसके खुले बाल, उसका रंग, पता नहीं नारंगी था या वह आग का रंग था। मैं बैडरूम की खिड़की पर बैठ यह सब कुछ देख रहा था।

बस यह पता था कि इंदिरा गांधी को गोली मार दी थी। कौन थी इंदिरा गांधी, छह साल के बच्चे को बस इतना पता था कि रोज टीवी पर, समाचार में जिसकी तस्वीर सबसे ज्यादा आती है वहीं इंदिरा गांधी है। दिन में रेडियो में सुना था कि इंदिरा गांधी को गोली मार दी, उन्हें मेडिकल इंस्टीटयूट एम्स में ले जाया गया और रात को खबर आ गई कि इंदिरा गांधी की मृत्यु हो गई।

हम बच्चे लोगों को इससे ज्यादा तसल्ली मिली कि स्कूल सात दिन के लिए बंद घोषित हो गए थे।

रात होते होते पापा बहुत चिंतित दिखने लगे। मां को बता रहे थे कि बगल की बस्ती त्रिलोक पुरी में आगजनी होनी शुरू हो गई है। हो सकता है कि दूसरा समुदाय भी बदला लेने के लिए हमारी कॉलोनी में घुस जाएं। इसलिए कॉलोनी के सभी बड़ों ने निर्णय लिया था कि हर सड़क और हर बिल्डिंग के बाहर पहरा देंगें। पूरी रात सभी बड़े लोग लाठी डंडे लेकर कॉलोनी के चक्कर काटना शुरू कर दिए।

अगले दिन से कर्फ्यू लग गया था। इसका मतलब मुझे ऐसे लगा कि हम घर से बाहर खेलने भी नहीं जा सकते थे। मेरी मां जो कि 8 माह की प्रेग्नेंट थी, चैक अप के लिए अपने नर्सिंग होम जो कि त्रिलोक पुरी में था, नहीं जा सकती थी।

हवा में हल्की ठंडक सी हो गई थी। गुनगुनी धूप जब खिड़की से अंदर आती तो बहुत अच्छा लगता। इंदिरा गांधी के समाचार से सारे अखबार भरे पड़े थे। शहर में कर्फ्यू लग गया था इसलिए कॉलोनी के सारे लोग अपने अपने घर की खिड़कियों, सीढ़ियों, मुंडेर आदि से खड़े होकर बातें कर रहे थे। सुबह की आरती, मंदिर में जो आधे घंटे चलती थी, वह पता नहीं क्यों 5 मिनट में खत्म हो गई थी।

खिड़की से मंदिर के मोटे बाबा को देखने का अपना अलग ही आनंद होता था। इतना मोटा पेट, उस पर भी ना कोई कमीज़, कुर्ता या दुशाला। जब चलते तो पेट भी उनसे एक कदम आगे थल थल हो रहा होता। पर आज तो वह मंदिर के दूसरी तरफ बने अपने घर के आंगन में ही तेज तेज चल रहे थे। उनका गोद लिया बेटा श्यामा ही आज

मंदिर में बैठा था।

रेडियो में निरंतर समाचार बज रहे थे, यह आकाशवाणी है, श्रीमती इंदिरा गांधी का आज अंतिम संस्कार किया जाएगा। श्री राजीव गांधी को राष्ट्रपति ज्ञानी जैल सिंह ने प्रधानमंत्री पद की शपथ दिलाई।

राजीव गांधी कौन थी मुझे नहीं पता था, बस यह पता था कि वह इंदिरा गांधी के बेटे थे।

मंदिर से दूसरी तरफ डीडीए बिल्डिंग का समूह था। उसके पास एक सड़क थी जिसकी दूसरी तरफ त्रिलोकपुरी नाम की बस्ती थी। गरीब लोगों की बस्ती जिसमें ज्यादातर लोग कच्चे मकान या छोटे बेढ़ंगे पक्के मकानों में रहते थे। वहीं के ब्लॉक 27 में सब्जी मंडी और राशन की सरकारी दुकान थी, तो अमूमन हफ्ते में दो एक बार तो वहां जाना होता ही था। पर आज कर्फ्यू लगा था तो वहां जाना ना मुमकिन था ना मुनासिब। विशेष अंतर कुछ जान नहीं पड़ रहा था पर उस तरफ से रह-रहकर धुआँ उठता जरूर दिखता। गहरे काले रंग का धुआँ, कभी इकट्ठा खूब सारा, कभी थोड़ा थोड़ा।

मंदिर के सामने वाली सड़क पर कोलाहल सा मच रहा था। एक आदमी तेजी से भागकर मंदिर के अंदर घुसा। घुसते ही ठोकर लग कर नीचे गिर गया। पगड़ी सर से उतर कर नीचे गिर गई थी, बाल आधे काले, आधे सलेटी, कंधे तक झूल रहे थे। सलवार कमीज पहने वह बूढ़ा सरदार उठकर बाबा के कमरे की तरफ घुसा। पीछे पीछे 8-10 लोगों का हुजूम जिनके हर एक के हाथ में डंडे।

श्यामा ने हुजूम को मंदिर के गेट पर ही रोका और कहा यह मंदिर है, यहां लड़ाई झगड़ा नहीं कर सकते। भीड़, श्यामा को ढकेलती हुई अंदर तक घुस आई, बाबा भी तब तक अपने कमरे से बाहर निकले।

भीड़ ने ललकारते हुए कहा: बाबे, उस सरदार को हमारे हवाले कर दो।

बाबा ने सीधे कहा कि वह मेरी शरण में आया है।

भीड़ में एक ने श्यामा के ऊपर लाठी चलाते हुए कहा: बाबा या तो सरदार दे दे या हम इस लड़के को यहीं मार देंगे।

बाबा, जिसकी एक पुकार से हजारों भक्त हर साल भंडारे में आते थे, मंदिर में तीन तीन दिनों के जगराते होते थे, दिन और रात जयकारे की गूँज होती थी। क्या अमीर क्या

गरीब सब लंगर में खाना खाते थे। आज उसी मंदिर में, वही बाबा, 8-10 लोगों की भीड़ के सामने भयाक्रांत हो उठा।

बाबा ने सरदार के सामने हाथ जोड़ दिए और कहा: भाई हो सके तो माफ़ी देना।

हुजूम उस बूढ़े सरदार को धकियाते हुए मंदिर के सामने वाली सड़क पर ले आए। पहले तो लाठियों से पीटा फिर भीड़ में से एक ने स्कूटर का टायर उसके गले में डाल दिया दूसरे ने मिट्टी का तेल, थोड़ा सरदार पर डाला, थोड़ा टायर पर।

एक ने जलती लकड़ी उसे छुआ दी। वह सरदार आग का गोला बनकर कुछ देर तो इधर उधर भागा, सड़क पर लोटा, टायर उसके बदन पर ऐसा चिपक गया था कि वह सड़क और टायर के बीच में झूल रहा था।

तेज गाढ़ा धुआँ, पिघलता धुआँ, चीख में डूबा, दम घोटने वाला धुआँ। कब चीख और धुआँ एक हो जाए, पता ही नहीं चलता।

आधे घंटे तक धुआँ उठता रहा। दिन में, कालिमा का भभका, जहाँ नजर जाती धुआँ दिखता। शाम को भी धुआँ दिखता। रात को लाइट चली गई थी, घनघोर अंधेरे में काला गाढ़ा धुआँ दिख रहा था, उसकी बदबू पूरे घर में फैली थी। घर में पापा मम्मी को ना धुआँ दिख रहा था, न कोई बदबू आ रही थी। पर मुझे साफ महसूस हो रही थी। दम घुट रहा था। मुंह में कपड़ा बांध कर भी बदबू दूर नहीं हो रही थी। अगले दिन आँख खुलते ही खिड़की पर उसी सरदार को देखने की कोशिश करने लगा पर नाक में, सर में धुआँ महसूस हो रहा था, काला गाढ़ा धुआँ।

एक हफ्ते कर्फ्यू रहा, फिर उसमें सुबह शाम की ढील मिली। मम्मी के साथ सब्जी मंडी जाने का मौका था, मंदिर पार करके उसी सड़क पर पहुंचा, सरदार को ढूंढने की कोशिश की, काली राख को देखने की कोशिश की, पर सिर्फ धुआँ ही महसूस हो रहा था।

मम्मी से पूछा भी कि जलने की बदबू आ रही है। मम्मी को समझ नहीं आया कि धुआँ कहाँ है पर फिर भी कहा कि सर्दी का टाइम है, लोग लकड़ी टायर जलाते हैं ताकि ठंड दूर हो सके। मैंने कहा पर टायर के साथ तो सरदार भी जलाते हैं।

त्रिलोकपुरी 27 ब्लॉक जाते-जाते रास्ते में कई काली राख के ढेर देखने को मिले।

4,5,6,7 मैं उँगलियों में गिन रहा था।

क्या गिन रहा है बेटा, मां ने पूछा

कुछ नहीं, सरदारों को गिन रहा हूं, यहां थे वह, वहां थे

अभी भी मेरी नाक में काला काला धुआँ महसूस हो रहा था, फिर सांस लेने में दिक्कत आ रही थी।

15 दिन बाद स्कूल भी खुल गए थे। राजीव गांधी अब टीवी पर अपनी मां से ज्यादा नजर आने लगे थे। वह 21वीं सदी का सपना दिखाते। वह कंप्यूटर का सपना दिखाते। देश तरक्की की राह पर था, 21वीं सदी की राह पर था।

अच्छा वह सब तो ठीक है, पर मनोज यह तो बताया नहीं कि यह धुआँ अभी तक तुझे परेशान क्यों करता है।

पता नहीं, शायद यह मुझे याद दिलाता है तब मैं बच्चा था, इसलिए कुछ नहीं कर पाया। पर तब से जिंदगी में सरदारों ने मेरी जिंदगी में इतना असर किया है, लगता है उनकी सेवा करना ही मेरा प्रायश्चित है। किया मैंने कुछ नहीं था, पर फिर भी एक प्रायश्चित मन में था कि मैं उस समय उनको बचाने के लिए कुछ कर नहीं पाया।

जब भी मैं किसी गुरुद्वारा जाता हूं तो आंखों में आँसू आ जाते हैं।

हर सरदार से इतने अपनेपन से बात करता हूं कि जैसे यह वही सरदार हैं जो उस दिन अपने आपको बचाने आया था और आज मैं उसका साथ देता हूं। हो सकता है ऐसे ही मुझे उस धुएँ के श्राप से छुटकारा मिल सके।

लेखिका के बारे में

नालंदा सतीश पेशे से भारतीय जीवन बीमा निगम में प्रशासनिक अधिकारी के रूप में पिछले 25 सालों से कार्यरत हैं साथ ही में एक औद्योगिक कंपनी की संचालिका भी है। इन्होंने जीवन बीमा की उच्चतम डिग्री हासिल की है तथा एमएससी गणित, एमबीए की डिग्री भी हासिल की हुई है। नालंदा सतीश लंदन की बीमांकक विषय मे एसोसिएट भी हो चुकी है जो कि बहुत ही गर्व की बात है।

इतना सबकुछ होने के बावजूद भी नालंदा सतीश एक संवेदनशील और भावुक लेखिका और सज्ञान, सृजनात्मक कवयित्री है। समाज के प्रति जागरूक, संवेदनशील और समर्पित होने के कारण यह अपने कार्यस्थल के यूनियन की अध्यक्षा भी हैं। वह एक उत्कृष्ट एंकर है, और किसी भी प्रतियोगिता में उत्सुकता से भाग लेती है।

इन्हें यात्रा करना बहुत पंसद है, जिसकी वजह से वह मराठी, हिंदी, अंग्रेजी और कोंकणी भाषा बोलती है। गोवा में इनका वास्तव्य होने के कारण इन्हें गोवा से काफी लगाव है। समंदर की लहरें और प्रकृति की खूबसूरती इन्हें बहुत आकर्षित करती है।

इनकी दो किताबे बा भीमा कोण होतास तू और शिंपल्यातले चांदने मराठी भाषा में और एक किताब अमेज़ॉन पर कच्ची धूल नाम से हिंदी में प्रकाशित हो चुकी है।

इनकी कविताएं और लेख विभिन्न अखबारों और पत्रिकाओं में प्रकाशित होते रहते हैं। स्टोरीमिरर पर सक्रिय रहती है, इनकी रचनाएँ वर्तमान समकक्ष होती हैं, इन्हें स्टोरीमिरर पर ऑथर ऑफ द वीक पुरस्कार से नवाजित किया गया है, साथ ही इन्हें ऑथर ऑफ द ईयर 2021 में नामित किया गया है।

बहादुर बच्चा

-नालंदा सतीश

कितनी बार समझाया तुम्हें, बात भेजे में घुसती नहीं क्या? खाते पीते, सोते जागते, उठते बैठते मोबाइल मोबाइल, खाना तो ढंग से खा लिया करो, तुम्हारे लाड़ प्यार ने बिगाड़ा है इसे, समझाओ इसे, अगर तुम्हारी सुनता हो तो।कर्नल राजवीर नाश्ते की मेज पर बेटे आर्य के मोबाइल प्रेम के कारण बिफ़र गये।

कर्नल राजवीर को गुस्सा करने का कारण भी कुछ ऐसा ही था, सामने घड़ी में सुबह के आठ बज रहे थे, साढ़े आठ बजे आर्य की स्कूल बस आती थी, अभी आर्य का नाश्ता भी नहीं हुआ था, वह वक़्त की परवाह नहीं करते हुए मोबाइल पर गेम खेले जा रहा था।

स्कूल की तैयारी अभी बाकी थीं, नजरअंदाज भी करना तो कितना.....एक बाप के लिये जो खुद आर्मी में नौकरी कर रहा हो, उसके लिए इतना गैर जिम्मेदाराना रवैया देखना नामुमकिन था।

जैसे ही पति बेटे को डाँटने लगे माँ आरती ने बीच बचाव किया।

क्यों डाँटते हो बच्चे को, नटखट हैं, छोटा भी, सुधर जायेगा।

सुधर जायेगा तो सुधारो, जितनी जल्दी हो सके, इसके बाद, खाने की मेज पर इसके हाथ में मोबाइल दिखा तो या मोबाइल फूटेगा या फिर यह..... समझा देना अपने लाड़ले को..... कहते हुए कर्नल ड्यूटी पर चले गए।

पापा चले गए ड्यूटी, तू टेन्शन मत ले, उनको तो आदत है बात-बात पर टोकने की।

माँ आरती ने बेटे के बालों को प्यार से फ़ेरा और समझाने लगी।

पर ममा, पापा मुझे इतना क्यों डाँटते रहते, इतना बुरा हूँ क्या मैं..... इस पागल कनिका को तो कोई कुछ नहीं बोलता..... आर्य मुँह बिचकाते हुए रुआँसा होकर बोला।

भैया को डांट पड़ी, भैया को डांट पड़ी, कनिका आर्य को चिढ़ाने लगी।

आर्य ने कनिका का कान पिचका।

कनिका दर्द से कराहते हुए माँ से शिकायत करने लगी,

कनिका तुम चुप रहो, देखा नहीं भैया को कितनी भारी डाँट पड़ी, तुम्हे मजाक सूझ रहा हैं...

डाँट नहीं खानी तो माँ, भैया को बोलो ना पढ़ाई अच्छे से करने के लिए,

ठीक है, ठीक है, मैं समझा दूंगी भैया को, तुम्हें ज्यादा नानी बनने की जरूरत नहीं है।

बेटा, कनिका को कोई क्यों कुछ कहेगा, वह सबका कहना मानती हैं, पढ़ाई में भी अच्छी है, नियम कानून से रहती हैं...

ये, ये नियम कानून से रहती हैं, माँ तुम्हें नहीं पता, बहुत शरारती हैं यह, जैसे दिखती है वैसी है नहीं..... कितनी बदमाशी करती हैं, मुझसे पूछो माँ.....

हाँ बेटा, मुझे पता है, पर वह सिर्फ शरारत ही नहीं करती, पढ़ाई में भी अव्वल हैं, तुम थोड़ा पढ़ाई के तरफ ध्यान दो, अभी तुम्हारा इंटर चल रहा है, यही तो वह समय है, जब जीवन करवट बदलता है..... तुम्हारे पापा को तुम्हारी बहुत चिंता लगी रहती हैं..... माँ आरती ने बेटे आर्य को समझाते हुए कहा।

आर्य ने भी अच्छे बेटे की तरह सब सुन लिया, फरक कुछ पड़ने से रहा..... आर्य था एक मस्तमौला बच्चा, जो अभी युवक बनने की प्रक्रिया से गुजर रहा था, वह हर वक़्त खोया हुआ रहता था, उसे खुद की सुध नहीं थीं, वह अभी तक यह नहीं तय कर पाया था कि उसे करना क्या है, उसके जीवन का लक्ष्य क्या है, जीवन हासिल क्या करना है, जीवन जीने के लिए किस मोड़ मुड़ना है।

आम तौर पर इस उम्र में बच्चो के सपने उफान पर होते हैं, कुछ कर गुजरने की ख्वाहिश होती हैं, आर्य में यह सब नदारद था, आर्य खुद ही कशमकश था कि उसे जीवन में कैसे आगे बढ़ना है, उसे खुद नहीं पता था उसे करना क्या है, कभी पूछो तो हहड़बड़ाहट में कह देता था मुझे पापा का "बहादुर बच्चा" बनना हैं, पर वह कैसे बहादुर बच्चा बनने वाला था, यह उसे खुद भी नहीं पता था। स्कूल में भी आर्य मन लगाकर कभी पढ़ता नहीं था, उसकी स्कूल टीचर उसे हर बार या तो डाँटती रहती थीं या प्यार से समझाती, कभी कभी वह कक्षा में छड़ी मारकर भी उसे ख्यालों से बाहर निकालने की कोशिश करती, कभी प्रिंसिपल के सामने खड़ा कर देती, कभी पीछे की बेंच पर बिठा देती, लेकिन आर्य पर इन बातों का कोई प्रभाव न पड़ता।

स्कूल की टीचर्स को भी समझ में नहीं आ रहा था, आर्य का भविष्य क्या है,

पेरेंट्स को इत्तला कर दी गयी कि आर्य के तरफ ध्यान दिया जाए या फिर इसे किसी मनोचिकित्सक को दिखाया जाए, देखने मे आर्य बाहरी तौर पर बिलकुल सामान्य था, लेकिन दिमाग से जरा भी सामान्य नहीं था।

कर्नल राजवीर थक गए थे बेटे को समझाते समझाते, उनके धीरज की सीमा समाप्त होने आयी थी, उन्होंने हर संभव प्रयास किया पर आर्य के स्वभाव में कोई फर्क नहीं आया।

इसी उधेड़बुन में दिन गुजरते गए, जवान होते हुए बेटे को बार-बार डाँटना उन्हें ठीक नहीं लगा, इस बार अगर आर्य अच्छे नंबरों से पास नहीं हुआ तो अगले साल उसे होस्टल भेज दिया जायेगा यह सोचकर और कुछ खास हिदायते देकर शांत रहना ही मुनासिब समझा गया।

जाड़े की ऋतु आ गयी थी, हर तरफ सर्द हवाओं का मौसम, गिरती सफेद बर्फ के साथ खुशनुमा माहौल में तब्दील हो रहा था, घर के अंदर बाहर अँगीठिया जल रही थी, वृक्ष फलो, फूलों से लद गए थे, पेड़ो पर फ़ैली हरी चादर सृष्टि का सौदंर्य और बढ़ा रही थी।

गुलाब महक रहे थे, चमेली, मोगरा, जूही की सुगंध वातावरण को प्रफुल्लित कर रही थी, रंग-बिरंगे गर्म कपड़े बाहर निकल चुके थे, परीक्षा का मौसम भी शुरू होने वाला था, प्री एग्जाम चल रहे थे, आज आर्य का गणित का पर्चा था, गणित आर्य का पसंदीदा विषय था, इसलिए वह खुश था, सारे बच्चे गणित से डरते थे, इसलिए सब डरे सहमे स्कूल पहुंच गए थे, पर्चा शुरू हुआ, आर्य पर्चा लिखने मे मग्न था तभी अचानक आठ दस नकाबपोश बंदूकधारी कक्षा में आये और गोली चलाने लगे, किसी को कुछ समझ में नहीं आ रहा था, शांत माहौल कोलाहल और शोरगुल में तब्दील हो चुका था, बंदूकधारी लोग सटाक सटाक गोलियों की बरसात कर रहे थे, टीचर को उन्होंने बंधक बना लिया था, खून की बौछारों से क्लास की दीवारें सन रही,स्कूल की इमारत गोलियों की आवाज से दहल रही थी, हरतरफ अफरातफरी मची हुई थी, मौत का तांडव मचा हुआ था, आर्य के एक दो दोस्तों को गोली लगी थी, देखते देखते यह सब क्या हो गया, आर्य सोच में पड़ गया, उसका सिर चकरा रहा था,क्या किया जाए कुछ सूझ नहीं रहा था।

अब सोचने के लिए वक़्त भी कम था, किसी न किसी को कुछ ना कुछ साहस दिखाना जरूरी था। उसका असामान्य माथा ठनका, कुछ कर गुजरने का वक्त शायद

आया है यह सोचकर वह कुछ प्लान बनाने लगा। क्लास में सन्नाटा छा गया था। अचानक आर्य के अंदर आर्मीवाला इंसान जाग उठा, विपरीत परिस्थितियों में कैसे लड़ा जाता हैं, और अपने जान की फिक्र न करते हुए एक सैनिक कैसे दूसरों की जान बचाता है ऐसे किस्से वह पापा से बचपन में सुन चुका था।

दृढ़ इच्छाशक्ति की अतुलनीय हिम्मत से वह भर उठा, उसने एक बंदूक धारी की बंदूक छीन ली और उन पर हमला किया, बंदूकधारियों की बंदूक छीनकर वह उनको मारने की धमकी देने लगा, बंदूक धारी डर के मारे पीछे हटने लगे, आर्य ने उन्हें सारे हथियार नीचे फेंकने के लिए कहा और बंदूक चलाने का अभिनय करने लगा, इसी दौरान आर्य सारे बच्चो को भागने के लिए उकसाने लगा, इस अचानक हुए हमले से बंदूकधारी संभल नहीं पाए, उधर सिक्युरिटी गार्डो ने भी बंदूक ताने मोर्चा संभाल लिया, प्रिंसिपल ने पुलिस को हमले की जानकारी दे दी थी, पुलिस का उड़नदस्ता बस पहुंच ही चुका था।

आर्य की बहादुरी से आज बड़ा हादसा होने से बच गया था। इससे आतंकवादी बौखला गए, बौखलाहट में वह आर्य को दबोचते हुए बंदूक की नोक पर बाहर ले जाने लगे, इतने में फुर्ती से पुलिस उड़नदस्ते ने आर्य को बचाते हुए दो आतंकवादियों को मार डाला और बाकी को धर लिया, फिर भी दुर्भाग्य से इस वारदात में एक गोली आर्य के सीने को चीरती हुई निकल गई, खून का फौव्वारा उड़ा और आर्य जमीन पर धम्म से गिर गया, और आर्य बेहोश हो गया, उसकी साँसो की गति धीमी हो गई थी, प्रिंसीपल एम्बुलेंस, एम्बुलेंस जल्दी करो, आर्य को बचाओ बचाओ चिल्लाई।

तुरंत एम्बुलेंस में आर्य को दवाखाना ले जाया गया, आर्य का खून बहुत बह चुका था, आर्य को दवाखाने में भर्ती कराया गया, उसके माता पिता को इत्तला कर दी गई, कर्नल राजवीर, माँ आरती और छोटी बहन कनिका हॉस्पिटल पहुंच गए, माँ औऱ बहन का रो-रो कर बुरा हाल था, पर कर्नल राजवीर की आंखों में बेटे के लिए प्यार उमड़ रहा था, आँसू और दर्द का अनोखा मिश्रण कलेजे पर दस्तक दे रहा था। आज पहली बार उन्हें आर्य पर गर्व महसूस हो रहा था, आर्य को आई सी यू में डॉक्टरों की निगरानी में रखा हुआ था, तब तक प्रेस भी पहुंच चुकी थी, प्रिंसिपल और स्कूली टीचरों ने आर्य के बहादुरी और बेखौफ जज़्बे की तारीफों के पुल बांध दिये।

दूसरे दिन शहर के नामचीन सभी दैनिक समाचार पत्रों में "बहादुर बच्चा" शीर्षक से बहूत बड़ी ख़बर छपी थी जिसमें,आर्य के निड़रता और निर्भीकता का परिचय दिया था,

उसने अपनी जान की परवाह न करते हुए साथी बच्चों की जान बचायी थीं।

आज के परिवेश में बच्चों की परवरिश करने के लिए किन संस्कारों की जरूरत है, इसकी भी हिदायत दी गई थी। साथ में आर्य के माता-पिता का हार्दिक आभार व्यक्त किया गया था।

कर्नल राजवीर को आज अपने पुत्र पर नाज हो रहा था, वह समझ चुके थे, बेटे ने उनका नाम रोशन किया था, समाचार पत्रों में छपी खबर और मान सम्मान से वह गदगद हो उठे। उन्हें यह मानना पड़ा कि आज की पीढ़ी उतनी निक्कमी नहीं है जितना वह समझ रहे थे, वक़्त आने पर यह पीढ़ी जान देना भी जानती हैं और जान बचाना भी।

कभी भी किसी को भी कम नहीं आँकना चाहिये, चाहे वह दिमाग या शरीर से कमजोर क्यों ना हो।

आर्य की तरह हर बच्चे में कुछ न कुछ छिपे हुए सद्गुण होते हैं जो सही समय पर सामने आते हैं, इसलिए पुरानी पीढ़ी ने हरदम अपने कष्टों और सहनशीलता की दुहाई न देकर हर कदम पर नई पीढ़ी का सम्मान और विश्वास करना चाहिए, क्योंकि हर नयी चीज कभी नयी नहीं रहती, एक न एक दिन उसे पुराना हो ही जाना है।

लेखक के बारे में

दक्षल कुमार व्यास विधार्थी होने के साथ साथ क्रांतिकारी विचार के लेखक है। समाज को हकीकत से रूबरू करवाने का कार्य अपने लेखन से कर रहे हैं। उनकी एक किताब (समाज और मैं) प्रकाशित हुई है जिसमें कविताओं के ज़रिए कई वास्तविकता को दर्शाया गया है। देश हित में उनके विचार है और सर्वप्रथम राष्ट्र का भाव लिए कर्म पथ पर अग्रसर है।

कंक्रीट के महल

-दक्षल कुमार व्यास

बरसो से चल रहा कार्य आज तेज हो गया। गांव जाते समय देखा ट्रेन में से क्या था क्या हो गया। नदी, नाले, तालाब, जंगल, गांव।

जहां 60 इंच तक बरसात में नदी नाले नहीं भरा करते थे और आज 20 इंच बारिश पर तो मानो बाढ़ से हालात हो जाते है। और बाद में देखो तो वो सारा पानी बह कर निकल जाता है। और फिर सुखा। कंचन नगरी नाम हैं मेरे गांव का। वह दिन गांव के वह राते बीना पंखे के दिन निकल जाते थे और राते आसमा के नीचे क्या दिन थे। आज तो एयर कंडीशनर के बिना देखो दो मिनिट भी ट्रेन में बैठे बैठे ये कुछ ख्याल आए।

अब गांव से दस किलोमीटर की दूरी और थी की ट्रेन को लाल झंडी मिली और क्या था ट्रेन रुक गई। फिर पता चला की जंगल से कुछ हाथी पटरी पर आ गए।

इस वजह से ट्रेन को राका गया।

जब मै छोटा था तब यहां जंगल में कई बार आया करता था। हर पखवाड़े में एक बार तो में और मेरे मित्र और मेरे भाई। तब ये बहुत बड़ा जंगल था। और बड़े बड़े वृक्ष वो दिन मज़ा आता था।

और वो आम के पेड़ से कैरियां तोड़ कर खाना। एक पेड़ से दूसरे पेड़ पर जाना। आ हा। आज तो उस जंगल का दस प्रतिशत भी नहीं रह गया सभी और फेक्ट्रिया लग गई। जब में करीब 18 वर्ष का बालक था। तब मैंने इस जंगल में फैक्टरी देखी जो की बड़ी फर्नीचर की थी। तब कई लोगों को काम मिला था। रोज़गार के लिए इंसान इंसान को बेच दे।

तो पेड़ो को काट कर फैक्टरी में ले जाना का कार्य था। आज किसान फैक्टरी में काम करने लगे हैं। और खेती तो अब चंद बड़े जमींदार कर रहे हैं। हा आखिर वो खेती नहीं कर रहे। किसानों ने अपने खेत बेच दिए और अब वही लोग उन के ही खेत पर जमींदार की आज्ञा से कार्य कर रहे हैं।

ट्रेन को हरी झंडी दिखाई गई।

इतनी ही देर में वनपाल ट्रेन में आए और मेरे पास वाली सीट पर विराजमान हुए। मुझे पता था यह वानपाल हैं और इन श्रीमान का नाम भी उन की वर्दी पर था। परंतु बस बचपन की मस्ती और बात करने की इच्छा से मैंने महाशय से कहा श्रीमान आप की तारीफ़।

महाशय ने विनम्र तरीके से बोले मेरा नाम रामदास है और मैं वनपाल हूँ। आज यहां पर हाथी जंगल छोड़ कर आ गए थे इस लिए में आया हूँ।

रामदास जी ने कहा आप किस गांव के हो। आप का परिचय। तब मैंने जाना की किसी भी व्यक्ति की पहचान उस के गांव से होती हैं। फिर मेने कहा श्रीमान में कंचन नगरी गांव का वासी हूँ और मेरा नाम पवन कुमार हैं। मैं शहर में खेती करता हूँ मैंने agr|culture me ग्रेजुएट की हैं। श्रीमान रामदास जी मुझे आश्चर्य करते हुए देखते हुए। फिर वह रह नहीं सके और महाशय ने पुछा ग्रेजुएट होने के बाद भी खेती और शहर में। वानपाल ने प्रश्न किया। मुझे यह प्रश्न कई महाशय ने पूछे मुझे आशा थी।

की यह प्रश्न जरूर पूछा जाएगा।

मैंने बिना कोई झिझक के बताया श्रीमान आज रोजगार तो मिल रहा हैं नहीं और जो मिल रह हैं वह मुझे करनी नहीं। मैंने चार वर्ष पहले ग्रेजुएट की ओर उसी वर्ष एक बंजर भूमि पर खेती करनी शुरू की और आज वह बंजर भूमि उपजाऊ और शुद्ध हैं।

महाशय ने मुझे एक पल के लिए मूर्ख समझा होगा पर अब काफी खुश थे।

मैंने उनसे पूछा की क्या करण है हाथियों का जंगल छोड़ बाहर आने का वनपाल ने उत्तर दिया वह बाहर नहीं आ रहे हम उन की भूमि में जा रहे।

सिर्फ इस कथन से मुझे समझ आ गया। और इधर गांव भी आ गया। पहले गांव में आते ही एक सुकून का अनुभव हुआ।

मैंने वनपाल महाशय से आज्ञा मांगी और धन्यवाद किया और रेलगाड़ी से उतर पड़ा। गांव वैसा नहीं जैसा में 7 साल पहले छोड़ कर गया था बहुत कुछ बादल गया। वो कुएं जो पूरे वर्ष भरे रहते थे आज कुएं नहीं। वो स्टेशन पर खड़ी हुई बैलगाड़ी वो भी नहीं। मैंने स्टेशन से घर तक पैदल ही जाने का निर्णय लिया।

चलते चलते हमारा वो ज्ञान मंदिर वो विद्यालय दिखा जहां से मैंने विद्या, ज्ञान अर्जित किया पर उस विद्यालय में कोई बदलाव नहीं दिखा जैसा था उस से भी खंडर हो

गाय। पता नहीं क्यों इस का विकास नहीं हुआ जिस का विकास करना चाहिए उस का तो नही करते और बाकी तो जहां देखो वहां विकास। क्या कर सकते है में आगे चला फिर वो विशाल पीपल का वृक्ष जो की इतना बड़ा था की जिस के नीचे पूरा गांव बैठ सके। जहां उस के नीचे गांव के बुजुर्ग लोग पूरे दिन बैठे बैठे भजन कीर्तन, सुख दुःख की बाते करा करते थे और बच्चे भी वही खेलते थे। वहाँ गांव की पंचायत भी होती थी। और सभी त्योहार वही मनाए जाते थे। मानो यहां सामुदायिक भवन हो। पर वो पेड़ भी नहीं वो बुजुर्ग नहीं वो बच्चे नहीं वो छाव भी नहीं। एक जगह से कितने विचार,संस्कृति, एकता, का प्रदर्शन होता हैं। इस जगह से बहुत कुछ जुड़ा था।

मन भर आया आगे जाने का उत्साह खत्म हो गया और मैं फिर चल पड़ा स्टेशन की ओर अगली गाड़ी से अपने एक छोटे और शुद्ध आशियाने पर चल पड़ा।

लेखिका के बारे में

सोनी ए.के.टी.यू. के एक निजी इंजीनियरिंग संस्थान में संगणक विज्ञान एवं इंजीनियरिंग विभाग में असिस्टेंट प्रोफ़ेसर के पद पर कार्यरत हैं। उन्होंने 2008 में शिक्षण कार्य से पूर्व एक सॉफ्टवेयर कंपनी मे ई.आर.पी. कंसलटेंट के पद पर भी कार्य किया है।

उन्होंने बी.एस.सी. (गणित), बी.टेक. (संगणक विज्ञान एवं इंजीनियरिंग), एम.टेक. (संगणक विज्ञान एवं इंजीनियरिंग) की डिग्री ली हैं। उनके विभिन्न भारतीय एवं अंतर्राष्ट्रीय प्रकाशनों मे सॉफ्टवेयर इंजीनियरिंग, नेटवर्किंग आदि विषयो में शोध पत्र प्रकाशित हो चुके हैं। उनकी ऑपरेटिंग सिस्टम, बिग डाटा विषयों मे पुस्तके भी प्रकाशित हो चुकी हैं। उन्हें विभिन्न साहित्यिक कार्यक्रमों मे सम्मानित भी किया जा चुका है। वह एक नियमित ब्लॉगर, ओजस्वी वक्ता एवं कुशल चित्रकार हैं। वह विभिन्न कहानी प्रतियोगिताओ मे उत्सुकता के साथ भाग लेती रही हैं।

अंतिम दर्शन

-सोनी त्रिपाठी

बात 1984 की हैं। इंदिरा गांधी की हत्या के बाद पूरे देश में दंगों की वजह से अशांति, असुरक्षा और हिंसा का माहौल व्याप्त था। लोग डर की वजह से घरों में दुबके हुए थे।

मैं अपने परिवार के साथ शहर के जिस क्षेत्र में रहती थी वो हिंदू बाहुल्य क्षेत्र होने की वजह से शांत था और अभी तक किसी भी अप्रिय घटना से बचा हुआ था। मुझे अगली सुबह मेरे भाई का तार मिला कि माँ की हालत बहुत गंभीर हैं और कल उनका आपरेशन है। वो बस तुमसे मिलने की रट लगाए हुए हैं,जितनी जल्दी हो तुम आ जाओ। खबर मिलते ही मेरा मन उन्हें देखने के लिए व्याकुल हो उठा। तीन भाई-बहनों में सबसे छोटी होने की वजह से माँ का मेरे प्रति स्नेह सबसे अधिक था। मैंने तुरंत अपने जाने की तैयारी शुरू कर दी। एक घण्टे बाद मैं अपने पति विनोद एवं बच्चों के साथ घर से निकल पड़ी। घर के पास कोई रिक्शा नहीं दिख रहा था किंतु रेलवे स्टेशन पास ही होने की वजह से हमने पैदल ही स्टेशन जाने का निर्णय लिया ताकि समय बरबाद न हो। स्टेशन पहुँच कर पता चला कि इंदौर जाने वाली सारी गाड़ियाँ निरस्त कर दी गई हैं। कोई और उपाय न देखकर हमने बस स्टेशन जाने का निर्णय लिया। वहाँ पहुँच के पता चला कि अगली बस दो घंटे बाद की है। मायूस होकर दो घंटे इंतजार के बाद हम बस में सवार हो गए। जगह-जगह कर्फ़्यू व रोड डायवर्जन की वजह से हम नियत समय से चार घंटे विलंब से अगली सुबह इंदौर पहुँच पाए। जब तक हम अस्पताल पहुँचे तब तक बहुत देर हो चुकी थी, मेरी माँ हमें हमेशा के लिए छोड़ के जा चुकी थी।

मेरा रो रो के बुरा हाल हो रहा था। विनोद ने किसी तरह मुझे संभालते हुए डाक्टर से बात की तो पता चला कि भाई व घर के बाकी लोगों को माँ के पार्थिव शरीर को घर ले जाए हुए दो घंटे हो चुके हैं। हम जल्दी जल्दी घर पहुँचे तो वहाँ से सब मेरा काफी देर इंतजार करने के बाद घाट दाह संस्कार के लिए जा चुके थे।

दंगों की वजह से, मेरी कोई खबर न होने की वजह से एवं डाक्टर के कहे अनुसार कि माँ के शव को ज्यादा देर रखना ठीक नहीं है, भाई को व पिता जी को माँ को घाट

ले जाना पड़ा। पड़ोस के एक चाचा जी ने यह सब हमें बताया और इसके बाद वह स्वयं हमें अपनी गाड़ी से घाट ले कर पहुंचे। वहाँ पहुंचने पर जैसे ही भाई ने मुझे देखा वह तुरंत हमें घाट पर नीचे लेकर गए।

किंतु जब तक मैं वहाँ पहुँची केवल उनके महावर लगे चरणों के ही दर्शन कर सकी। एक अन्तिम बार मैं उनको स्पर्श भी न कर पाई। इतना असहाय इतना लाचार मैंने अपने आप को कभी न पाया था।

अपनी जान से प्यारी माँ को शून्य में विलीन होते देखने के अलावा मैं उस दिन कुछ न कर सकी। उन्हें देखने, उनसे बात करने की कसक मेरे दिल में ता उम्र रहेगी।

इन दंगों ने मेरे अलावा न जाने और कितनों का सुकून, शांति और परिवार छीने होगे, यह सोच कर ही रूह कांप जाती हैं।

महात्मा गांधी जी ने सही कहा था "आंख के बदले आंख पूरे विश्व को अंधा बना देगी"

अतः ऐसी परिस्थिति में हम सभी को अपने विवेक और संयम से काम लेना चाहिए ताकि देश और समाज को ऐसी भयावह स्थिति से बचाया जा सके।

लेखिका के बारे में

सरिता दीक्षित पिछले एक दशक से शिक्षण के क्षेत्र में सक्रिय हैं। फिलहाल (6 वर्षों से) हैदराबाद स्थित एक प्रतिष्ठित सीबीएसई विद्यालय (B|rla Open M|nds|nternat|onal School, L|B| Nagar) में हिंदी विभागाध्यक्ष (HOD) के पद पर कार्यरत हैं और दक्षिण भारत में हिन्दी भाषा को अपनी सेवा दे रही हैं। शिक्षण क्षेत्र और बाल मनोविज्ञान आधारित विभिन्न आभासी कार्यशालाओं का आयोजन कर चुकी हैं। पढ़ना और पढ़ाना जीवन का लक्ष्य है। बच्चों के मनोविज्ञान को समझकर उनके लिए कार्य करना अपना दायित्व समझती हैं। अध्यापन कार्य से जुड़े होने के कारण स्वतः ही लेखन में रूचि उत्पन्न हुई, जिसके परिणामस्वरूप सैकड़ों कविताएँ, लघु कथाएँ, कहानी, नुक्कड़ नाटक, एकांकी लिख चुकी हैं। दर्जनों कवि गोष्ठियों में शिरकत कर चुकी हैं। बच्चों में साहित्य के प्रति रूचि पैदा करने के लिए ये विभिन्न प्रयोग करती हैं। इनकी कविताएं और लेख विभिन्न पत्र-पत्रिकाओं में प्रकाशित होती रहती हैं। एक संवेदनशील और भावुक लेखिका होने के नाते इनकी रचनाओं में सामाजिक मुद्दों के प्रति चिंतन स्पष्ट दिखाई देता है।

तुम न आए

-सरिता दीक्षित

"पापा नहीं जाएंगे तुम्हारे पिता जी से बात करने, एक 25 साल की लड़की को किसी बेरोज़गार के हाथों कैसे सौंपेंगे?" फोन पर बात करती हुई सलोनी रो पड़ी। "मैं जानती हूँ, तुम ज़रूर कुछ कर लोगे, बहुत विश्वास है तुम पर, मैं किसी भी हालात में तुम्हारे साथ रह लूँगी, पर अब पापा को नहीं समझा पा रही हूँ, वो ज़िद पर अड़े हैं।"

"प्रकाश कुछ तो कहो।" सलोनी की आवाज़ में आंसुओं की घरघराहट थी।

प्रकाश सुन रहा था कि नहीं, उसे सलोनी की सिसकियाँ सुनाई दे रही थी कि नहीं, ये पता नहीं। पर जब उसने अपनी ज़बान खोली तो सलोनी के पैरों से ज़मीन खिसक गई।

"तुम्हारे पापा मेरे बाबूजी से बात करने नहीं आएंगे तो क्या मेरे बाबूजी तुम्हारे यहाँ जाएंगे? ऐसा भी होता है क्या? जितना तुम अपने पापा का सम्मान करती हो उतना ही मेरे लिए मेरे बाबूजी का मान है।" और उसने फोन काट दिया।

सलोनी को मानो सदमा सा लग गया। भला प्रकाश ऐसी बातें कैसे कर सकता था। इतने दिनों से वो जो भविष्य के सुनहरे सपने सलोनी को दिखा रहा था, अचानक किस दंभ ने उसके आत्म स्वाभिमान को ठेस पहुंचाया कि वर्तमान के इतने डरावने दृश्य से दर्शन करा दिया। कहाँ चूक रह गई थी सलोनी से?

सलोनी ने तो अपने पिता की रूढ़िवादी सोच की परवाह न करते हुए भी उनसे सीधे प्रकाश के बारे में बात की थी। उस दिन कितना क्रोधित हुए थे उसके पिता। अपने पिता की सबसे लाडली और आज्ञाकारी संतान से उन्हें यह उम्मीद नहीं थी। कई दिनों तक बाप-बेटी में बात तक नहीं हुई थी। एक दिन सीधे उन्होंने कह दिया कि मैं एक बेरोज़गार लड़के के घर तुम्हारा रिश्ता लेकर खुद नहीं जाऊंगा। अगर उसमें हिम्मत है तो वो खुद आए और तुम्हारी ज़िम्मेदारी का आश्वासन दे, तो मैं सोचूंगा।

लेकिन प्रकाश ने तो आज आगे कुछ कहने का मौका तक नहीं दिया। आखिर उसे कोई फर्क भी क्यों पड़ता, उसने तो अपने घर वालों से अपने और सलोनी के रिश्ते की सच्चाई तक से अवगत नहीं कराया था।

एक हफ्ते तक उनके बीच कोई बात नहीं हुई। सलोनी ने खाना-पीना तक छोड़ दिया था। घर वाले उसकी ये हालत समझ नहीं पा रहे थे। हॉस्पिटल तक जाने की नौबत आ गई थी। माँ ने सलोनी को समझाया कि जो वह चाहती है, उसके पापा नहीं होने देंगे। वो कभी अपनी अकड़ नहीं छोड़ेंगे। माँ ने सलोनी से कहा "जिस साधारण रूप के कारण तुझे कितने लड़के नापसंद कर के गए,उसके साथ इतना खूबसूरत नौजवान भला प्रेमपाश में क्यों फँसेगा? कभी सोचा है तूने? वो ज़रूर किसी और फायदे से तुम्हारे साथ जुड़ा है।"

सलोनी जानती थी कि माँ उसे जानबूझकर प्रकाश के खिलाफ भड़का रही है। मगर ये भी सच था कि सलोनी ने जितना प्रकाश से प्रेम किया था, उससे कहीं ज़्यादा वह अपने पिता से करती थी। बचपन से अपने पिता को वह अपना रोल मॉडल मानती थी। वो प्रकाश में हर वो खूबी देखती थी जो उसके पिता में थी। प्रकाश जितना देखने में आकर्षक था, उतना ही वह लोगों का चहेता था। वह हर समय लोगों की मदद करने को तैयार रहता था, जैसे कि उसके पिता थे। सलोनी के पिता की तरह ही प्रकाश का सामाजिक दायरा भी काफ़ी बड़ा था। जो भी व्यक्ति उससे मिलता, उसके हंसमुख स्वभाव का दीवाना हो जाता था।

वह नौकरी के लिए प्रयासरत था, मगर शायद अब तक उसका वक्त नहीं आया था। एक मेहनती और जिम्मेदार इंसान भला सलोनी को क्यों नहीं भाता। सलोनी तो प्रकाश में अपने पिता की ही छवि देखती थी। इसीलिए वह उसकी तरफ खींचती चली गई थी। मगर सलोनी के पिता उसकी भावनाओं को समझना ही नहीं चाहते थे। अपने सोशल स्टेटस के आगे उनके लिए सलोनी की खुशियों का कोई मोल न था।

एक सप्ताह बाद जब सलोनी ने प्रकाश को फोन लगाया, सब कुछ सामान्य सा था। उसने अपनी तबीयत के बारे में प्रकाश को कुछ नहीं बताया था। सलोनी ने बताया कि उसके पापा उसके लिए रिश्ता ढूंढ रहे हैं। लेकिन प्रकाश ने उसे इस विषय पर कुछ नहीं कहा। उसने बताया कि उसे किसी इंटरव्यू और एक्जाम के सिलसिले में दिल्ली जाना है और वह कुछ दिनों तक उसके संपर्क में नहीं रहेगा।

कई दिनों तक उनके बीच कोई बात न हुई। सलोनी का रिश्ता तय हुआ और शादी के दिन नज़दीक आ गए। सलोनी ने कई बार प्रकाश से संपर्क करने की कोशिश की। लेकिन कॉल अनरीचेबल बता रहा था, उसने कई मैसेज भेजे,लेकिन कोई उत्तर नहीं आया। सलोनी अब भी इस इंतज़ार में थी कि प्रकाश कभी भी आकर उसके लिए समाज

से लड़ बैठेगा। वह उसके पिता को मना लेगा।

शादी का दिन सलोनी के इंतज़ार का आखिरी दिन था। वो बार-बार अपने मन से यही सवाल कर रही थी-‘‘तुम न आए...तुम क्यों न आए...?’’

शादी के अगले दिन विदाई के वक्त सलोनी को पता चला कि प्रकाश आया था......... फूलों का गुलदस्ता लेकर।

लेखिका के बारे में

डॉ. मीनल आपका जन्म अलीगढ़ (उत्तर प्रदेश) में हुआ। आपके पिता श्री प्रमोद कुमार जी अलीगढ़ के एक प्रतिष्ठित उद्योगपति एवं समाज सुधारक थे। राजनीति और साहित्य से भी उनका गहरा लगाव रहा। आपको बचपन से ही घर-परिवार में एक साहित्यिक माहौल मिला जिसके परिणाम स्वरूप आप बचपन से ही साहित्य में अत्यधिक रूचि रखते हुए कवितायें, कहानियां, लेख आदि लिखती आ रही हैं और वह नियमित रूप से देश विदेश की प्रतिष्ठित पत्र-पत्रिकाओं में प्रकाशित भी हो रहे हैं।

आपने मुख्यत: अलीगढ़ मुस्लिम विश्वविद्यालय, अलीगढ़ से उच्च शिक्षा प्राप्त की है।

आप चौथी दुनिया और अमर उजाला के अलीगढ़ संस्करण से पत्रकार के रूप में जुड़ी रही। आपने देश के प्रतिष्ठित शैक्षणिक संस्थानों में अध्यापन कार्य भी किया। आप वर्तमान में अपने पारिवारिक व्यवसाय को भी देखती हैं।

आपकी कविताओं का प्रसारण 92.7 बिग एफ एम, मुंबई एवं अलीगढ़ पर भी हुआ। आपने एशियन लिटरेरी सोसायटी के कई आयोजनों में भी कविता वाचन किया है।

आप अपनी कविता 'मोक्ष' के लिए एशियन लिटरेरी सोसायटी के वर्डस्मिथ अवार्ड 2020 (हिंदी कविता) की विजेता भी रही हैं। आप अपनी कविता 'रेशमी-पोर्टरेट ऑफ ए प्रोस्टीट्यूट' के लिए एशियन लिटरेरी सोसायटी के वर्डस्मिथ अवार्ड 2022 (हिंदी कविता) की विजेता भी रही हैं। आप एशियन लिटरेरी सोसायटी वीमेनस अलायन्स पोएट ऑफ द ईयर अवार्ड-2022 की विजेता भी रही हैं।

आप पत्रकारिता एवं स्वतंत्र लेखन में अभी भी सक्रिय हैं। आपकी कला की हर विधा में गहन रुचि है, खासतौर से कविता और संगीत में। प्रकृति, प्रेम और जीवन - इन तीनों विषयों को आप बहुत बारीकी से देखती हैं और कहीं गहरे उतार लेती हैं अपने अंतर्मन में . . . यही भावों का रूप लेकर कविता/कहानी के स्वरूप में बाहर निकल आते हैं।

वह गरीब रिक्शावाला

-डॉ. मीनल अग्रवाल

किसी भी व्यक्ति के बचपन की घटनायें उसके व्यक्तित्व के निर्माण में एक महत्वपूर्ण सहायक की भूमिका अदा करती हैं। उसकी आखिरी श्वास तक एक चलचित्र की भांति वह उसके दिलो दिमाग में चलती रहती हैं और जीवन के हर मोड़ पर एक सही निर्णय लेने में उसकी सहायक बनती हैं।

मैंने बचपन से लेकर आज तक यह पाया कि किसी का अच्छा व्यवहार मन को भीतर तक किसी चांद की शीतलता सा स्पर्श कर जाता है जबकि कोई भी बुरा अनुभव आत्मा को झकझोर देता है।

बचपन में शाम को हल्का अंधेरा होने लगा था। मैं अपने घर के बाहर कॉलोनी में चहलकदमी कर रही थी तभी हमारे पड़ोसी जो पुलिस विभाग में थे रिक्शा में अकेले बैठे कहीं से आते दिखे। रिक्शा से उतरते ही उन्होंने रिक्शा वाले के हाथ में दस रुपये थमाये। रिक्शा वाला बोला, 'बाबूजी, जो ठहराया था उससे दो रुपये कम है।'

रिक्शा वाला काफी बूढ़ा, दुबला पतला, बीमार, गरीब और लाचार दिख रहा था। पुलिस वाले अंकल भी अच्छी खासी उम्र के थे।

जैसे ही उसने यह कहा वह आग बबूला हो गये और उसके कान पर एक जोरदार तमाचा जड़ दिया। उसके कान से खून बहने लगा लेकिन वह सब कांड करके बड़ी ही बेरहमी दिखाते हुए बिना पलटे तेज कदमों से अपने घर में दाखिल हो गये।

वह गरीब रोता हुआ चुपचाप अपना रिक्शा मोड़कर कहीं अंधेरे में खो गया। एक या दो रुपये के पीछे इतने घृणित कार्य को अंजाम देना और आंखों में कोई शर्मिंदगी का भाव न होना वाकई बेहद शर्मनाक है और दर्दनाक भी। समाज में अपनी छवि तो ऐसे लोग अक्सर ही एक बहुत सभ्य और संभ्रांत व्यक्ति की बनाये रखते हैं।

इस घटना का मेरे दिल पर बहुत बुरा असर हुआ लेकिन सीखने को यही मिला कि हमें कभी भी किसी गरीब, लाचार या वक्त के मारे लोगों की आत्मा को कभी नहीं सताना है। हमेशा अपना हाथ उनकी मदद के लिए बढ़ाना है न कि उन्हें मारने के लिए।

कोई कानूनी कार्यवाही भी जो तत्काल रूप से प्रभावी हो ऐसे असामाजिक तत्वों के खिलाफ अवश्य होनी चाहिए। इस तरह के मामलों में गरीब को उसका हक और न्याय हर हाल में मिलना चाहिए।

लेखक के बारे में

नवीन मद्धेशिया जी का जन्म एक मध्यम वर्गीय परिवार में हुआ। इनकी शुरुआती शिक्षा घर पर ही हुई। इनकी बाबा कृष्ण प्रणामी सम्प्रदाय से जुड़े हुए थे और धर्म में गहरी आस्था रखते थे। जिसका प्रभाव इनके ऊपर कहीं ना कहीं दिखता है, जो इनके कहानियों में भी परिलक्षित होता है। इसी का एक अच्छा उदाहरण है इनकी यह कहानी "बृज बिहारी"। आप इसे पढ़कर समझ सकते हैं कि कैसे ईश्वर अपने भक्तों की मदद के लिए तैयार रहते हैं। उनका ख्याल है आपको यह कहानी जरूर पढ़ना चाहिए।

बृज बिहारी

-नवीन मद्धेशिया

मैं ट्रेन से दिल्ली जा रहा था कि अचानक कुछ फूटने की आवाज आई और थोड़ी ही देर में हमारा बोगी पटरी के किनारे उलटा पड़ा हुआ था। मैं ट्रेन में सबसे ऊपर वाली सीट पर सोया था इसलिए मुझे ज्यादा चोट नहीं लगी मेरे नीचे वाले सीट के सभी यात्री बेसुध पड़े थे मैं जल्दी से आपातकालीन खिड़की के पास गया वहां पाँच से छः बंदूकधारी खड़े थे वे बोल रहे थे।

ट्रेन का एक-एक डिब्बा देखो कोई बचके ना जाने पाए तभी किसी दूसरी बोगी से कोई औरत निकल के भागने लगी और फिर गोलियों की तड़तड़ाहट.....

मैं समझ गया मौत मेरे सामने खड़ी है इसलिए भागना बेकार है इसलिए मैंने आंखें मूंदकर भगवान का नाम लिया और कहा हे भगवान अब मैं आ रहा हूं।

मैं आंखें मूंदे हुए था तभी खिड़की की तरफ से आवाज आई-हेलो हे भाई (धीमे से) मैंने आँख खोल कर देखा एक आदमी सांवला सा जींस टी शर्ट पहने हुए मुझे बुला रहा है।

ब्रज बिहारी-चलो जल्दी भागो।

मैं जल्दी जल्दी निकलने लगा तभी मुझे अपने बैग का ख्याल आया मैंने अपना बैग उठाया और फिर भागने लगा।

पीछे से आवाज आई पकड़ो देखो भाग के न जाने पाए तभी आगे से तीन-चार बंदूकधारियों ने हमें घेर लिया और उनमें से एक ने हमारे ऊपर गोली चलाई पर गोली न चली फिर उसने बंदूक उल्टा कर के हमारे ऊपर प्रहार किया चुकिं वह आदमी (ब्रज बिहारी) आगे था इसलिए मैं उसे धकेल कर आगे हो गया वह चोट मुझको लगी यह देख उसने(ब्रज बिहारी) बंदूकधारी को धकेल कर गिरा दिया और फिर मुझे उठा कर खींच कर भागने लगा और फिर हम झाड़ियों में छिप गए उधर से आवाज आयी देखो यही कही होंगे बचने ना पाएंगे वे दोनों।

हम दोनों छुपे हुए थे फिर आवाज आयी चलो आगे देखते हैं।

बृज बिहारी-तुमने मुझे बचाने के लिए खुद की जान आफत में डाल दी।

मैंने कहा-आत्मा पर पहले से ही बहुत बोझ है और नहीं डाल सकता तुम मुझे बचाने आए और मैं तुम्हें मरने के लिए छोड़ देता।

वह कुछ ना बोला बस मुस्कुराने लगा

मैंने पूछा आपका नाम क्या है उसने बताया बृज बिहारी।

मैंने पूछा-तुम कहां रहते हो?

बृज बिहारी-तुम्हारे साथ ही रहता हूं।

मैंने पूछा-अच्छा तुम गोरखपुर के रहने वाले हो! पर मैंने तुम्हें पहले कभी नहीं देखा।

बृज बिहारी-पर तुमने मुझे खोजा ही कब।

ठीक कहते हो मित्र वैसे भी गोरखपुर इतना बड़ा है कि अगर मैंने तुम्हें देखा भी होउंगा तो भी नहीं पहचानुंगा।

वह कुछ नहीं बोला सिर्फ मुस्कुराने लगा।

मैंने कहा-तुम इतनी मुसीबत में भी मुस्कुरा रहे हो।

बृज बिहारी-जो इंसान मुसीबत में भी खुश रहता है वह अपनी मंजिल जरूर पाता है और फिर मुस्कुराने लगा।

उसकी मुस्कुराहट में जैसे योगियों का तेज हो जैसे सूर्य की रस्में किरणें धरती पर पड़ने से धरती सुनहरी हो जाती हैं वैसे ही उसकी मुस्कान मेरे अंदर के घाव को भर रही थी उसके मुस्कान में एक रहस्य था लग रहा था मानो वह हसँना बंद करेगा और धरती वीरान हो जाएगी मैं उसके बारे में सोच ही रहा था कि उसने कहा आओ चलते हैं वे चले गए और मेरा बैग उठाकर चलने लगा। मैं चुपचाप उसके पीछे पीछे चलता रहा। दो-तीन पगडंडियों से होते हुए हम सड़क पर आ गए।

आगे से एक बस हमारी ओर आ रही थी मैंने बस रोका फिर हम दोनों उसमें चढ़ गए।

मैंने पूछा फिर मिलोगे उसने कहा अगर चाहो तो जरूर मिलूंगा मैं कुछ कहता इससे पहले टिकट वाला आ गया।

टिकट वाला-टिकट-टिकट!

मैंने कहा-भैया दो टिकट दे दीजिए।

टिकट वाला-दो टिकट दुसरा किसके लिए?

मैंने कहा-हम दो लोग हैं।

टिकट वाला-दो लोग पर दूसरा कहां है?

मैंने कहा कि उस कुर्सी पर दिखाई नहीं देता।

तब तक मैं पीछे मुड़कर देखा मेरी आंखें खुली की खुली रह गई! उस कुर्सी पर केवल मेरा बैग रखा था। मैंने चारों तरफ देखा वह कहीं नजर नहीं आया। मैंने गाड़ी रुकवानी चाही।

मैंने कहा-भाई साहब गाड़ी रोकिये। मेरे साथ एक और आदमी था वह वही छूट गया।

तब एक यात्री ने कहा क्यों झूठ बोल रहे हैं भाई साहब आप अकेले थे।

तो मैंने कहा नहीं मेरे साथ एक और आदमी था। वो मेरा बैग लिए था। तब पीछे से किसी ने कहा आप का बैग तो ये है। तब फिर किसी ने कहा-लगता आतंकवादियों ने जो हमला किया है उससे ये घबरा गया तभी ऐसी बातें कर रहा है। तभी पीछे से आवाज़ है अरे उन्होंने भी तो कितनी बर्बरता से हत्या की है एक बच्चे तक को नहीं छोड़ा एक भी आदमी नहीं बचा सब मारे गए। मेरी आंखों से केवल आँसू निकल रहे थे।

कंडक्टर ने गाड़ी रोकने से मना कर दिया कहा खतरा है।

मैंने दो टिकट खरीदें एक अपने नाम से एक ब्रज बिहारी के नाम से और उसे ले जाकर अपने घर के मंदिर में रख दिया क्योंकि अब मैं जान चुका था कि ब्रिज बिहारी कौन है?

लेखक के बारे में

हार्दिक महाजन खरगोन मध्यप्रदेश के रहने वाले हैं। खरगोन में पूजन साम्रगी शॉप में कार्यरत हैं। उनकी आयु 28 वर्ष है। उन्हें लिखना पसंद है। उनके दिल में जो भाव आते हैं उनको कायदे से लिख देते हैं। उनकी इच्छा है कि वे एक बहुत अच्छा लेखक बनें और अपने जीवन के अनुभवों और विचार लिखते रहें। उसे पढ कर लोगों में बदलाव आये ताकि देश फिर से पहले की तरह सकारात्मक सोच के साथ आगे बढ़ने की कोशिश करे।

राधा कृष्ण

-हार्दिक महाजन

राधा की बात हो और कृष्ण का ज़िक्र भी नहीं हो, भला यह तो कैसे सम्भव हैं। तो चलो आज राधा कृष्ण के प्रेम की कहानी सुनाता हूँ, राधा कृष्ण दोनों को प्रेम में एक दूसरे के बगैर अधूरा माना जाता हैं।

सभी भक्त कृष्ण को राधा कृष्ण के नाम से पुकारने लगे, यह दोनों नाम सिर्फ़ एक दूसरे के लिए बने हैं। और इन्हें अलग कभी नहीं किया जा सकता हैं। आईये हम आगे बढ़ते हैं, राधा कृष्ण के प्रेम की एक आलौकिक कथा.....

जब मामा कंस ने भगवान "श्रीकृष्ण" और बलराम को आमंत्रित किया था, और तब ही पहली बार भगवान "श्रीकृष्ण" और राधा दोनों एक दूसरे से अलग हुए थे।

पर विधि विधान कुछ और ही था, राधारानी फिर एक बार "श्रीकृष्ण" से मिलने द्वारिका नगरी जा पहुँची थी, और जब द्वारिका में कृष्ण ने राधा को देखा तो वह बहुत प्रसन्न हुए, संकेतों की भाषा में दोनों एक दूसरे को निहारते हुए काफी देर तक बात करते रहें, यह शास्त्रों में भी वर्णित किया गया हैं, कि राधा जी को द्वारिका कान्हा की नगरी में कोई पहचानता भी नहीं था।

तभी राधारानी के अनुरोधों पर कृष्ण ने उन्हें महल में बुलाया और राधारानी को देविका के रूप में नियुक्त किया, फिर राधा दिनभर अपने महल में रहती, और महल से जुड़े हुए सभी कार्यों को काफ़ी बारीकी से देखती थी,

और फिर सही मौक़ा मिलने पर राधा कृष्ण के दर्शन कर लेती, लेकिन सांस्कारिक जीवन से उनकी विदाई की बेला काफ़ी नज़दीक आई तभी राधा कृष्ण से दूर जाने के लिए मजबूर हो गयीं।

तभी एक शाम राधा उस महल से चुपके से निकल आईं, और ना सोचें समझें जाने कहाँ किस ओर चल पड़ी, राधा को नहीं पता था, कि राधा कहाँ जा रही हैं, पर भगवान "श्रीकृष्ण" जानते थे, तभी धीरे-धीरे समय काफ़ी गुज़रता चला गया, और राधारानी बिल्कुल अकेली पड़ गईं थी, और तभी राधारानी को भगवान "श्रीकृष्ण"

की आवश्यकता पड़ी वह किसी भी तरह से भगवान "श्रीकृष्ण" को देखना चाहती थी।

तभी राधा कि यह इच्छा जानते ही भगवान "श्रीकृष्ण" राधा के सामने प्रगट हो गए।

भगवान "श्रीकृष्ण" को राधारानी अपने सामने देखकर अति प्रसन्न हो गईं, परन्तु समय उनके काफ़ी निकट था, जब राधा अपने प्राण त्याग कर सारी सृष्टि को अलविदा कहना चाहती थी, भगवान "श्रीकृष्ण" ने राधा से कहाँ वह उनसे कुछ माँगे, लेकिन राधा ने उन्हें मना कर दिया, तभी भगवान "श्रीकृष्ण" ने दोबारा अनुरोध किया और राधा ने कहा भगवान "श्रीकृष्ण" को वह आखरी बार भगवान "श्रीकृष्ण" को बाँसुरी बजाते हुए अंतिम बार उन्हें देखना चाहती हैं।

तभी भगवान "श्रीकृष्ण" ने बाँसुरी निकाली और बहुत सुंदर मधुर मीठी सुरीली धुन बजाने लगें। तभी बाँसुरी की धुन सुनते सुनते राधा ने अपने शरीर का त्याग कर दिया।

राधा के जाते ही भगवान "श्रीकृष्ण" बहुत दुःखी हुए और उन्होंने अपनी बाँसुरी तोड़ कर काफ़ी दूर फेंक दी, जिस जगह पर राधा ने कृष्ण का अपने अंतिम समय तक इंतज़ार किया।

www.ingramcontent.com/pod-product-compliance
Lightning Source LLC
Chambersburg PA
CBHW031427140525
26677CB00031B/255
* 9 7 8 8 1 9 5 9 1 8 1 3 3 *